Efraim Sevela · Der Weisheitszahn

Efraim Sevela

Der Weisheitszahn

Roman

Ullstein

Titel der russischen Originalausgabe: »Sub mudrosti«
Aus dem Russischen von Albert Knieriem
Verlag Ullstein GmbH · Berlin · Frankfurt/M. · Wien

Verlag »Stav«, Jerusalem 1981

Satz: Fotosatz Otto Gutfreund, Darmstadt
Druck und Buchbinder: Franz Spiegel Buch GmbH, Ulm
Printed in Germany 1984
ISBN 3 550 06380 6

Ein Kind braucht bloß etwas Vernünftiges, etwas halbwegs Gescheites zu sagen, und schon hört man ringsum nur Ahs und Ohs.

»So was, es redet ganz wie ein Erwachsener.«

Weshalb sollten wir nicht wie Erwachsene reden? Wieso staunt ihr über unsere Verständigkeit, als wären wir hoffnungslos Schwachsinnige aus einer Schule für Minderbemittelte?

Wir sind ebensolche Menschen wie ihr. Nur ehrlicher, weiter nichts. Und kleiner. Sogar Zähne haben wir ebenso viele wie ihr. Wenn man eure falschen Zähne mitzählt.

Gut, es stimmt, ihr habt Weisheitszähne.

Na und?

Meine Mama ist zwar überhaupt noch nicht alt, aber sie hat schon zwei Weisheitszähne verloren. Sie mußten mit den Wurzeln entfernt werden.

Ist sie dadurch dümmer geworden?

»Kannst's nicht abwarten, erwachsen zu werden«, stichelte Papa, als er mich vor dem Spiegel erwischte, wo ich Mamas Lippenstift ausprobierte.

»Stimmt gar nicht.«

»Willst du denn klein bleiben?«

»Ja, eine Liliputanerin. Mit einem Gesicht wie eine alte Frau.«

»Dann bringt man dich in den Zirkus.«

»Bin ich denn etwa nicht im Zirkus?«

Papa gab mir zu erzieherischen Zwecken einen Klaps auf den Po.

Ich heiße Olga. Das ist ein schöner russischer Frauenname, und ich liebe ihn. Obwohl ich keine Russin, sondern Jüdin bin, genauer gesagt, eine russische Jüdin.

Ich bin dreizehn Jahre alt. Ein herrliches Alter, nicht wahr? Das Alter Julias, als sie sich über beide Ohren in Romeo verliebte. Das Alter, in dem ein Mädchen schon kein Mädchen mehr, sondern ein kleines Fräulein ist. Kurz gesagt, das Alter, in dem sich das häßliche Entlein wie durch Zauberei in einen Schwan verwandelt.

Bei den Christen werden die Mädchen mit dreizehn Jahren in der Kirche konfirmiert, wo sie in festlicher Umgebung, unter Orgelklängen, in weißen Kleidern und mit Blumen in den Händen diese wunderbare Verwandlung feiern.

Bei den Juden überschreitet ein Mädchen diese Schwelle sogar noch früher, mit zwölf Jahren, und die feierliche Zeremonie heißt Bar-Mizwa.

Ich gehöre keiner Religion an, denn ich wuchs in einem kommunistischen Land auf, wo Religion als Opium für das Volk gilt. Mein eigener Vater sorgte mit Vorlesungen über antireligiöse Themen für uns, und deshalb konnte das Brot, das ich aß, bei mir überhaupt keine Liebe zu Gott hervorrufen.

Ich übersprang die Schwelle ohne Orgelklänge und ohne den Gesang eines Kantors. Einfach an meinem Geburtstag. Und nicht in Moskau, wo ich geboren wurde und elf Jahre meines Lebens verbrachte, sondern in New York, wohin wir vor zwei Jahren als Emigranten kamen. Wir hatten vor dem Antisemitismus in unseren eigenen jüdischen Staat flüchten wollen, doch wir hatten auf halbem Wege eine ganz andere Richtung eingeschlagen, in die größte Stadt der Erde: New York. Hier leben übrigens mehr Juden als in ganz Israel, und diese Juden (in New York) lieben den Staat Israel sehr, haben's aber gar nicht eilig, dorthin zu ziehen.

Ich liebe Moskau und Rußland überhaupt (das ist meine Heimat), und wir wären niemals ausgereist, wenn man dort nicht angefangen hätte, die Juden zu verfolgen. Offen gesagt, mir tut es jetzt sehr leid um Rußland. In nächster Zukunft erwarten es große Unannehmlichkeiten. Ein kluger Mann, von dem später die Rede sein wird, sprach dazu gewichtige Worte: »Die Geschichte hat gezeigt, daß es mit jedem, der die Hand gegen die Juden erhebt, ein schlimmes Ende nimmt. So war es mit dem ägyptischen Pharao, den die zehn Plagen ereilten. So war es mit dem russischen Zaren, den die Bolschewiken stürzten und umbrachten. So war es mit Hitler, der im Zweiten Weltkrieg niedergeworfen wurde. So wird es mit den Bolschewiken in Rußland sein, die ... du Oletschka, bist noch jung. Du wirst noch erleben, daß auch sie bestraft werden.«

Ich wohne in New York, aber natürlich nicht in Manhattan, sondern in Queens. Und nicht im besten Teil von Queens. Dort, wo die U-Bahn nicht unter der Erde ist, sondern über die Köpfe hinwegdonnert und mit den Rädern über Gleise rattert, die auf hohen Eisenmasten verlegt sind. Die Masten sind ganz alt und verrostet und nicht elektrisch zusammengeschweißt, wie es heutzutage gemacht wird, sondern sie werden von altmodischen Nieten zusammengehalten.

Und die Straßen hier sind unordentlich, mit niedrigen Häusern, wie in einem Provinzstädtchen. Die Bevölkerung ist gemischt wie auf der Arche Noah: Neger, Puertorikaner, Italiener, Griechen, Chinesen, Inder und — natürlich — Juden. Ärmere Juden. Die reicheren wohnen in einem anderen Teil von Queens, in Forrest Hills. Und die noch reicheren wohnen überhaupt nicht in New York, sondern in seinen prächtigen »Vororten«: in Long Island, in New Jersey, in Connecticut. Dort wohnen auch reiche Nichtjuden.

Wenn ich mit der U-Bahn fahre und der Zug über die grauen Dächer, die schmutzigen Höfe und Fabrikschornsteine rast und sich nur am Horizont die silbernen Silhouetten der Wolkenkratzer von Manhattan abzeichnen, sehe ich mir die Gesichter der Passagiere an und komme zu einem erstaunlichen Schluß: Armut ist häßlich. Reichtum ist elegant und fein.

Im Waggon umgeben mich häßliche Gesichter, als wären sie ausgesucht. Bei allen guckt man gleich wieder weg. Kurzbeinige, unförmige Puertoricanerinnen mit Lockenwicklern auf dem Kopf. Man stelle sich vor, vor anderen in Lockenwicklern zu erscheinen! Auf welcher niedrigen Entwicklungsstufe muß man stehen, um sich in Lockenwicklern zur Schau zu stellen, das heißt sozusagen in Unterwäsche auf die Straße zu gehen. Und keiner nimmt es zur Kenntnis. Alle pfeifen darauf. In Moskau würde man eine solche Dame aus der Metro herausholen und ihr eine Geldstrafe verpassen, damit ihr in Zukunft die Lust dazu vergeht.

Bei den Chinesen sind nur die Kinder schön, sie selbst aber sind klein, unbeholfen, haben platte Gesichter und sind geschmacklos gekleidet.

Die Neger sind dick, verfettet. Sogar die ganz jungen.

Die Gesichter der Italiener und Griechen sind häßlich, obwohl diese Völker sich immer ihrer guten Rasse rühmten. Diejenigen, die in unserer Umgebung wohnen, sind eine Ausnahme von dieser Regel.

Juden trifft man nur selten, und gewöhnlich sind es gebrechliche alte Männer mit tränenden Augen und laufender Nase, unordentlich gekleidet wie in einem polnischen Nest.

Das ist das Publikum, das mich umgibt, wenn ich mit der

U-Bahn fahre. Eine Internationale der Armut und der Häßlichkeit. Armut verschönt den Menschen durchaus nicht.

Dafür sind diese Leute im Zentrum, in Manhattan, auf der Fifth Avenue nicht zu finden, als habe die Polizei ihnen den Zugang dorthin kategorisch verboten. Über die Fifth Avenue, an den luxuriösen Schaufenstern der teuersten Geschäfte der Welt vorbei, gehen scharenweise schöne Menschen. Angezogen wie im Bilderbuch. Rassige Frauen, gepflegte Männer. Sie sind mit solcher Eleganz, mit solchem Geschmack gekleidet, daß die schönen Kleiderpuppen in den Schaufenstern wie ihre Spiegelbilder aussehen. Welche Nasen, Augen, Kinne! Eine Ausstellung von Vollblütern.

Auf der Fifth Avenue gibt es wenig Neger, aber jene, die dort anzutreffen sind, stehen den Weißen nicht nach, sondern übertreffen sie sogar noch in ihrer Anmut und Schönheit. Manchmal sind sie auch feiner gekleidet als die Weißen, denn diese Neger sind sehr reich. Es sind Schauspieler, Tänzerinnen, Mannequins der höchsten Kategorie.

Die Fifth Avenue ist eine Parade von Reichtum und Schönheit. Diese Menschen steigen niemals zur U-Bahn hinab, und sie wohnen nicht in unserer Gegend.

Meine Mitfahrer in der U-Bahn sind so etwas wie die Rückstände, der Ausschuß der menschlichen Gesellschaft. Die Crème ist auf der Fifth Avenue.

In Moskau habe ich eine solche Unterteilung nie bemerkt. Dort fahren alle mit der Metro. Die Schönen und die Häßlichen. Die mit mehr Geld und die mit weniger Geld. Dort herrscht wenigstens unter der Erde Gleichheit.

Ich sitze auf einer Eisenbank, eingezwängt zwischen meine Nachbarn, in einem polternden Waggon, dessen Wände mit bunten, nicht abwaschbaren Graffitti von Rowdys vollgeschmiert sind, wodurch der Waggon einem Zebra gleicht. Ich trage einen Kaninchenpelz, aus dem ich herausgewachsen bin, und deshalb sind mir die Ärmel zu kurz. Der Pelz ist abgeschabt, hat kahle Stellen. Auf den Knien habe ich eine Leinentasche mit Büchern. An den Füßen trage ich Mamas Pelzstiefel — sie sind ihr zu klein. Ich fahre in die Schule. Nicht allein, sondern in Begleitung eines Erwachsenen. Aus unserer Familie, wenn man es so nennen kann. Ich, ein heranreifendes Mädchen, werde vor einem möglichen Überfall der Rowdys geschützt, von denen es in dieser Stadt, besonders in der U-Bahn, mehr gibt als irgendwo sonst auf der Welt.

Dies ist der richtige Zeitpunkt, um von unserer Familie zu erzählen. Ich wohne bei Mama. Papa ist auch in New York, aber er wohnt woanders. Denn mein Vater ist homosexuell. Er wurde es in New York, nachdem er Moskau zwei Jahre vor uns verlassen hatte. Er schlug sich zur westlichen Kultur durch, entkam in die Freie Welt, um sich in der Scheiße zu wälzen.

Aber es ist nicht meine Sache, ihn zu verurteilen. Ich habe mich schon damit abgefunden, obwohl ich zuerst fast wahnsinnig geworden wäre. Wenn er mich berührte, wich ich angeekelt zurück. Inzwischen weiche ich nicht mehr zurück, bekomme aber am ganzen Körper eine Gänsehaut.

Mama kann mich nicht zur Schule bringen, weil sie zu spät zur Arbeit käme. Deshalb begleitet mich Papa. Er kommt nur meinetwegen und wartet an unserer U-Bahnstation, wo ich ihm von Mama übergeben werde.

Papa kann mich nicht aus der Schule nach Hause bringen, weil er dann arbeitet. Und Mama ist noch in ihrem Büro. Wer begleitet mich also? Zum Totlachen! Papas Geliebter Joe. Ein Amerikaner. Er wartet an der Schule auf mich, fährt mit mir in der U-Bahn und bringt mich bis zur Haustür. Ich öffne sie mit dem Schlüssel, der mir an einer langen Kette um den Hals hängt.

Joe betritt das Haus nicht, sondern verabschiedet sich von mir und eilt zur U-Bahnstation. Und ich bitte ihn nicht ins Haus, denn dort ist ein Mann, mit dem zusammen ich eine oder eineinhalb Stunden verbringen muß, bis Mama kommt. Derselbe Mann, dessen kluge Worte ich am Anfang zitiert habe, als die Rede von den Juden und ihren Unterdrückern war. Diesen Mann schätze ich mehr als alles auf der Welt. Er ist nicht mehr jung – viel älter als mein Vater –, aber er ist ein echter Mann. Groß, gewaltig wie ein Bär. Mit einem bezaubernden Lächeln, dem nicht jede Frau widerstehen kann. Mit Tätowierungen auf den Armen, weil er lange bei der Flotte diente. Von Beruf ist er Arzt, Chirurg. Vom Charakter her ist er ein leidenschaftlicher Kampfhahn und Wahrheitssucher. Emigriert wie ich, doch nicht aus Moskau, sondern aus Leningrad. Aus der früheren Hauptstadt des russischen Reiches. Auf uns Moskauer sieht er herab wie ein Aristokrat auf Plebejer.

Seinen Namen will ich nicht nennen, nur seine Anfangsbuchstaben: B. S. Dafür habe ich meine Gründe.

Er lebt in unserer Wohnung, hat ein Zimmer, und Mama und ich haben auch je eines. Das Wohnzimmer gehört allen. Er bezahlt die Hälfte aller Rechnungen, was uns sehr hilft. Ich weiß nicht, wie wir es sonst schaffen könnten.

Er ist kein Untermieter. Er ist mehr: Mamas Liebhaber. Mama ist über beide Ohren in ihn verliebt. Aber ob er in sie verliebt ist, das bezweifle ich. Mama will ihn mit aller Macht zurückhalten, nicht loslassen, damit er sie heiratet. Aber genau das will er nicht. Er zieht es vor, mit Mama zu schlafen, ohne irgendwelche Verpflichtungen auf sich zu nehmen.

Unsere Beziehung ist ganz seltsam. Er liebt mich – wie sein eigenes Kind. Er nimmt mich sogar auf den Schoß und kitzelt mich mit dem Bart hinter dem Ohr. Und ich bete ihn an.

Wie viele Großväter und Großmütter hat ein Kind? Ich

meine ein normales, gewöhnliches Kind. In einer normalen, gewöhnlichen Familie. Jeder Dummkopf wird mir antworten, daß zwei mal zwei vier macht, daß einem solchen Kind vier ältere Verwandte zustehen: je zwei Großmütter und Großväter. Der Vater und die Mutter des Papas. Und der Vater und die Mutter der Mama.

Aber ich habe sechs. Und alle sind legal, keiner hat sich eingeschmuggelt. Drei Großmütter und drei Großväter. Und dazu noch Urgroßvater Lapidus. Den ehrwürdigsten und verdientesten Menschen in unserer Familie – und sogar in ganz Moskau. Unser Urgroßvater Lapidus kannte Lenin persönlich. Er ist ein alter Revolutionär und stellte die Sowjetmacht mit eigenen Händen her. Und kam doch nie aus Sibirien raus. Vor der Revolution unter dem Zaren, weil er den Zaren stürzen und die Sowjetmacht, die Macht der Arbeiter und Bauern, herstellen wollte. Er saß auch nach der Revolution, schon unter der sowjetischen Arbeiter- und Bauernmacht. Weshalb? Weil er sie hergestellt hatte, diese Macht. Heutzutage kriegt man für solche Sachen kein Dankeschön, sondern wird hinter Gitter gesteckt.

Wieso habe ich mich mit meinen Großvätern und Großmüttern übernommen? Das ist ein Scherz von Papa. Er spielt gern Karten, und das Wort »übernommen« stammt aus dem Wortschatz der Kartenspieler. Wenn man »Siebzehn und vier« spielt und zu viele Punkte bekommt. Man benötigt einundzwanzig, hat aber, sagen wir, zweiundzwanzig oder dreiundzwanzig.

Ich habe mich also übernommen. Habe nicht vier, sondern sechs Großväter und Großmütter. Und alle lieben mich, weil sie keinen anderen haben. Ich bin die einzige Enkelin von sechs alten Leuten. Und, wie meine Mama sagt, meinetwegen sind sie alle enge Freunde und wurden wie zu einer einzigen Familie. Ich bin der Zement, der diese Familie zusammenhält.

Und wie finde ich das? Das ist eine andere Frage. Wenn man geliebt wird, läßt sich keine Norm aufstellen. Je mehr Liebe, desto besser. Obwohl man sich an ihr auch überessen kann wie an Konfitüre. Und dann wird einem übel.

Ich beschwere mich nicht, denn ich habe mit meinen Vorfahren Glück gehabt. Mir fielen mehr zu, als normal ist. Andere Kinder haben dagegen keinen einzigen. Ihre Großväter und Großmütter sind im Krieg umgekommen. Oder in Sibirien, wohin Stalin sie verbannte.

Meine sind alle am Leben. Sogar die beiden überzähligen.

Das kam so: Mamas Papa, Großvater Sjoma, der hervorstehende Backenknochen und Schlitzaugen hat, weshalb man ihn für einen Chinesen halten kann, war während des Krieges gegen die Deutschen verschollen. Großmutter Sonja, seiner Frau und Mutter meiner Mama, schickte man eine offizielle Benachrichtigung, daß er gefallen sei, und teilte ihr eine Rente zu. Als Kriegerwitwe. Großmutter Sonja trauerte und trauerte. Sie ist auch heute noch schön. Von ihr habe ich die gemeißelte Nase. Und sie begegnete einem Mann, der sich auf den ersten Blick in sie verliebte, verrückt vor Liebe wurde. Das erzählt Großmutter Sonja. Während des Krieges, als es Frauen wie Sand am Meer gab und schrecklicher Mangel an Männern herrschte, verliebte sich ein junger Offizier in eine Witwe mit Kind (meiner Mama) am Rockzipfel und machte ihr einen Heiratsantrag. Nur eine Übergeschnappte hätte abgelehnt.

Also heiratete Großmutter Sonja Großvater Stepan. Er war Russe und etwas antisemitisch. Ihr früherer Mann, mein Großvater Sjoma, scherzt gern, wenn er guter Stimmung ist, in Anwesenheit von Großvater Stepan:

»Stepan war kein Antisemit, als er Sonja heiratete. Nachdem er so viele Jahre mit ihr zusammengelebt hatte, wurde er zum Antisemiten und zum schlimmsten Feind des jüdischen Volkes.«

Alle lachen. Großvater Sjoma, Großmutter Sonja und auch Großvater Stepan.

»Und ob!« Großvater Stepan klopft Großvater Sjoma freundschaftlich auf den Rücken, und Großvater Sjoma hüstelt danach ganz lange.

Hier kommt natürlich der Verdacht auf, daß ich etwas geflunkert habe. Woher ist plötzlich Großvater Sjoma aufgetaucht, der einem Chinesen ähnlich sieht und durchaus nicht gefallen, sondern im Gegenteil höchst lebendig ist? Und dann reißt er sogar noch Witze über Großvater Stepan, den Mann seiner Witwe, Großmutter Sonjas also?

Zum Glück, denn ich liebe Großvater Sjoma, und wenn ich Zeit habe, werde ich erzählen, weshalb er nicht im Krieg umkam. Er geriet in Gefangenschaft und blieb am Leben, weil er wie ein Chinese aussieht und niemand erriet, daß er Jude ist. Aber Großmutter Sonja wurde mitgeteilt, daß er gefallen sei, und man verlieh ihr eine Witwenrente. Die Bürokratie!

Nach dem Krieg kehrte Großvater Sjoma nach Hause zurück, und dort erwartete ihn eine Überraschung. Seine Tochter (meine Mama) hatte schon einen Stiefvater. Großmutter Sonja weinte, Großvater Sjoma auch. Großvater Stepan betrank sich wie ein Schwein (nach den Worten meiner Großmutter). Und Großvater Sjoma blieb nichts anderes übrig, als sie in Ruhe zu lassen. Er suchte sich eine neue Frau. Auch eine Kriegerwitwe, aber keine falsche, sondern eine echte. Ihr Mann war nicht nur den Dokumenten zufolge, sondern tatsächlich gefallen.

So bekam ich noch eine Großmutter. Genauer gesagt, damals war ich noch gar nicht auf der Welt. Großmutter Sima hatte keine Kinder und empfand wahre Mutterliebe zu meiner Mama, die noch ein Kind war.

Meine Mama hatte sich neben ihrem leiblichen Vater und ihrer leiblichen Mutter gleich noch eine Stiefmutter und einen

Stiefvater zugelegt. Und ihnen allen war es in Zukunft beschieden, meine Großväter und Großmütter zu werden.

Und so wurde ich zur einzigen Enkelin von sechs Großvätern und Großmüttern. Und es tut mir nicht leid. Wie Großvater Stepan sagt, hatte ich großes Glück im Leben und durfte in einem gesunden sowjetischen Kollektiv heranwachsen. Unter diesem Kollektiv versteht er unsere Familie: neun Erwachsene, meinen Papa, meine Mama und Urgroßvater Lapidus eingerechnet, die sich einträchtig um mich, das einzige Kind, scharten.

An unserer Familie kann man, wie mein Papa sagt, die Geschichte Rußlands (sowjetische Epoche) studieren und an lebenden Beispielen beobachten, wie die Sowjetmacht begründet wurde (Urgroßvater Lapidus war ein alter Revolutionär, kannte Lenin) und sich festigte (Großvater Ljowa war Ingenieur, baute die Moskauer Metro, die schönste der Welt; Großmutter Sonja war Ärztin, operierte im Krieg verwundete Soldaten und schickte sie zur Truppe zurück; Großmutter Ljuba war Direktorin einer Parfümfabrik, bevor man begann, Juden scheel anzusehen und sie aus führenden Posten zu entlassen; und Großmutter Sima war Chemieingenieurin in einer Geheimfabrik, die sich rätselhafterweise »Briefkasten Nummer soundso« nannte, und ich vermute, daß dort Raketen hergestellt wurden, obwohl Großmutter Sima es weder bestätigt noch leugnet). Und man kann an unserer Familie beobachten, wie der Verfall der Sowjetmacht begann (der Zug von solchen Menschen, jungen Spezialisten, wie Mama und Papa es waren, in die Emigration – mich selbst habe ich dabei natürlich nicht im Auge).

Ich habe zwei Großväter absichtlich ausgelassen: Sjoma und Stepan. An ihnen kann man die Geschichte der UdSSR ebenfalls studieren, doch nicht gerade ihren besten Teil.

Großvater Ljowa und alle drei Großmütter waren äußerst

ehrliche Menschen und solche Kommunisten, wie es sie heute schon nicht mehr gibt. Von Urgroßvater Lapidus will ich gar nicht reden. Er war persönlich mit Lenin bekannt; man könnte ihn in ein Museum stellen und Besuchern gegen Eintrittsgeld zeigen.

Sie erhielten ihr ganzes Leben lang Auszeichnungen für gute Arbeit. Orden und Medaillen. Sehr viele Dankschreiben. Damit hätten sie die Wände in ihren kleinen, engen Wohnungen tapezieren können. Aber nie trieben sie ein falsches Spiel oder versuchten, sich Vorteile zu verschaffen. Sie erbaten nicht mehr für sich als für alle anderen, obwohl sie hohe Ämter innehatten. Und natürlich stahlen sie nicht. Wer aber stiehlt in der UdSSR nicht? Außer meiner Verwandtschaft tun es wohl fast alle. Sonst müßte die gesamte Bevölkerung der Sowjetunion ohne Schuhe und Strümpfe gehen. Und mit vor Hunger geschwollenen Gesichtern.

Aber in jeder Familie gibt es ein schwarzes Schaf. Unser schwarzes Schaf, das jede Familie besitzt, war Großvater Sjoma, der aussah wie ein Chinese. Er war als einziger kein Kommunist und glaubte nicht an irgendwelche Ideale. Großvater Sjoma glaubte an Geld. Und häufte es in Mengen an.

Wie? Sehr einfach. Er hatte, im Gegensatz zur übrigen Verwandtschaft, nicht studiert, besaß keine Hochschulbildung. Diese, mit ihrer Hochschulbildung, lebten von ihrem elenden Gehalt, von ihrem mageren Einkommen, wie Großvater Sjoma sagte. Er aber konnte sein Geld gar nicht zählen. Denn er verwaltete einen Bierkiosk auf dem Tischiner Markt. Es war ein kleiner Kiosk, aus Furnierbrettern zusammengehauen und flüchtig mit nicht waschechter Farbe gestrichen. Dort stand ein großes Holzfaß mit einer Pumpe, und wenn Großvater Sjoma sie bediente, lief ein Bierstrahl aus dem Hahn in dicke Glaskrüge und füllte sie bis oben mit einer Schaummütze. Alles kam auf den Schaum an, wie mir Großvater Sjoma erzählte. Ein halber Krug Bier, ein halber Krug Schaum. Der Schaum war Großvater Sjomas reiner Gewinn. Die Käufer sind ein ungeduldiges Volk, warten nicht, bis sich der Schaum setzt, sondern drängen sich nach dem Bier wie hungrige Schweine nach frischem Mist. Ich zitiere wieder Großvater Sjoma.

Sein zweiter Einnahmeposten bestand aus ein, zwei Eimern Leitungswasser, die in das Faß gefüllt wurden. Das dürstende Volk kann verdünntes Bier nicht von unverdünntem unterscheiden. Und wieder fließt Geld in die Tasche des Verkäufers.

Wenn man verwandtschaftliche Gefühle vergißt und sich die Sache objektiv ansieht, dann ist Großvater Sjoma ein Dieb. Ganz eindeutig ein Dieb, der hinter Gitter gehört. Und so schätzt ihn die übrige Verwandtschaft ein, die ihren Abscheu kaum verbirgt.

Aber er ist nicht einfach ein Dieb, sondern ein hervorragender Dieb. Weil er nämlich kein einziges Mal lange gesessen hat. Wenn er mal ertappt wurde, wußte er immer, wen er schmieren, wem er ein Bestechungsgeld zustecken mußte, und zog sich immer wieder aus der Schlinge.

Er – der Dieb, Schieber, unmoralische Bursche, Spitzbube, Opportunist, Schmarotzer, Plünderer sozialistischen Eigentums, der bestechliche Mensch, Räuber, Zerstörer der Grundlagen des sowjetischen Staates (das ist nur eine kleine Menge der Schimpfnamen, mit denen ihn die empörte Verwandtschaft bedachte) – ist der allerfreundlichste Mensch in unserer Familie. Und ich liebe ihn vielleicht mehr als alle übrigen. Wenn man Urgroßvater Lapidus nicht mitrechnet. Aber der ist ein Heiliger, der zählt nicht.

Der Spitzbube Sjoma, der Zerstörer der Grundlagen des sowjetischen Staates, fütterte alle übrigen Mitglieder unserer Familie, die Erbauer des Kommunismus, damit sie die

Schwelle ihrer Ehrbarkeit nicht zu überschreiten brauchten. Zu Geburtstagen brachte er ihnen die teuersten Geschenke, besorgte durch Beziehungen ausländische Mäntel und Schuhe, die für kein Geld zu haben sind. Allen schob er Mangelwaren wie Wurst oder geräucherten Fisch in die Kühlschränke. Er lieh ihnen Geld und erinnerte sie nie wieder an ihre Schuld.

Und alle nahmen es. Obwohl sie erröteten und schworen, sich zum ersten und letzten Mal mit diesem unmoralischen Burschen eingelassen zu haben. An Familienfeiertagen, wenn sie beschwipst waren, tauschten sie sogar Küsse mit ihm aus und sangen gemeinsam Revolutionslieder. Andere Lieder kannten meine Vorfahren nicht. Großvater Sjoma stimmte wortlos ein, mit unartikulierten Lauten, weil er die seltsamen Worte dieser Lieder nicht aussprechen konnte. Es drängte ihn, auf jiddisch zu singen, und am Ende des Abendessens gelang es ihm immer, solo sein herzzerreißendes Lied »Die jiddische Mame« vorzutragen. Unsere hartgesottenen Kommunisten lauschten dem Spitzbuben Sjoma und wurden weich. Sie schluchzten sogar, beschämt über ihre Tränen.

Nur die Augen eines einzigen Angehörigen unserer Familie blieben trocken: Großvater Stepans. Er ließ sich durch die »jiddische Mame« nicht beeindrucken, denn er war kein Jude.

Wie es keine Familie ohne schwarzes Schaf gibt, so läßt sich wohl heute auch in der UdSSR keine jüdische Familie ohne russischen Verwandten finden. Der unsere war Großvater Stepan. Der Mann von Großmutter Sonja, die früher mit Großvater Sjoma verheiratet gewesen war.

Wie Großvater Sjoma zu diesem Thema sagte: »In unserer Familie haben wir jetzt, Gott sei Dank, ein vollständiges Sortiment von Gentlemen: einen alten Bolschewiken, der unter allen Regierungen gesessen hat, einen Spitzbuben, der nie gesessen hat, und unseren eigenen Henker, einen KGB-Major im Ruhestand, nämlich Großvater Stepan.«

Wenn meine Verwandten sich voreinander rechtfertigten, weshalb sie in ihrer kristallklaren Umgebung einen solchen Schurken wie Großvater Sjoma duldeten, wälzten sie alles auf mich ab: »Er liebt Oletschka wahnsinnig. Zieht sie an wie ein Püppchen. Und die Kleine vergöttert ihn.«

Sie heuchelten natürlich. In Wirklichkeit duldeten sie Großvater Sjoma deshalb, weil er allen aus der Not half und ihnen, den Sauberkeitsfanatikern, die Möglichkeit gab, vollkommen anständig zu leben. Ohne sich je die Hände schmutzig zu machen. Und dabei stolz auf ihre Reinheit zu sein.

Ich liebte ihn nicht deshalb, weil er mich anzog wie ein Püppchen, sondern deshalb, weil er so nett war. Er hielt keine Moralpredigten, forderte keine Dankbarkeit, liebte mich bedingungslos. Und auch deshalb, weil er, der Spitzbube, so gutmütig, ohne jede Hinterlist lächeln konnte. Wenn er lächelte, zog sich seine chinesische Physiognomie bis zu den Ohren auseinander; seine Augen wurden zunächst zu schmalen Schlitzen und verschwanden dann ganz.

Wenn alle Diebe und Spitzbuben so sind wie er, dann möchte ich lieber unter ihnen leben als unter ehrlichen Kommunisten mit heuchlerischen Gesichtern und ständig verängstigtem Blick, Großvater Lapidus natürlich ausgenommen. Ihn würde ich mitschleppen, und er würde auch im Reich der Spitzbuben ein Heiliger werden, den man anbetet und um die Vergebung seiner Sünden ersucht.

Manchmal schlich sich Unverständnis in meine Seele ein. Wie kam es nur, daß die Sowjetmacht Urgroßvater Lapidus, den allerehrlichsten Kommunisten, für zwanzig Jahre nach Sibirien verfrachtete, während Großvater Sjoma, der Spitzbube und Plünderer des sozialistischen Eigentums, in Freiheit herumspazierte? Für meinen ungefestigten kindlichen Geist, wie Großmutter Ljuba sich ausdrückt, war das etwas schwer zu begreifen.

Das ist also unsere Familie. Jedenfalls die ältere Generation. Zu Mama und Papa komme ich später. An meinen Verwandten läßt sich die Geschichte der UdSSR tatsächlich wie an lebenden Ausstellungsstücken studieren.

Aber nicht für Schulprüfungen. Wenn ich in Geschichtsprüfungen von unserer Familie erzählte, würde ich mir sofort die miserabelste Note einhandeln, würde vielleicht sogar aus der Schule fliegen. Und für unsere Familie würden sich die Sicherheitsorgane interessieren, das Schild und Schwert der Revolution, wie Großvater Stepan, KGB-Major im Ruhestand, sagt. Und interessieren sich die Organe mal für jemanden, dann hat der nichts Gutes zu erwarten.

So ist das. Deshalb ist es besser, in den Prüfungen zur Geschichte der UdSSR so zu antworten, wie es im Lehrbuch steht. Und über unsere Familie in meinem Tagebuch zu schreiben. Für den persönlichen Gebrauch und unter einer einzigen unumgänglichen Bedingung: Als ich die UdSSR verlassen hatte, konnte ich den sowjetischen Sicherheitsorganen von hier, aus der Freien Welt, die Zunge herausstrecken. Eure Arme sind nicht lang genug! Wir sind, Gott sei Dank, auf der anderen Seite des Eisernen Vorhangs.

Als ich noch ganz klein war, noch vor der Schule, zeichnete ich Porträts fast aller Menschen, auf die ich durch die geringste Kleinigkeit aufmerksam geworden war. Ein paar Bleistiftstriche, und das Porträt war fertig. Eigentlich kein Porträt, sondern eine Karikatur. Manchmal eine böse Karikatur.

Ich suchte in jedem Porträt das, was die Hauptsache an einem Gesicht war. Das übrige interessierte mich nicht.

»Eine boshafte Person wird das«, sagte Großmutter Sonja. Sie betrachtete ein Porträt, das ich von ihr angefertigt hatte. »Sieht in den Menschen nur das Schlechte.«

Und Großvater Stepan, ein militärischer und deshalb geradliniger Mensch, blinzelte sein Porträt lange an. »Ähnlichkeit ist da, weißt du. Nichts zu sagen. Aber du hast nicht das Wichtigste an mir erfaßt, sondern etwas Zweitrangiges, weißt du... Hier sehe ich aus wie ein Alkoholiker... Dabei kämpfe ich doch gegen dieses Übel, weißt du... Und, zum Beispiel, daß ich Kommunist bin, läßt sich auf dem Porträt nicht erkennen. Auch nicht, daß ich eine dreißigjährige tadellose Dienstzeit hatte, weißt du.«

Dreißig Jahre diente Großvater Stepan beim KGB, und so tadellos, daß ihm der Spitzname »Mörder« in unserer Familie fest anhaftete.

Ich kann nicht anders zeichnen. Nicht etwa, weil ich die Menschen nicht liebte. Mein Stil ist eben so.

Mein Selbstporträt, das lange über dem Bett meiner Eltern hing, bis es vergilbte und zusammengerollt wurde, sah genauso aus. Zwei große Augen ruhen auf zwei dünnen, langen Beinchen. Mehr nicht. Ein Auge schielt. Wie bei mir.

Alle Großmütter und alle Großväter und alle unsere Gäste (unter ihnen waren professionelle Künstler) gerieten in kindisches Entzücken.

Die allgemeine Meinung meiner Kritiker lautete: »Sie hat das Wesentliche erfaßt. Das Kind ist mager bis zur Unansehnlichkeit. Sie besteht nur aus Augen und aus Beinen. Wir sind Verbrecher. Sie muß kräftig gefüttert werden. Und mehr Vitamine bekommen.«

»Und warum hast du den Mund nicht gezeichnet?« ereiferte sich Großmutter Ljuba. »Der Mund ist vielleicht ein bißchen groß geraten, aber üppig. Ich hätte mich nicht geschämt.«

Bestimmt nicht. Denn ich habe, nach Meinung der ganzen Verwandtschaft, meinen Mund von ihr geerbt. Sie hat einen sehr großen Mund. Aber ob er üppig ist, das wollen wir lieber ihrem Gewissen überlassen.

Großvater Stepan bemühte sich, meinen Übungen eine politische Färbung zu geben: »Weißt du, Olga, das ist – wie heißt es noch? – dekadenzlerisch. Wühlst im schwarzen Inneren und siehst die hellen Perspektiven nicht. Unter Stalin, weißt du, hätte man dir für solche Scherze nicht den Kopf gestreichelt, sondern dich an die Wand gestellt.«

Was »an die Wand stellen« heißt, wußte ich schon damals. Es bedeutet: jemanden erschießen.

Der übrigen Verwandtschaft mißfiel es sehr, wenn der »Mörder« auf politische Themen zu sprechen kam. Aber man konnte es ihm nicht verbieten. Erstens war er ein Verwandter, und zweitens hätte er es als Unzuverlässigkeit einschätzen und an die betreffenden Stellen weitermelden können. Zwar war er im Ruhestand, doch seine Fertigkeit hatte er nicht verloren, und es juckte ihm in den Fingern nach seiner früheren Arbeit. Es war besser, sich mit ihm nicht anzulegen.

Alle verstummten, wenn er über Politik zu reden begann, und beantworteten seine Fragen nicht. Und dann traf es immer mich allein. Er nahm mich auf den Schoß, hauchte mir seinen nach Tabak und Alkohol riechenden Atem ins Gesicht und sagte, während er mir den Kopf mit altersschwacher Hand streichelte:

»Nur du verstehst mich. Du gehörst zu uns, bist ein sowjetischer Mensch. Die aber gehören zur verfaulenden Intelligenz. Weißt du, was Stalin mit solchen Leuten machte? Stellte sie an die Wand. Ohne langes Gerede.«

Dann begann er, mir das Herz auszuschütten. Darüber, wie das Land den Glauben verloren habe. Und ohne Glauben an einen Führer sei das Volk ganz außer Rand und Band geraten. Unter Stalin habe Ordnung geherrscht. Jetzt aber sei jeder darauf erpicht, die Sowjetmacht anzukratzen.

Meine Verwandten blieben stumm. Sie wechselten nur ausdrucksvolle Blicke. Schließlich mischte sich dann stets Großmutter Sonja, die Frau des »Mörders«, ein und befreite mich von ihm. »Das reicht, Stepan. Hast dich ausgesprochen, jetzt gib Ruhe. Du quälst das Kind. Schau nur, wie sie aussieht.«

»Gibt's denn kein anderes Thema?« fügte Großvater Ljowa vorsichtig hinzu, um Großvater Stepan nicht zu verärgern. »Laßt uns von was Fröhlichem sprechen. Wie geht's zum Beispiel mit der Cholera in Odessa?«

Dann erwischte es mich einmal mit meinen Porträts. Und ohne Großvater Stepan wäre ich wie eine Rakete aus der Englischen Schule geflogen!

In der Schule mußte ich im Auftrag der Pionierleiterin Karikaturen der Nachzügler anfertigen. Diese Karikaturen wurden in der Wandzeitung in der größten Turnhalle ausgehängt. Und dort scharten sich immer Zuschauer zusammen und wieherten vor Lachen. Meine Zeichnungen hatten Erfolg.

Aber dann befahl mir unsere Lehrerin Marja Filippowna, ein Porträt Breschnews, des Führers des sowjetischen Volkes, anzufertigen. Nach einer Fotografie. Und sie setzte hinzu, daß dies eine große Ehre für mich sei, und sie hoffe, daß ich das Vertrauen des Schulkollektivs rechtfertigen würde.

Ich blieb nach dem Unterricht zurück und erledigte die ganze Arbeit in einer halben Stunde. Auf dem Heimweg brachte ich dem Hausmeister das Porträt, damit er es der Lehrerin am nächsten Morgen übergebe.

Am nächsten Morgen warteten nicht nur Marja Filippowna, sondern ungefähr zehn Lehrer und der Schuldirektor auf mich. Alle hatten steinerne Mienen. Sie sahen mich an wie Katzen eine Maus. Gleich würden sie mich fressen.

Ich kam mit vollgepackter Schultasche auf dem Rücken, die mehr wog als ich selbst, und sofort umringten sie mich.

»Ein feindliches Element!« kreischte Marja Filippowna, die sich nicht mehr beherrschen konnte. »Sie hat sich in unsere geschlossenen Reihen eingeschlichen!«

Ich wurde aus der Schule gewiesen – mit der Auflage, nicht ohne Eltern zu erscheinen. Und allein das Porträt Breschnews war daran schuld. Ich hatte wie immer die wichtigsten Züge eingefangen: seine dicke Oberlippe, die Brauen, dicht wie Rasierpinsel, und so war dabei eine Karikatur herausgekommen.

Bei uns zu Hause wurde Alarm geschlagen. Es roch nach Pulver. Großvater Sjoma sagte, daß unsere Familie nicht ungeschoren davonkommen werde, und Urgroßvater Lapidus, der Lenin persönlich gekannt hatte, sagte, daß in diesem Fall seine früheren Verdienste auch nicht helfen würden. Die Großmütter hatten Tränen in den Augen, und ihnen zitterten die Hände. Mein Vater lief mit verzerrtem Gesicht durch die Wohnung, hatte die Finger in seinem Schopf vergraben, als wolle er sich gleich den Skalp wie eine Perücke abreißen.

Ein russischer Mann rettete die Situation: Stepan. Das Schild und Schwert der Revolution.

»Ruhe jetzt!« fuhr er seine jüdischen Verwandten an. »Was für ein Blödsinn, ihr eine so wichtige politische Sache wie ein Porträt des Führers zu übertragen! Tölpel! Dummköpfe! Und nun wollen sie anderen die Schuld geben? Ihre politische Blindheit auf ein Kind wälzen! Na, wartet nur! Ich bringe die Sache ins reine! Ich schaffe dort Ordnung!«

Mein Verteidiger, Großvater Stepan, KGB-Major im Ruhestand, erschien in seiner Offiziersuniform, mit der er später in den Sarg gelegt wurde, in der Schule und schuf Ordnung.

Man wollte Marja Filippowna entlassen, beließ es aber dann bei einem strengen Verweis. Die Pionierleiterin wurde in eine andere Schule versetzt. Und in eine einfache, keine englische.

Und ich erhielt im Betragen ein Vierteljahr lang die Note »Ausgezeichnet«, obwohl ich, ehrlich gesagt, kaum ein »Befriedigend« verdient hätte.

Weil diese unangenehme Geschichte so glimpflich verlief, hielt mein Vater eines Abends zu Hause eine Feier ab. Für die gesamte Verwandtschaft. Fremde wurden nicht eingeladen. Großvater Stepan durfte, als Held des Tages, an diesem Abend mehr als die von der Großmutter festgesetzte Menge trinken; im Rausch tanzte er in der Hocke einen russischen Tanz und forderte, daß sich ihm alle Juden, unabhängig vom Alter, anschlossen. Doch nur ich tanzte als Vertreterin der Juden mit ihm. Die übrigen beschränkten sich darauf, in die Hände zu klatschen.

Vom Herumspringen müde geworden, ließ Großvater Stepan sich dröhnend auf ein Sofa fallen, nahm mich auf den Schoß und sagte keuchend: »Aber mit diesen Streichen mußt du aufhören, Oletschka! Zum Kuckuck! Das führt zu nichts Gutem, weißt du.«

Meine Großeltern sind nicht tierlieb. Deshalb gibt es bei keinem von ihnen Katzen oder Hunde.

Wenn Mama und Papa mich zu jemandem abschieben wollen, weil sie ein persönliches Leben haben und ein Kind ihnen die Hände bindet, suche ich mir von allen Großvätern und Großmüttern immer Großvater Sjoma und Großmutter Sima aus. Da aber eine Absprache zwischen den alten Leuten besteht, mich der Reihe nach zu sich zu nehmen, wird mein Wunsch nicht immer erfüllt.

Großvater Sjoma, das ist der Spitzbube und Schieber, die Schande der Familie, das schwarze Schaf, das es in jeder Familie gibt. Ich wohne nicht nur deshalb gern bei ihm und Großmutter Sima, weil sie die größte Wohnung in einer schönen Gegend haben (natürlich sind sie mit unehrlichen Mitteln dazu gekommen, wie die ganze übrige Verwandtschaft meint). Und nicht nur deshalb, weil ich hier mit den schmackhaftesten Dingen gefüttert werde, die man in den Geschäften nicht findet. Und nicht nur deshalb, weil ich von hier immer mit neuen Dingen nach Hause, zu meinen Eltern, zurückkehre. Mal mit neuen Schuhen, mal mit einem ausländischen Kleid, mal sogar mit einem echten Pelz.

Es zieht mich deshalb zu ihnen, weil sie einen Hund haben: Bobik. Kein Rassetier, eine Promenadenmischung. Aber was für eine Persönlichkeit! Ein solcher Schlingel! Ich würde ihn nicht gegen einen Deutschen Schäferhund mit Medaillen eintauschen. Bobik mit den hängenden Ohren, der feuchten Nase und dem ewig haarenden Fell, von dem alles im Haus mit Haaren übersät ist, ist mein Freund. Mein aufrichtigster Freund.

Wenn sie mich dorthin bringen, wittert er mich schon von weitem. Ich bin noch gar nicht auf der Treppe, da beginnt er schon im vierten Stock, ganz am Ende eines langen Flurs, sich in seiner Wohnung gegen die geschlossene Tür zu werfen, freudig zu winseln und zu bellen. Und wenn ich dann die Wohnung betrete, wird er ganz hysterisch. Er wirft mich beinahe um, so wild ist er darauf, mir die Nase zu lecken. Und er zittert so sehr vor Freude, daß er stets unweigerlich lospinkelt. Direkt auf den Fußboden spritzen die Tropfen. Und dafür kriegt er von Großmutter Sima eins mit dem Riemen übergezogen.

Bobik ist ein so komischer Kerl, wie ihn die Welt noch nicht gesehen hat. Wenn er ein Mensch wäre, würde er bestimmt humoristische Erzählungen schreiben oder im Zirkus als Clown auftreten. Sein Sinn für Humor ist höher entwickelt als der mancher Menschen. Zum Beispiel als der Großvater Stepans.

Der ist immer auf der Hut, wenn ringsum gelacht wird, macht ein strenges Gesicht und sagt: »Ich weiß nicht, was es da zu lachen gibt . . . Weinen müßtet ihr eigentlich.«

Er glaubt immer noch, daß man ihn fürchtet, weil er KGB-Major ist. Und er vergißt, daß er sich im Ruhestand befindet. Auf den Abfallhaufen der Geschichte geworfen, wie Großvater Ljowa sagt.

Bobik ist ganz schwarz, mit roten Flecken. Keine Schönheit, aber eine Seele von Hund. Und wenn er seine Faxen macht, hält man sich den Bauch vor Lachen. Einmal stürzte er seine Besitzer in hohe Unkosten. Es war auf dem Lande. Ich selbst war leider nicht dort, aber ich weiß alles von Großmutter Sima.

In die benachbarte Datscha zogen Gäste ein: ein alter General mit seiner jungen Frau. Und mit ihnen ein Hund von seltener Rasse, ein Dalmatiner. Weiß, mit braunen Flecken. Eine Hündin, eine Schönheit. Am Halsband hatte sie mehr Medaillen als der General auf der Brust. Und der General vergötterte seine Hündin nicht weniger als seine junge Frau. Nach Meinung von Großvater Sjoma. Er hatte einen Narren an ihr gefressen.

Der Hund wurde fast mit dem Löffel gefüttert, nach einer besonderen Diät. Und das, während es für die Werktätigen starken Mangel an Lebensmitteln gab. Die Generalshündin brauchte auf nichts zu verzichten. Nach Überzeugung von Großmutter Sima, die Sanitätshauptmann der Reserve ist.

Das Generalsehepaar kam für längere Zeit zu Gast und richtete sich gründlich ein. Sie führten ihren Hund an der Leine spazieren, und wenn irgendein hergelaufenes Hundevieh versuchte, ein Auge auf die reinrassige Generalshündin zu werfen, und begann, sie zu beschnuppern und zu bedrängen, stieg dem alten General das Blut so sehr zu Kopf, daß er einem Schlaganfall nahe war, und er jagte den frechen Plebejer mit seinem Stock fort, auf den er sich beim Gehen stützte.

Das Problem war: Wenn die Aristokratin von einem plebejischen Hund schwanger würde, wäre ihre Rasse für immer verdorben. Dies seien die Worte der Generalsfrau gewesen, behauptet Großmutter Sima. Und ich dachte bei mir, daß, falls das stimmt, alles, was man uns in der Sowjetunion über allgemeine Gleichheit gelehrt hat, leeres Geschwätz sein muß. Die Menschen können – wie die Hunde – nicht gleich sein. Die einen sind klug, die anderen dumm. Die einen sind gut, die anderen heimtückische Schlangen. Die einen sind begabt, die anderen wie Großvater Stepan. Deshalb können die Weißen sich nicht mit den Schwarzen in New York vertragen. Und die Russen dulden die Juden in Moskau nur mit Mühe.

»Gleichheit gibt's nur auf dem Friedhof«, sagt Großvater Sjoma. »Aber auch dort versucht man, sich durch die Grabsteine hervorzutun.«

Die Dalmatinerhündin und unsere Promenadenmischung Bobik bestätigten nur, welche Dummheiten uns darüber eingetrichtert wurden, daß in der UdSSR alle gleich seien.

Die Datscha der Nachbarn war von einem hohen Zaun umgeben. Der General überprüfte höchstpersönlich, daß es darin keine Lücken gab. Sie schlossen das Tor und die Pforte und ließen ihre Unberührbare mit den rosafarbenen Augen von der Leine. Soll sie sich ein bißchen in Freiheit tummeln, zwischen den Büschen herumlaufen. Sonst ist sie ja dauernd an der Leine. Soll auch sie etwas von dem Urlaub haben.

Der General hatte alles berücksichtigt, nur eines nicht: den Charakter unseres Bobik. Klein, struppig, haarend, halb so groß wie die Dalmatinerhündin, zeigte Bobik, was für ein Herzensbrecher er ist.

Er grub einen Tunnel, zwängte sich in den Garten der Nachbarn durch, schlich sich an die unschuldig zwischen den Büschen tollende Rassehündin heran, machte ihr schöne Augen, sagte ihr ein, zwei schöne Worte, und die unerreichbare Schönheit wurde weich, verlor ihren Stolz und gab nach wie ein ganz gewöhnliches Weib.

Als wollte sie sagen: Machen Sie mit mir, was Ihnen beliebt.

Und unser Bobik tat es. Der Schurke kannte sich gut aus.

Die Generalsfrau stieß auf das unzüchtige Pärchen, als die Sache sich schon dem Ende näherte. Es war zu spät, etwas zur Rettung der Hündin zu unternehmen. Die Generalsfrau warf nur einen Erdbrocken nach ihnen, und unser Bobik, ein stolzer Freier, schnappte noch nach ihr und fletschte die Zähne, wovon der Generalsfrau ganz übel wurde. Dann stürzte er sich wie ein ungezogener Kater in den Tunnel, sprang in unser Haus und verkroch sich ganz leise bei Großmutter Sima unter dem Sessel.

Danach begannen mächtige Unannehmlichkeiten für Großvater Sjoma. Zuerst machte der General Anstalten, Großvater mit seinem Stock zu verprügeln. Großvater, Großmutter und die Nachbarn überredeten ihn mit Mühe, sich zu beruhigen und keine Dummheiten zu machen. Denn nicht Großvater Sjoma habe ihre Dalmatinerhündin verdorben, sondern der Halunke Bobik, und der Besitzer sei nicht für seinen Hund verantwortlich. Das sei unter Stalin alles ganz anders gewesen. Damals hätte man Überschreitungen der sozialistischen Gesetze geduldet. Heute aber sei der »Persönlichkeitskult« entlarvt, und die Zeiten hätten sich geändert. Und überhaupt seien der General und seine Frau auf Kosten des Volkes fett geworden, züchteten Hunde, lebten wie Großgrundbesitzer vor der Revolution, hier aber könne ein einfacher Mensch kein Speiseöl kaufen und statt Fleisch nur stinkenden Fisch mit der Bezeichnung »Silberhecht«. Sollen sie doch selbst einmal diesen Fisch essen! Und ihren Hund damit füttern! Und einen einfachen sowjetischen Hund, das heißt Bobik, bloß nicht anrühren.

Dies schrien die Leute aus den Datschas und retteten dadurch Großvater Sjoma vor dem Stock des Generals. Nicht aber vor den Folgen. Mein Großvater schlief mehrere Nächte lang nicht. Von dem ganzen Gebrüll des Generals erinnerte er sich nur an eines: »Und von welchem Geld haben Sie sich hier die Datscha hingestellt? Das wäre sehr interessant zu erfahren. Laden wir doch den Staatsanwalt hierher ein. Der kann sich darum kümmern.«

Nichts fürchtete Großvater mehr. Sein ganzes Leben lang hatte er seinen Vorteil gesucht, sich aus allem herausgewunden, gestohlen, Bestechungsgelder verteilt – und alles war gutgegangen. Nun aber hatte der räudige Hund ihn in des Teufels Küche geritten. Wenn sie Großvater in die Mangel nahmen, würde er diesmal dem Gefängnis nicht entgehen können. Der General würde keine Ruhe geben, bis er hinter Gittern säße.

Aber Großvater Sjoma ist auch nicht ohne. Er hatte während des Krieges, als er in die Gefangenschaft der Faschisten geraten war, sogar die Gestapo an der Nase herumgeführt und sie überzeugt, daß er kein Jude, sondern Chinese sei. Deshalb war er am Leben geblieben. Großvater rief den Tierarzt zu sich, bezahlte ihn gut und führte ihn zum General. Der Tierarzt lobte die Dalmatinerhündin in den höchsten Tönen und sagte sogar, daß er einer solchen Schönheit in seiner Praxis noch nicht begegnet sei. Welches Herz hätte dem widerstehen können? Auch ein Generalsherz ist schließlich nicht aus Stein. Der General ließ sich erweichen, war milder gestimmt.

An der Hündin wurde eine Abtreibung vorgenommen. In der Klinik. Und der Tierarzt schwor, daß mit absolut keinen üblen Folgen zu rechnen sei, da man in einem frühen Stadium habe eingreifen können. Die Rasse sei bewahrt.

Das Generalsehepaar schluchzte vor Glück. Großvater Sjoma hielt aus Anlaß der Versöhnung einen geselligen Abend ab. Mit dem General und seiner Frau und ihren Freunden. Das kostete Großvater eine schöne Stange Geld.

Der General betrank sich, begann, mit seinen kriegerischen Heldentaten zu prahlen, schrie militärische Kommandos und machte sich am Ende die Hose naß, wie ein kleines Kind. Vor der ganzen Gesellschaft.

Großvater Sjoma war darüber sehr schadenfroh. Er hatte Rache genommen, wie er sich ausdrückte.

Doch dem Tierarzt mußte ein rundes Sümmchen gezahlt werden. Dafür hätte man eine ganze Meute Dalmatiner kaufen können.

Großvater Sjoma hatte seine Goldbrücke verloren. Eine Zahnprothese, die aus reinem Gold hergestellt war. Von höchstem Feingehalt, wie Großvater schwor. Fünf Goldzähne, die miteinander verbunden waren. Deshalb war es eine Brücke. Darunter ein Weisheitszahn. Der größte. Für ihn ging das meiste Gold drauf.

Die Brücke wurde an die noch vorhandenen Vorderzähne gesetzt, und wenn Großvater lächelte, hob sich seine Lippe ein wenig, und an der Seite begann ein Funkeln, wie eine Festbeleuchtung. Das Gold glänzte im Mund. Großvater gefiel das, weil es ihm mehr Gewicht in der Gesellschaft verlieh. Und seine Gesprächspartner waren von Respekt und Neid auf einen Menschen durchdrungen, der sogar im Mund Gold hatte. Nicht nur als Ring am Finger und am Handgelenk als Uhrenarmband.

Wenn keine Fremden im Haus waren (ich zähle nicht, ich bin noch ein Kind und gehöre außerdem zur Familie), nahm Großvater die Prothese heraus und legte sie in ein Glas mit Wasser, und das Gold schimmerte matt wie ein Schatz auf dem Meeresgrund. Oder er legte sie einfach irgendwohin. Jedesmal suchten wir diese Goldbrücke zu dritt: er, Großmutter und ich. Großmutter schimpfte dabei was das Zeug hielt, rutschte auf den Knien über das Parkett und guckte unter das Sofa und unter den Schrank. Davon stieg ihr das Blut zu Kopf, und sie mußte ein Medikament nehmen. Großmutter Sima ist die jüngste meiner Großmütter und macht die Wechseljahre durch. Deshalb ist sie so aufbrausend. Ich verstehe sie und habe Mitleid mit ihr. Aber ich kann ihr auch nicht helfen. Jedes Alter hat seine Nachteile. Bei der Großmutter sind es die Wechseljahre, bei mir die Bandwürmer.

Großvater Sjoma begann also wieder einmal, seine Goldbrücke zu suchen, und Großmuter und ich halfen ihm dabei. Aber diesmal fanden wir sie nicht. Die Brücke war verschwunden. Als hätte sie sich in Luft aufgelöst. Aber bekanntlich kann Gold nur bei außerordentlich hoher Temperatur schmelzen und sich in Dampf verwandeln, doch bei uns zu Hause war die Temperatur normal. Weder kalt noch heiß. Genauer gesagt, Großvater wurde es kalt durch diesen Verlust, und Großmutter wurde es heiß, das Blut stieg ihr in den Kopf.

Während wir die Medizin für Großmutter suchten, hörten wir plötzlich ein krampfhaftes Husten unter dem Tisch. Dort saß Bobik und hustete würgend. Dabei wandte er die Augen ab, wie er es gewöhnlich tat, wenn er Unfug machte.

Ein schrecklicher Verdacht überkam uns alle. Alle drei gleichzeitig. Dort ist sie, die Goldbrücke! Dieser Bandit, Rowdy, Abtrünnige, dieser verdammte Hund hatte die Goldbrücke verschlungen und krümmte sich jetzt vor Schmerz, weil er das Edelmetall nicht verdauen konnte.

»Alle Ausgänge abschließen!« befahl Großmutter mit Kommandeursstimme, was gar nicht überraschen konnte, denn sie war ja Hauptmann der Reserve. Im Sanitätsdienst.

»Und einen Stöpsel unter den Schwanz«, riet ich schüchtern. Ich wollte ihnen aufrichtig helfen.

»Ihr Plan ist kindisch«, unterbrach sie mich.

Wenn Großmutter grob ist, siezt sie mich immer. Ich biß mir auf die Zunge. Denn ich komme aus einer Intelligenzlerfamilie und wußte genau, daß Älteren zu widersprechen genau das gleiche ist, als wolle man gegen den Wind pinkeln. Für einen Mann natürlich. Dem schwachen Geschlecht kann der Wind nicht gefährlich werden.

Der hustende Bobik wurde ins Badezimmer gejagt, und dort schloß sich Großmutter Sima mit ihm ein und zwang das arme Hündchen, ein Abführmittel zu schlucken.

Bobik kotete die Goldbrücke aus, und dann erst wurde er aus der Haft entlassen. Er kam traurig, mit hängendem Kopf aus dem Badezimmer heraus. So muß wohl jemand aussehen, der gerade ausgeplündert worden ist.

Großmutter brachte die Goldbrücke, die sie vorher unter dem Hahn abgespült hatte, triumphierend heraus und hielt sie Großvater geringschätzig hin. Die Brücke war von den Hundezähnen verbogen und eingedrückt. Es war vorbei mit ihr, aber wenigstens blieb das Gold erhalten.

Großvater Sjoma legte seine gewohnte Findigkeit und seinen Mutterwitz an den Tag, die ihm immer aus der Patsche halfen. Er nahm ein Hämmerchen und die Pinzette, mit der Großmutter sich die Schnurrbarthaare auszupft, wenn sie unanständig lang geworden sind, und gab der Goldbrücke in ungefähr einer Stunde ihr früheres Aussehen zurück. Danach öffnete er den halbleeren Mund und wollte die Brücke zum Zeichen des Sieges an ihre Stelle setzen.

Großmutter schaffte es gerade noch, ihm die Brücke vor den Lippen wegzuschnappen. »Idiot! Steckst sie ohne Desinfektion in den Mund? Weißt du etwa nicht mehr, wo wir sie rausgezogen haben?«

Sie ließ die Goldbrücke die ganze Nacht in Spiritus liegen, wovon sie noch heller glänzte. Dann spülte sie sie mit kochendem Wasser ab, wusch sie mit Seife, spülte sie von neuem und steckte sie Großvater dann erst in den Mund. Dabei verbrannte sie ihm die Lippen.

Bobik sah den Menschen einige Tage lang nicht in die Augen. Dann vergab er ihnen. Immer wenn Großvater lächelte und das Gold in seinem Mund zu glänzen begann, zeigte sich in Bobiks Augen ein böses Funkeln.

»Aristokrat!« Großmutter Sima stieß ihn mit dem Fuß an. »Nur Gold fehlt ihm noch, damit er richtig glücklich ist.«

Dieses Ereignis ließ ein unangenehmes Gefühl in mir zurück. Wie es einem den Mund zusammenzieht, wenn man unreife grüne Äpfel ißt.

Jedesmal wenn Großvater Sjoma mich küßte, spürte ich deutlich den Hundegeruch aus seinem Mund, und eine Gänsehaut überlief mich. Ich bin ein sehr sensibles Kind.

Ich dachte lange nach, und dann fiel es mir ein. Ich machte eine Entdeckung. In Rußland sind die beliebtesten und am meisten verbreiteten Lieder die von Gaunern und Dieben. Oft mit sehr unanständigem Text. Und ich hatte plötzlich eine Erleuchtung. Ich erriet, weshalb.

Weil im sowjetischen Rußland das Glück für die Werktätigen dauernd geschmiedet, aber überhaupt nie zu Ende geschmiedet wird. Fast jeder zweite erwachsene Mensch hat entweder im Gefängnis gesessen oder sitzt gerade. Wie es in einem Gaunerlied aus dem Lager heißt:

> Wer dort nicht war, der wird dort sein,
> und wer dort war, der schärft sich's ein.

Stalin jagte Millionen als politische Häftlinge hinter Gitter. Einfach für ein unbedachtes Wort. Sogar ohne ein Wort. Und als Kriminellen kann man jeden einsperren. Denn: Wer nicht stiehlt, der überlebt nicht. Wer nicht schmiert, der ißt nicht. Diese Sprichwörter und auch das Liedchen kenne ich von Großvater Sjoma, der Schande der Familie und dem Plünderer des sozialistischen Eigentums.

Die Menschen kehren nicht nur mit ruinierter Gesundheit und wegen des Skorbut ohne Zähne aus dem Lager zurück, sondern auch mit einem Repertoire an Gaunerliedern. Und weil in Rußland solche Menschen in der Mehrheit sind, deshalb sind auch die Gaunerlieder am weitesten verbreitet. Von den Eltern gehen die Lieder auf Kinder und Enkel über.

Einmal brachte ich Großvater Sjoma schwer in Bedrängnis. Es war mein Geburtstag. Ich wurde, glaube ich, fünf Jahre alt. Eine runde Zahl. Mama und Papa füllten das ganze Haus mit Gästen. Kindern und Erwachsenen. All meine Vorfahren, mit Urgroßvater Lapidus, der persönlich mit Lenin bekannt war, an der Spitze, waren vollständig vertreten.

Als ich mich mit Süßigkeiten vollgestopft hatte und meine Wangen von sabberigen Küssen ganz feucht geworden waren, kam, wie gewöhnlich, der feierlichste Augenblick. Das Geburtstagskind sollte mit seiner Begabung glänzen. Ein Gedicht auswendig aufsagen, einen russischen Volkstanz vorführen oder etwas singen.

Meine Verwandtschaft war verblüfft. An früheren Geburtstagen hatte ich Verse heruntergerappelt, aber nicht einmal einen Versuch gemacht zu singen. Mama jammerte sogar, daß ich keine musikalischen Fähigkeiten hätte und nicht lernen könne, Klavier zu spielen. Wie es sich für ein wohlerzogenes Mädchen aus einer Intelligenzlerfamilie gehören würde. Auch die Großväter und Großmütter machten sich Sorgen. Außer Urgroßvater Lapidus. Er sagte etwas in der Art, daß nicht alle Klavier zu spielen brauchten, irgend jemand müsse auch Getreide anbauen. Alle sahen ihn an wie eine Fliege vor dem Fenster, die den Winter überlebt hat: Der Alte ist wohl völlig übergeschnappt, schwatzt ungereimtes Zeug. Natürlich muß auch Getreide angebaut werden. Aber warum soll dies unbedingt unsere einzige, allerliebste Enkelin Oletschka tun?

Als ich, mit einer großen Schleife im Haar, in der Mitte des Zimmers stand und sagte, daß ich ein Lied singen wolle, jubelte alles. An früheren Geburtstagen hatte ich Gedichte vorgetragen, und alle meine Verwandten hatten einmütig die Lippen bewegt und lautlos die Worte gesprochen, die sie auswendig kannten. Als wollten sie mir helfen, mich unterstützen. Jetzt aber wußten sie nicht, welches Lied ich singen würde, und konnten nicht die Lippen bewegen. Deshalb beschränkten sie sich darauf, wie auf Befehl den Mund aufzureißen. Vor Neugier und Erwartung. Es flimmerte mir vor den Augen, denn diese Münder waren mit falschen Zähnen aus Metall gefüllt, und in jedem Zahn spiegelte sich unser Kronleuchter wider.

Ich stimmte an. Einen Fuß vorgestellt und die Hände auf dem Rücken verschränkt. Während ich sang, klappten die Münder einer nach dem anderen zu, und ich brauchte die Augen nicht mehr zusammenzukneifen.

Ich sang:

»Katja, Katerina,
Diebesto-o-chter.
Mit wem hast du verbracht
Die ganze letzte Nacht?«

Wie sich alle aufregten! Was für Blicke sie austauschten!

Meine Mama lief auf mich zu und drückte mir die Hand auf den Mund, damit ihm nicht weitere Scheußlichkeiten entschlüpfen konnten.

»Unbegreiflich!« Mama schluchzte fast vor Scham. »Wo kann sie so etwas nur aufgeschnappt haben?«

Vielsagend sah sie Großvater Sjoma an, der in der Ecke saß und als einziger von allen die Lippen bewegt hatte, während ich sang. Die gesamte Verwandtschaft wandte sich ihm zu und musterte den Unglücklichen mit vernichtenden Blicken. Großvater Sjoma begann nervös zu pfeifen.

Ich benutzte die Gelegenheit, daß Mama die Hand von meinem Mund genommen hatte, und schlug den Zuhörern unschuldig ein anderes Lied vor, wenn ihnen dieses nicht gefalle.

»Sehr schön, Kindchen! Ein anderes!« schrie die ganze Verwandtschaft einstimmig. »Und dieses scheußliche Ding schlag dir aus dem Kopf.«

Ich nickte bereitwillig, was eine große Erleichterung für sie war. Und begann:

»Vergeblich zerbrach ich das Gitter,
Vergeblich entfloh ich der Zelle.
Denn mein allerliebstes Frauchen
Hat 'nen andern an meiner Stelle.«

Mama legte mir von neuem einen Maulkorb an. Großvater Sjoma, der höchst unklug wieder die Lippen bewegt hatte, während ich sang, wurde aus seiner Ecke gezerrt und in die Küche geschleppt. Zur Abrechnung.

Sie hatten sich nicht geirrt. Tatsächlich hatte mir Großvater Sjoma, die Schande der Familie, der Spitzbube, Dieb und Schieber, der Plünderer des Volkseigentums, diese Lieder beigebracht.

Kurz vor meinem Geburtstag war ich an Mumps erkrankt. Da Mama und Papa arbeiteten und Großmutter Sima zu Hause saß, in einer großen Dreizimmerwohnung, wo es viel Luft und Licht gab, und da sie, die Großmutter, außerdem Ärztin mit langer Erfahrung war, brachten sie mich dorthin.

Ich hatte schon mehrere Tage hohes Fieber. War launenhaft, aß schlecht, wollte überhaupt nicht einschlafen. Großvater Sjoma, der sehr gutherzig ist, obwohl alle auf ihn schimpfen, saß nächtelang an meinem Bett, weil Großmutter Simas Nerven nicht stark genug waren, um meine Launen zu ertragen.

Damit ein Kind einschläft, singt man ihm Wiegenlieder vor. Großvater Sjoma wußte das und sang auch für mich, wobei er das Bettchen hin- und herschaukelte. Jeder singt das, was er kennt. Und was kennt Großvater Sjoma, der sein ganzes Leben lang immer nur auf die Verhaftung wartete und erst dann ruhen konnte, wenn man ihn endlich verhaftet und danach, gegen eine hohe Bestechungssumme, freigelassen hatte? An meinem Geburtstag hatte ich versucht, einiges aus seinem Repertoire zu wiederholen. Dadurch hatte ich das Fest verdorben. Und Großvater Sjoma große Schwierigkeiten bereitet. Mama drohte, daß er keinen Fuß mehr in unser Haus setzen werde, damit das Kind vor seinem verderblichen Einfluß geschützt sei.

Doch die Lieder sind schön. Großes Leninsches Ehrenwort! Viel schöner als die, die wir in der Schule lernen. Dort wurde uns ein Lied über Grenzsoldaten eingepaukt, in dem man die Wörter nicht singen, sondern wie militärische Kommandos brüllen mußte:

Halt! Wer dort?
Halt! Wer dort?
Niemand schlüpft durch!
Niemand kommt durch!

Großvater Ljowa, der die Moskauer Metro baute und deshalb eine lebenslange Freikarte hat, der sanfteste und höflichste all meiner Großväter, hörte mich dieses Lied einmal singen, hielt es nicht aus, wurde rot, als hätte er einen Schlaganfall erlitten, und schrie durch die ganze Wohnung: »Was wird euch in der Schule beigebracht? Mit solchen Liedern werdet ihr zu Gefängniswächtern und Lageraufsehern erzogen!«

Noch zwei Männer in unserer Familie kennen sich mit Gaunerliedern aus. Urgroßvater Lapidus, der alte Bolschewik, der vor und nach der Revolution saß, und Großvater Stepan, der mit dem Spitznamen »Mörder«. Er arbeitete sein ganzes Leben in der Nähe von Lagern. Aber nicht hinter Stacheldraht, sondern draußen. Er mußte Häftlinge bewachen und verhören. Wie man aber beim KGB verhört, das wußte Großvater Lapidus am besten, dem man dort alle Zähne eingeschlagen und mehrere Knochen gebrochen hatte. Die beiden kannten ein und dieselben Lieder.

Meine Verwandtschaft nennt Großvater Stepan nur hinter seinem Rücken »Mörder«. Wenn man es ihm ins Gesicht sagte, wäre er tödlich beleidigt. Und wozu soll man einen alten Mann, wenn er auch ein ehemaliger Henker ist, beleidigen, der einen erhöhten Blutdruck und einen verminderten Säurespiegel hat?

Aber einmal sagte es Urgroßvater Lapidus in Gegenwart der ganzen Verwandtschaft zu ihm. Nicht direkt natürlich. Aber indirekt. Und ohne jede Bosheit. Alle kapierten es, nur Großvater Stepan schöpfte keinen Verdacht. Er half dem Urgroßvater sogar dabei.

Es war sehr raffiniert. Ein richtiger Zirkus! Nicht umsonst vergöttere ich meinen alten Urgroßvater Lapidus so sehr. Natürlich, selbst für Lenin war es keine Schande, eine enge Bekanntschaft zu einem solchen Mann zu unterhalten.

Die beiden Alten sind leidenschaftliche Schachspieler. Wir haben zu Hause speziell für sie ein Schachbrett, damit sie etwas zu tun haben, wenn sie bei uns vorbeischauen. Und wie sie sich festsetzen! Mit einer Zange sind sie nicht wegzureißen! Sie stehen nicht eher auf, bevor nicht alle anderen aufbrechen. Mama versteckt manchmal das Schachbrett vor ihnen, damit sie sich wenigstens ein bißchen an der allgemeinen Unterhaltung beteiligen.

Eines Tages waren sie so mit ihrem Schachspiel beschäftigt, daß sie tief in Gedanken zu singen begannen. Und nicht irgendein Revolutionslied. Sondern ein Diebeslied. Aus dem Lager. Ich würde sogar sagen, ein Rabaukenlied. Sie sangen im Duett. Halblaut, nicht für ein Publikum, sondern für sich selbst. So sehr waren sie in das Spiel vertieft. Es sangen Henker und Opfer. Der KGB-Major im Ruhestand und der frühere Insasse eines Konzentrationslagers, der alte Bolschewik. Sie stimmten Lagerfolklore an. Und zwar solche, daß allen ringsum fast die Ohren abfielen. Die einzige Rettung war, daß alle, mit Ausnahme des »Mörders« Stepan, begriffen, welch feine Anspielung Urgroßvater Lapidus in dieses Lied legte und wie arglos Großvater Stepan am Haken zappelte.

Lapidus hielt eine Schachfigur über dem Brett in den Fingern, überlegte, wohin er sie stellen sollte, und während er nachdachte, stimmte er mit dünner, zitternder Stimme an:

»Dieses ist kein Lazarett,
Ist ein wirkliches Gefängnis.«

Und er verstummte, nachdem er seinen Zug gemacht hatte. Dann hob Großvater Stepan seine Figur und setzte, ebenfalls in Gedanken, das Lied fort:

»Darin sitzet einer nett,
Fünfzehn Jahre, noch ein Jüngling.«

Jetzt stach Urgroßvater Lapidus zu. Und so plötzlich, daß allen der Atem stockte, sang er unschuldig weiter, ohne sich vom Spiel loszureißen:

»Sag mir, sag mir, o du Junge«,
»Hast du viele schon ermordet?«

Der »Mörder« Stepan verzog keine Miene. Er machte den nächsten Zug und nahm das Lied auf, ohne eine Falle zu vermuten:

»Ungefähr zwölf Orthodoxe,
Zweihundert Juden und noch mehr.«

Alle wären fast geplatzt bei dem Versuch, nicht loszuprusten. Doch Großmutter Sonja, Stepans Frau, ärgerte sich über alle. Und hätte beinahe losgeheult.

So zeichnete sich unser Familienmitglied Großvater Stepan, mit dem Spitznamen »Mörder«, KGB-Major im Ruhestand, durch ein Gaunerlied vor dem geschlossenen Kollektiv der jüdischen Verwandtschaft aus. Er legte gewissermaßen Rechenschaft ab für die von ihm verübten Verbrechen.

So singt man heute in Rußland! Da muß man gut hinhören.

In unserer Familie haben alle Spitznamen. Fast alle. Ich, zum Beispiel, heiße »Knöpfchen«. Weil ich eine Stupsnase habe. Und weil man mit dem Finger auf meine Nase drücken möchte, wie auf einen Knopf, sagt Mama.

Großvater Stepan wird hinter seinem Rücken »Mörder« genannt. Das ist verständlich. Er diente beim KGB. Und Großvater Sjoma »Mao«, weil er wie ein Chinese aussieht. Großvater Ljowas Spitzname ist »Maulwurf«. Jedes Kind kann erraten, weshalb. Er grub für die Moskauer Metro Tunnel unter der Erde. Das war sein Beruf: Tunnel graben. Seine Frau, Großmutter Ljuba, nennt das anders: die Erde mit dem Rüssel aufwühlen.

Großvater Ljowa tut mir leid. Er ist so still, so ehrlich, daß es einem zuviel werden kann – sagt seine Frau. Man muß sich mal vorstellen: Er hat unter der Erde ganze Marmorpaläste gebaut, doch er selbst wohnt, wie ein Findelkind, zusammen mit Großmutter Ljuba in einem Zimmerchen eines ganz alten Hauses, das dauernd einzustürzen droht, aber doch nie zusammenbricht. Dann würde man sie irgendwo unterbringen, wo es ordentlicher ist.

»Blind wie ein Maulwurf«, schreit Großmutter Ljuba. »Er sieht nicht, was ringsum geschieht.«

»Und ich will's gar nicht sehen«, antwortet der »Maulwurf« leise und schließt sogar die Äuglein.

Sogar unser Urgroßvater Lapidus, der persönlich mit Lenin bekannt war, hat einen Spitznamen. Als während des Bürgerkriegs Hungersnot herrschte, brachte er einen Zug mit Brot nach Moskau und erlaubte sich nicht, ein einziges Krümchen abzubeißen, weshalb er fast vor Auszehrung gestorben wäre. Er hat den seltsamsten Spitznamen: »mobiler Granatwerfer«. Wißt ihr, was ein mobiler Granatwerfer ist? Großvater Ljowa hat es mir erklärt. Er war im Krieg Artillerieoffizier – und verlor die linke Hand.

Ein mobiler Granatwerfer ist ein Granatwerfer, der nicht an einer Stelle steht, sondern ein, zwei Schüsse abgibt und rasch die Position wechselt. Damit der Feind sich nicht einprägen kann, von wo er seine Schüsse abgegeben hat. Denn sonst würde der Feind das Antwortfeuer eröffnen und ihn zerstören. Deshalb wird der Granatwerfer von einer Stelle zur anderen befördert. Er ist mobil. Und darum nennt er sich mobiler Granatwerfer.

Aber weshalb wurde Urgroßvater Lapidus ein solcher Spitzname angehängt? Als er im Bürgerkrieg kämpfte, war der Granatwerfer noch nicht erfunden. Man erfand ihn für den nächsten Krieg, in dem Großvater Ljowa die linke Hand verlor.

Urgroßvater Lapidus trägt diesen Spitznamen, weil er, das

verdienteste Mitglied unserer Familie, keinen eigenen Winkel hat. Früher einmal hatte er ein Zimmer. Aber die Kinder eines seiner alten Freunde heirateten, und sie hatten keine Unterkunft. Urgroßvater trat ihnen sein Zimmer ab. Danach aber luden sie ihn nicht ein einziges Mal zu Besuch ein.

Der arme, alte Lapidus zog aufs Land. In Großvater Sjomas Datscha. Sjoma hatte die Datscha auf seinen Namen eintragen lassen. Weil Sjomas Geld nicht ganz ehrlich erworben ist und er, ehe man sich's versieht, im Gefängnis landen könnte. Und dann würden sie ihm alles wegnehmen. Auch die Datscha. Doch in dieser Datscha hält sich unsere ganze Familie auf. Deshalb wurde sie auf den Namen des alten Bolschewiken, des Freundes von Lenin, überschrieben. Bei einem solchen Menschen wird nichts beschlagnahmt.

Im Winter, wenn keiner aufs Land kommt, hockt der alte Urgroßvater Lapidus dort mutterseelenallein. Wie ein Wächter. Und wenn er sich losreißt und nach Moskau fährt, übernachtet er der Reihe nach bei den Verwandten. Auf einem Klappbett. Direkt am Eingang. Und er beklagt sich nicht. Er fühlt sich wohl. Ist froh über jeden zusätzlichen Tag, den er erlebt. Der Arme ist fast neunzig Jahre alt. Zum Verrücktwerden! Wieso hat er's noch nicht satt?

Der »mobile Granatwerfer« wird in unserer Familie auch dann eingesetzt, wenn sich etwas mit gewöhnlichen Mitteln nicht erreichen läßt und weitreichende Kontakte nötig sind. Dann wird, wie Großvater Ljowa sagt, der mobile Granatwerfer in den Kampf geschickt.

So war es, als unsere ganze Familie einmütig versuchte, mich in der Englischen Schule unterzubringen. Es gibt nur wenige solcher Schulen in Moskau, und es sind die allerbesten. Dort nehmen die Kinder alle Fächer in englischer Sprache durch und lernen die russische fast wie eine Fremdsprache. Deshalb fiel mir schon vom ersten Tag an in New York alles so leicht. Ich kannte die englische Sprache genauso gut wie die russische. Diese Schulen in Moskau sind mit Privatschulen in Amerika zu vergleichen. Hier gibt es keine Neger und Puertorikaner, die Kinder kommen aus guten Familien. Wohlhabenden. Und dort, in Moskau, werden keine Juden aufgenommen. Außerdem muß der Papa eine hohe Position, große Verdienste haben. So kam es, daß ich die einzige Jüdin in der ganzen Klasse war.

Zunächst wurde ich dort nicht aufgenommen. Nichts half! Weder das Stöhnen noch das Geheul meiner Vorfahren. Es half nicht einmal, daß meine Mutter Lehrerin war und ihre Freundin an dieser Schule unterrichtete. Die erklärte ihr, weshalb nicht. Paragraph 5 des Fragebogens. Nationalität. Nur weitreichende Beziehungen konnten helfen.

Da wurde der gebrechliche Freund Lenins, Urgroßvater Lapidus, herangezogen. Zuerst weigerte er sich. Meinte, daß es eine Schande sei, seine früheren Verdienste auszunutzen, um persönliche Ziele zu erreichen. Aber die ganze Verwandtschaft setzte ihm geschlossen zu, und der »mobile Granatwerfer« ging in Feuerstellung. Er selbst kam in die Schule und gab bei einer Feier seine Erinnerungen an Lenin wieder. Dort heulte alles los. Kaum zu glauben! Dieser schwächliche Greis hatte Lenin persönlich gekannt und einen Zug mit Brot ins hungernde Moskau gebracht, selbst aber kein Krümchen in den Mund gesteckt. Kinder, so einen müßt ihr euch zum Vorbild nehmen!

Nach diesem Zermürbungsfeuer, wie Großvater Ljowa es nannte, wurde ich ohne langes Gerede in die Schule aufgenommen. Und danach mußte ich es auslöffeln. Bei dem geringsten Anlaß wurde ich sofort ermahnt: »Du machst deinem Urgroßvater Schande!«

Oder: »Du bist deines heldenhaften Urgroßvaters unwürdig!«

Ich freute mich schon gar nicht mehr darüber, daß sie mich dort aufgenommen hatten!

Man denke! Eine Riesenehre, eine berühmte Urenkelin zu sein! Besonders, wenn dein Urgroßvater Jude ist. Außer Unannehmlichkeiten brachte mir die Sache nichts ein.

Aber ich liebte Urgroßvater und bin stolz auf ihn. Im tiefsten Herzen. Nicht deshalb, weil er ein mobiler Granatwerfer ist. Sondern deshalb, weil er einen ganzen Zug mit Brot herbeibrachte und selber hungrig blieb. Wenn ich mir das vorstelle, tut es mir so leid, daß mir die Tränen kommen. Und ich möchte losbrüllen. Weil wohl kaum jemand so einen Vorfahren hatte. Und meiner ist sogar noch am Leben.

Die Welt ist scheinheilig und dumm. Dort genauso wie hier. Nehmen wir das Fernsehen, zum Beispiel. Ich erinnere mich, daß wir in Moskau, kurz vor unserer Abreise, Gäste hatten; und wir sahen uns gemeinsam die letzten Nachrichten im Fernsehen an. Wir lachten von Herzen, als werde eine Komödie gezeigt. Doch auf dem Bildschirm war eigentlich nichts Lächerliches zu sehen. Man zeigte ein Meeting der Arbeiter in irgendeiner Moskauer Fabrik. Eine schlechtgekleidete graue Menge. Mürrische Gesichter. Auf dem Podest liest ein Redner vom Blatt. Alle heben einstimmig die Hand. Kein einziges Lächeln.

Unsere Gäste kugelten sich vor Lachen. Ihren Worten entnahm ich den Grund. Wie sich herausstellte, waren die Moskauer Arbeiter zur Unterstützung streikender amerikanischer Arbeiter angetreten, die eine Lohnerhöhung forderten. Die Amerikaner erhielten ohnehin schon fünfmal soviel wie sowjetische Arbeiter, aber das war ihnen zu wenig. Sie wollten sechsmal soviel. Hatten die Arbeit niedergelegt und den Streik ausgerufen. Und in Moskau, wo es ein Schwerverbrechen ist, einen Streik auszurufen, und ein Verbrechen, eine Lohnerhöhung zu fordern, werden Reden zur Unterstützung der »unglücklichen« amerikanischen Arbeiter gehalten.

Wozu? Denn sogar ich begreife, daß es dumm ist. Und dann zeigen sie solchen Blödsinn. Vielleicht meinen sie, daß die Zuschauer viel dümmer sind als sie selbst. Ich weiß es nicht.

Und hier in New York? Ich sehe mir im Fernsehen einen Dokumentarfilm über die Dürre in Afrika an. Man zeigt hungernde Kinder, deren Rippen vor Magerkeit gezählt werden können. Man zeigt die vertrockneten Leichen der Verhungerten. Ich schaue, halte den Atem an, vor Scham und Mitleid bleibt mir beinahe das Herz stehen. Aber plötzlich unterbricht man den Film durch Reklame, zeigt Konservennahrung für Katzen, lobt die Ware über alle Maßen und teilt mir peinlich genau mit, wieviel Hühnerleber und Vitamine diese Konserven enthalten.

Ich möchte vor Wut losschreien. Wie könnt ihr nur? Wo ist euer Herz? Wie kann man von irgendwelchen Katzen reden, wenn Kinder verhungern, für die diese Katzennahrung eine Delikatesse und die Rettung wäre.

Wagt nicht, Katzen mit Hühnerleber zu füttern! Menschen, Kinder verhungern!

Niemand starb vor Scham.

Hungernde Kinder starben in Afrika. Amerikanische Katzen, gemästet mit erstklassiger Vitaminnahrung, wurden fett.

Seitdem kann ich Katzen nicht mehr sehen. Und ihre Besitzer auch nicht. Mir scheint immer, daß sie die schwarzen Kinder in Afrika aufgefressen haben.

Eine hochgewachsene, knochige alte Frau mit dünnen Beinen. Unsere Nachbarin. Ganz allein, sagt Mama, aber früher einmal sei sie in Moskau eine berühmte Ballerina gewesen und habe die Männer um den Verstand gebracht.

In dem jüdischen Zentrum, sehr weit von unserem Haus, werden freitags kostenlose Mahlzeiten für Mittellose ausgegeben. Die frühere Ballerina macht sich zu Fuß dorthin auf, auf ihren dünnen rheumatischen Beinen, die sie spreizt wie Krücken.

»Wohin geht's Großmutter?« frage ich, während sie breitbeinig die Straße überquert.

»Es sind die Beine, die den Wolf ernähren.« Sie lächelt und läßt in ihrem leeren Mund einen einzelnen gelben Eckzahn sehen.

Großvater Stepan verließ diese Welt früher als all meine anderen Verwandten. Er starb ein Jahr vor unserer Ausreise. An Krebs. Das ist eine schreckliche Krankheit, die niemanden verschont. Nicht einmal KGB-Offiziere im Ruhestand.

Er wurde ins Krankenhaus gebracht und bekam dort Spritzen. Weil er große Schmerzen hatte. Und die Spritzen milderten den Schmerz. Er verlor das Bewußtsein und fluchte im Fieberwahn ganz fürchterlich. Mit den allerschlimmsten Wörtern.

Als Großvater Sjoma und ich den Kranken besuchten und ihm alle möglichen appetitlichen Sachen brachten, wurden wir nicht einmal zu ihm gelassen.

»Kaum zu glauben«, klagte die Krankenschwester, der wir die Geschenke übergaben, »sieht aus wie ein achtbarer Mensch, flucht aber wie ein Rabauke.«

»Da macht sich seine proletarische Herkunft bemerkbar«, erklärte ihr Großvater Sjoma.

Wir beerdigten den »Mörder« an einem heißen Sommertag, und ich freute mich, weil es nicht regnete, denn sonst könnte es ihm in seinem Grab feucht und ungemütlich werden. Aber meine Besorgnis war unbegründet. Er wurde nicht in einen Sarg gelegt, sondern verbrannt. Im Krematorium. So daß das Wetter keinen Einfluß auf das Wohlbefinden des Verstorbenen haben konnte.

Nur unsere Familie ging zur Bestattung. Mama und ich. Papa war schon im Ausland. Und die überlebenden zwei Großväter, drei Großmütter und Urgroßvater Lapidus.

Er hatte noch andere Verwandte. Russische. Eine Schwester in Kasan. Und in Moskau wohnten Neffen. Niemand erschien.

Seine früheren Mitarbeiter – in Zivil, aber einander so ähnlich wie Hunde derselben Rasse – drängten sich in der kleinen Wohnung, wo er im Sarg auf dem Tisch lag, und machten sich davon, als es Zeit war, ins Krematorium zu fahren.

Nur Juden fuhren dorthin. Wir benötigten nicht einmal zusätzliche Autos. Alle kamen in dem Leichenwagen unter, in dem der Sarg stand. Wir saßen schweigend auf Bänken zu beiden Seiten des offenen Sarges. Ohne ein einziges Wort. Nur Großmutter Sonja schluchzte und murmelte vor sich hin.

Sie war zum zweiten Mal Witwe geworden. Zum ersten Mal während des Krieges, als man ihr für den angeblich gefallenen Großvater Sjoma eine Rente zuteilte. Er saß jetzt neben ihr. Weil er am engsten mit ihr befreundet war. Auf der anderen Seite saß seine jetzige Frau, Großmutter Sima, und hielt sich an seinem Ellbogen fest. Er umarmte die Witwe, die schniefte und etwas über dem Gesicht des Verstorbenen flüsterte.

Großvater Stepan lag in einem roten Sarg – als sei er lebendig, aber stark abgemagert. In Offiziersuniform. Ohne Achselklappen. Und mit Ordensspangen auf der eingefallenen Brust. Seine Nase hatte nur die Farbe geändert. Zu

Lebzeiten war sie immer rot vor Äderchen gewesen. Nun hatte sie auch noch Äderchen, war aber blau.

Das Auto raste mit hoher Geschwindigkeit dahin. Der Sarg wackelte. Und Großvater Stepan wackelte zur Antwort auf das Schniefen von Großmutter Sonja mit der blauen Nase. Als könne er auch nach seinem Tode mit ihr in keinem Punkt übereinstimmen.

Wir sausten in einem ganzen Rudel von Autos über eine breite Straße und hielten nur an Verkehrsampeln. Die Menschen in den neben uns fahrenden Autos sahen, daß wir einen Sarg transportierten, und wandten die Augen ab. Wem ist es angenehm, sich so etwas anzuschauen? Jeder hat seine eigenen Sorgen. Jeder eilt irgendwohin. Schneller. Schneller. Keine Zeit. Und das Auto mit dem Verstorbenen hat es auch eilig. Will ins Krematorium. Zur Flamme. Damit er eingeäschert wird.

»Leute«, hätte ich, hinter dem schwarzen Vorhang am Fenster des Leichenwagens hervor, den rastlosen Moskauern am liebsten zugerufen, »wohin rast ihr? Wen wollt ihr überholen? Was erwartet euch?«

Uns erwartete tatsächlich etwas. Ein Stau. Wir blieben lange stecken. Weil die Straße schmal war. Neben einem Fleischerladen hatte ein Lastwagen angehalten und versperrte die Durchfahrt. Aus ihm wurden Schweineköpfe ausgeladen. Arbeiter in blauen Kitteln mit Blutflecken zogen diese Köpfe an den Ohren hervor, schleuderten sie einander zu und beförderten sie in das Geschäft. Die Schweineköpfe bleckten die Zähne, und mir schien, daß sie lächelten.

Und sie hatten Grund dazu. Denn der ganze Bürgersteig hatte sich mit einer Menge von Käufern gefüllt, die sich einfach nicht zu einer Reihe ordnen ließen. Die Leute, verschwitzt, aufgelöst, drängelten. Mit zerzausten Frisuren. Auch sie bleckten die Zähne. Aber im Unterschied zu den

Schweinen lächelten sie nicht. Sie wurden wild bei dem Gedanken, daß ihnen vielleicht die Hälfte eines Schweinekopfes samt seinem Ohr entgehen könne.

Wir hupten, versuchten, nach hinten zurückzusetzen. Aber von dort drängten andere Autos nach. Alle waren nervös. Weil wir den Termin im Krematorium verpassen könnten. Und dann weiß Gott, wann es gelingt, unseren Verstorbenen zu verbrennen.

Wir mußten warten, bis der Lastwagen ausgeladen war. Und dann gab der Chauffeur so heftig Gas, daß Großvater Stepan im Sarg den Kopf schüttelte. Mit einer Miene, als wolle er mit seiner heiseren Stimme sagen: »So was von Unordnung, wißt ihr. Stalin hätte so was nicht zugelassen.«

Wir verspäteten uns wirklich. Und anstelle von Großvater Stepan krümmten sich in der Flamme des Krematoriums schon in aller Ruhe andere Verstorbene, die nach uns an der Reihe gewesen waren. Sie waren nach vorn gerückt, und wir hatten unseren Platz in der Reihe verloren. Jetzt hieß es abwarten. Wenn wir Glück hatten und noch jemand unterwegs aufgehalten würde, könnten wir uns dazwischenzwängen. Und wenn nicht? Dann müßten wir bis spät nachts dahocken. Mit dem teuren Verstorbenen am Hals.

Unsere ganze Verwandtschaft besteht aus ehrlichen Kommunisten, die nicht zu irgendwelchen Kniffen und Tricks imstande sind. Aber mit uns war auch der parteilose Großvater Sjoma, die Schande der Familie, und die übrigen sahen ihn hoffnungsvoll an. Er enttäuschte ihre Erwartungen nicht. Verschwand in der Tiefe des Krematoriums, steckte jemandem ein Schmiergeld zu. Und schon trieb man die verheulten Schwärme anderer Menschen mit ihren Verstorbenen zurück.

»Macht Platz, Bürger! Laßt den Verstorbenen durch!«

Nämlich Großvater Stepan. Als hätten die anderen keinen

Verstorbenen, sondern rissen sich darum, bei lebendigem Leib ins Feuer zu springen.

Der Sarg wurde auf Räder gestellt, die auf Schienen standen. Auf diesen Schienen rollte er ins Jenseits.

Man befahl allen Fremden, den Saal zu räumen. Wir blieben allein am offenen Sarg zurück. Dazu ein finsterer Krematoriumsangestellter neben dem an die Wand gelehnten Sargdeckel. In den Händen hielt er ein Hämmerchen und große Nägel. Er wird den Sarg zunageln, vermutete ich. Aus seiner Brusttasche ragte eine große Schere hervor.

»Sie haben fünf Minuten, Genossen«, erinnerte er meine Familie. »Versuchen Sie, die Zeit nicht zu überschreiten. Andere warten.«

Von unserer ganzen Familie trat nur der magere Urgroßvater Lapidus, der den Verstorbenen noch um zwanzig Jahre überlebte, ans Kopfende und hielt eine Rede. Er nannte den Verstorbenen beim Familiennamen, zählte kurz seine Verdienste um den Staat auf und endete mit den Worten: »Schlaf ruhig, Kampfgenosse!«

Ich warf einen scheuen Blick auf die anderen. Niemand ließ Verwunderung erkennen. Wieso war er Lapidus' Genosse gewesen? Der eine hatte hinter Stacheldraht gesessen, der andere hatte ihn von außen bewacht. Schöne Genossen!

Dann, viele Tage später, fragte ich den Urgroßvater danach. Der alte Lapidus setzte eine feierliche Trauermiene auf und sagte: »Wir beide gehörten derselben Partei an. Unser Ziel war dasselbe. Nur unsere Methoden unterschieden sich.«

Da stellte ich keine Fragen mehr.

Im Krematorium tat Großvater Sjoma, der einem Chinesen ähnlich sieht, sich noch einmal hervor. Als einziger unter den Männern fing er an zu weinen, und als er von dem Verstorbenen Abschied nahm, küßte er ihn auf die Stirn und flüsterte tränenerstickt: »Leb wohl, Mörder!«

Vor Nervosität war ihm nicht der Name, sondern der Spitzname Großvater Stepans entschlüpft.

Alle taten so, als hätten sie nichts gehört.

Bevor er den Sarg zunagelte, machte der Angestellte mit der Schere Schnitte in die Uniformjacke und die Stiefelhose des Verstorbenen, so daß merkliche Löcher zurückblieben.

Ich wäre vor Empörung fast erstickt. Aber Großvater Ljowa legte mir die Hand auf den Kopf, rief mich zur Ruhe und erklärte flüsternd, daß es so Brauch sei, denn sonst würden die Arbeiter unten an den Öfen den Verstorbenen ausziehen und die Uniform auf dem Markt verkaufen. Aber mit Löchern sei sie nicht zu verkaufen. Nun könne man ganz sicher sein, daß Großvater Stepan in vollständiger Uniform, wenn auch mit Löchern, in den Ofen geschickt werde.

Zurück fuhren wir in zwei Taxis. Ich saß neben der Witwe und streichelte ihre kalte Hand. Es roch nach Salmiakgeist. Großvater Sjoma hielt ein Fläschchen in der zitternden Hand. Seine frühere Frau, die Witwe des verstorbenen Majors, verlor dauernd das Bewußtsein.

B. S. schimpft auf Israel, was das Zeug hält. Rasend. Böse. Ich glaube, so kann kein gleichgültiger Mensch schimpfen, nur ein liebender. Wenn seine Liebe zertrampelt wurde. Verschmäht. Das ist kein Geschimpfe, sondern ein Wehklagen.

Es fällt besonders auf, wenn im Fernsehen irgend etwas über Israel gezeigt wird. Er wird ganz angespannt, läßt sich kein Bild entgehen. Seine Miene erhellt und verfinstert sich abwechselnd. Israel ist sein Seelenschmerz.

Andere Juden, die nie in Israel waren und nie dorthin reisen werden, sagen kein schlechtes Wort über dieses Land. Ich meine die Besucher, die oft bei uns sind. Wenn B. S. in ihrer Anwesenheit auf Israel schimpft, machen sie neutrale Gesichter. Als wollten sie sagen: Wir wissen nichts, wir müssen versuchen, objektiv zu sein. Wenn Israel im Fernsehen gezeigt wird, erscheint auf ihren Mienen verschämte Neugier, eine Art Verlegenheit. Als habe man sie bei etwas Unanständigem ertappt. Wie Deserteure, die vom Schlachtfeld geflohen sind.

Ich habe etwas Interessantes gehört:

»Die Juden, die in der ganzen Welt, über alle Länder verstreut sind, stellen einen ausgezeichneten Dünger dar, der diesen Ländern hilft zu blühen. Wenn Juden aber an einer Stelle versammelt sind, verwandeln sie sich in die übliche Scheiße.«

Diese Worte stammen natürlich von B. S. Und er fügte sofort hinzu, daß es nicht seine, sondern die Worte irgendeines bekannten jüdischen Politikers seien, den man schwerlich des Antisemitismus bezichtigen könne.

Mir gefiel dieser Aphorismus. Er ist bissig, brutal, aber leider wahr. Es lohnt sich, darüber nachzudenken.

Amerika ist das Land des absolut nichtssagenden Lächelns. Russische Emigranten beißen auf dieses Lächeln an wie Fische auf den Köder. Hier lächelt man einfach so, ohne Grund. Weil es so Sitte ist. Ein Lächeln auf dem Gesicht ist wie Kosmetik für eine Frau. Nicht zu lächeln, das gilt als schlechter Ton.

Hier begrüßt man einander mit der Frage: »Wie geht's?«, und keine andere Antwort als »Wunderbar« wird erwartet. Das ist nicht Sitte. Wenn bei einem Amerikaner irgend jemand aus seiner Familie gestorben ist, und man begrüßt ihn mit »Wie geht's?«, antwortete er automatisch: »Wunderbar.«

Ich denke manchmal: Es wäre schön, irgendeinem Amerikaner eine Lektion zu erteilen und ihm auf sein leeres »Wie geht's?« eingehend und umständlich auseinanderzusetzen, wie ich mich fühle, das heißt, wie es mir geht. Er hätte einen Schlaganfall. Aber man würde mir nicht zuhören und mich mitten im Wort unterbrechen. Denn ich bin ein Kind. Und wenn es ein Erwachsener versuchte? Ich würde mir gern ansehen, wie sich das lächelnde Gesicht zu einer todtraurigen Grimasse verzieht.

»Keep smiling!« lautet der amerikanische Schrei, ungefähr wie unser »Halt durch! Wir schaffen's schon!«

Ich habe eine Zeichnung dieses Symbols gemacht. Unheilvoll lächelt ein falsches Gebiß in einem Glas mit Wasser. Unter der Überschrift: Keep smiling!

Mama sah es und sagte, daß dies eine böse Satire auf die amerikanische Lebensweise sei und man die Zeichnung mit Vergnügen in einer sowjetischen Zeitung veröffentlichen würde.

B. S. sagte, die Amerikaner seien klug und selbstbewußt genug, um Kritik nicht zu scheuen. Ihnen würde diese Zeichnung gefallen. Und mit einem Lächeln fügte er hinzu, ich sei eine gehässige und unbarmherzige Person und er beneide meinen zukünftigen Mann nicht.

Papa zuckte die Achseln und sagte: »Du kümmerst dich um fremde Angelegenheiten. Freu dich des Lebens, solange du nicht erwachsen bist.«

Haben Kinder das Recht, sich einzumischen, wenn Eltern sich scheiden lassen? Sozusagen den zerbrochenen Topf, das heißt die Familie, mit Speichel zu kitten?

Papa und Mama wurden schon in Moskau geschieden. Ich litt natürlich sehr darunter. Vieles war mir unverständlich.

Aber ich mischte mich nicht ein, weil es nicht meine Drecksangelegenheit war. Ich war noch nicht alt genug, um die Nase in die Sachen der Erwachsenen zu stecken.

Großmutter Ljuba, die sich wegen dieser Scheidung große Sorgen machte, schlief nachts nicht und wurde spindeldürr. Sie staunte sehr, weil ich überhaupt nicht reagierte.

»Du hast ein Herz wie Stein«, sagte sie tadelnd. »Was soll aus dir nur werden?«

»Das, was mir beschieden ist«, antwortete ich im Geiste.

»Du denkst nur an dich selbst«, fuhr Großmutter wütend fort, als hätte ich meine Eltern überredet, sich scheiden zu lassen und verschiedene Wege zu gehen. »Du bist eine schreckliche Egoistin. Andere Kinder kämpfen für die Erhaltung ihrer Familie.«

Das war etwas Neues. Ich kannte nur einen Fall dieser Art, und Großmutter Ljuba dachte an ebendiesen Fall. Andere Kinder – das war alles in allem nur meine Freundin Natascha aus dem Nachbaraufgang.

Von diesem Mädchen sprach unser ganzes sechsstöckiges Haus. Und die Nachbarhäuser ebenfalls.

Nataschas Vater hatte ihre Mutter verlassen und war zu einer anderen Frau gegangen. Weil er Nataschas Mutter nicht mehr liebte und die andere so sehr liebte, wie man es einfach nicht beschreiben kann. Er ging fort, ohne irgend etwas mitzunehmen. Nur das, was er anhatte, wie Großmutter Ljuba sagte. Und wenn ein Mensch nur in dem fortgehe, was er anhat, dann, beteuerte sie, könne er nur aus ganz großer Liebe so handeln, die den Geist verwirrt und den Menschen materiellen Werten gegenüber gleichgültig macht.

Nataschas Mutter war natürlich sehr verstört und lief mit verweintem Gesicht herum. Wem ist es schließlich angenehm, wenn er verlassen wird und ihn alle voller Mitleid oder sogar Schadenfreude betrachten.

Aber Natascha – ein schmächtiges Mädchen, genauso alt wie ich, sehr blutarm nach Großmutter Ljubas Diagnose – fing nicht an zu weinen, sondern schwieg vor Kummer wie eine Taubstumme, legte sich angezogen ins Bett und stand weder tagsüber noch nachts auf. Sie lag da wie eine Leiche, das Pionierhalstuch umgebunden, aß nicht, trank nicht, hielt nur die Augen geöffnet und starrte zur Decke.

Wie inständig man sie auch bat, wie sehr man ihr auch zusetzte, sie nahm keinen Bissen in den Mund, sprach keinen Ton und sah zur Decke empor. Einen Tag. Den zweiten. Den dritten.

Menschenscharen strömten zu ihnen in die Wohnung, um dieses Wunder zu bestaunen, und gingen der Reihe nach hindurch, wie durch den Kolonnensaal, wenn dort ein Sarg mit dem Körper irgendeines Führers ausgestellt ist. Alle seufzten und stöhnten und wunderten sich: Was für ein sensibles Mädchen, stirbt, will nicht mehr leben, nachdem die Familie zerbrochen ist.

Ich ging auch hin, um mir Natascha anzusehen, und mir pochte das Herz, als wolle ich nicht meine Freundin betrachten, sondern ein zweiköpfiges Kalb, das, in Spiritus gelegt, zur Schau stand. Ich rief sie an, aber sie erkannte meine Stimme nicht. Oder tat so, als ob sie sie nicht erkannte. Sie blinzelte nicht einmal in meine Richtung.

Neben dem Bett saß ihre Mutter und schluchzte ohne Unterlaß. Irgendeine Alte bekreuzigte sich und flüsterte: »Eine Heilige. Ein heiliges Kind. Stirbt vor Kummer. Wegen ihm, dem Ungeheuer.«

Mit dem »Ungeheuer« war Nataschas Vater gemeint, der zu einer anderen gegangen war. Ich kannte ihn. Hatte sogar oft auf seinen Knien gesessen. Er war Buchhalter und ähnelte nicht im geringsten einem Ungeheuer. Stille Wasser sind tief, wie Großmutter Ljuba sagte.

Am siebten Tag, als Natascha vor Erschöpfung dem Tode nahe war, kam ihr Vater. Er fiel vor seiner Tochter auf die Knie, war voller Reue und bat sie um Verzeihung. Natascha riß den Blick von der Decke los, lächelte ihm zu, stand vom Bett auf und steuerte, wankend vor Schwäche, zum Kühlschrank, um etwas zu essen.

Ihr Vater blieb zu Hause. Natascha hatte sich bald erholt. Alle lobten sie, nannten sie ein kluges Kind und die Retterin der Familie.

Doch ihr Vater starb bald darauf. An Herzschlag. Weil er die andere liebte. Sein Herz hatte es nicht ausgehalten. Nataschas Mama blieb nun doch ohne Mann.

B. S. erzählt seinen Gästen etwas, ich sitze abseits. Still wie ein Mäuschen. Ich zeichne Porträts der Gäste in meinem Notizblock. Ihnen zeige ich sie natürlich nicht – sie würden mich ins Jenseits befördern und den Notizblock zerreißen. Ich schweige wie ein Grab, wie Mama sagt. Und meine Ohren sind gespitzt, wie B. S. (nicht ohne Grund) sagt. Ich höre zu und lasse mir nichts entgehen.

Und B. S. spricht sehr anschaulich, nicht so wie andere, die alles wiederkäuen, Phrasen dreschen.

Mir brennen die Ohren, wenn B. S. den Mund öffnet. Er sagt immer etwas Unerwartetes und für mich vollkommen Neues. Durch ihn fülle ich mein geistiges Gepäck auf. Natürlich nicht durch mein Papachen oder dessen Freund/Freundin und natürlich nicht durch Mama. Bei all meiner Liebe zu ihr, meiner Mutter und Glucke, die mich vor den Unbilden des Lebens schützt, habe ich mir schon die Regel zugelegt, daß von Frauen nicht viel zu lernen ist.

Denn eine Frau ist so klug wie ein Huhn.

Und die klügste – wie zwei Hühner.

Diese Entdeckung machte B. S. für mich. Und er nannte sofort edelmütig den ursprünglichen Entdecker, irgendeinen alten chinesischen Weisen.

Wenn Mama wüßte, daß ich mir manche Aussprüche von B. S. notiere, würde sie das nicht gutheißen. Denn obwohl sie mit ihm schläft und ihn als Mann vergöttert, hält sie ihn nicht für einen Pädagogen und Erzieher der heranwachsenden Generation.

Eines Abends besuchte uns ein Emigrant. Wie B. S. aus Leningrad. Entweder ein Journalist oder ein angehender Schriftsteller. Ich erinnere mich nicht. Jedenfalls aus der schreibenden Zunft. Er begann, sich über die Schwierigkeiten zu beklagen, daß er überhaupt nicht zum literarischen Markt vordringen könne und daß die Literatur hier Schund sei, Lesefutter für Köchinnen.

Und B. S. antwortete ihm, ohne zu lächeln – nur in seinen Augen funkelte der Schalk, und ich allein bemerkte es: »Bei der jetzigen literarischen Blindheit kann ein Einäugiger zum Literaturkönig werden.«

Ich wäre beinahe geplatzt! Wie geschickt er das Sprichwort »Unter Blinden ist der Einäugige König« umgewandelt hatte.

Von B. S. erfuhr ich, woher der Ausdruck »blaues Blut« kommt, der eine edle Herkunft, eine aristokratische Abstammung bezeichnet. Es ist anscheinend ein medizinischer Begriff. Und ein sehr nüchterner. Wenn man im Labor eine Blutanalyse macht und alle möglichen Säuren und was weiß ich darauf einwirken läßt, um festzustellen, wie hoch der Cholesterinspiegel ist, dann nimmt das Blut, je weniger Cholesterin es hat, eine um so bläulichere Färbung an. Am wenigsten Cholesterin haben aber die Menschen im Blut, die sich vernünftig ernähren. Und das können sich nur reiche Leute leisten. Die Armen essen derbe Speisen. Und in Menge. Ihr Blut wird bei einer Analyse nicht blau. Nur das der Reichen.

Ein andermal wurde bei uns über Politik diskutiert.

B. S. sagte: »Im Osten brüllt man laut: ›Für Frieden in der ganzen Welt!‹ und versteckt seine Kriegsvorbereitungen hinter dieser Parole wie hinter einem Feigenblatt.

Im Westen, gemästet und willensschwach wie er ist, stöhnt man kurzatmig: ›Achtet auf euer Gewicht! Haltet Diät!‹ und glaubt ebenfalls nicht, daß irgend jemand darauf hört.«

Zu uns kommen verschiedene Gäste. Russische Emigranten. Mama sagt, daß die Emigration alle gleichgemacht hat. Jeder hat den gewohnten Kreis seiner Bekannten verloren und geht hier wegen der Gemeinsamkeit der Sprache und des Emigrantenschicksals zu Menschen, mit denen seine Zeit zu verbringen ihm dort, in Rußland, nie eingefallen wäre.

Manchmal kann man sehr interessante Sachen hören. Einmal war ein Jude aus Kischinjow bei uns. Dunkelhäutig, einem Araber ähnlich, und mit wulstigen Negerlippen. Er sah aus wie ein schmollendes Kind. Sprach Russisch mit dem Akzent von Kischinjow, von dem es jedem gebürtigen Moskauer oder Leningrader sofort schlecht werden könnte. Ich stelle mir lebhaft vor, wie es hundertprozentigen Amerikanern bei den süßen Klängen unserer englischen Aussprache übel wird.

Dieser Jude war erst seit einem halben Jahr in Amerika. Auf englisch konnte er nur »Guten Tag«, »Auf Wiedersehen« und »Wieviel kostet das?« sagen. Deshalb mußte er, obwohl er Ingenieur war, als einfacher Arbeiter schuften. Er haderte mit dem Schicksal. Alles ging ihm leicht von der Hand. Und sein Chef bemerkte es sofort. Zuerst bezahlte er ihm vier Dollar pro Stunde, nun aber schon ganze zwölf Dollar. Er bekommt nicht weniger als ein Ingenieur. Außerdem war sein Chef ihm auch rein menschlich entgegengekommen. Das Kind des Juden war erkrankt, der Chef erfuhr es, rief sofort einen ihm bekannten Professor an und setzte eine Untersuchung außer der Reihe durch.

Unser Gast aus Kischinjow war ihm dafür sehr dankbar. Und trotzdem trägt er Zorn im Herzen. Warum? Weshalb?

»Und er ist eben doch kein Mensch«, klagte der Gast aus Kischinjow. »Bei uns in Rußland tut man so etwas nicht. Am Lohntag sah ich, daß er mir das Geld für die beiden Stunden, die ich mit meinem Sohn bei dem Professor verbrachte, abgezogen hatte.«

»Aber Sie haben in diesen zwei Stunden doch nicht gearbeitet?« fragte B. S.

»Na und?« erwiderte der Jude. »Er weiß doch, wie gut ich arbeite, wieviel Mühe ich mir gebe. Was sind schon zwei Stunden? Kleinlich ist er. Ein Pfennigfuchser. Dem fehlt unsere russische Großzügigkeit.«

»Unsere russische Großzügigkeit geht häufig nicht auf unsere eigenen Kosten, sondern auf die des Staates«, sagte B. S. »Aber dieser Amerikaner bezahlt Sie aus seiner eigenen Tasche. Sie sagen doch selbst, daß er gut bezahlt. Für Ihre gute Arbeit. Außerdem ist er, nach Ihren Worten zu urteilen, ein aufmerksamer und teilnahmsvoller Mensch. Er hat den Professor angerufen und dafür gesorgt, daß Ihr Kind außer der Reihe behandelt wurde. Aber diese beiden Stunden, die Sie nicht in der Fabrik, sondern bei dem Professor verbracht haben, braucht er nicht zu bezahlen. Begreifen Sie, er bezahlt Sie nur für Ihre Arbeit. Aber in diesen beiden Stunden haben Sie nicht gearbeitet. Das ist die echte amerikanische, geschäftsmäßige Betrachtungsweise. Ihr Chef gefällt mir sehr. Er ist Geschäftsmann und hat trotzdem ein gutes Herz.«

Der Gast aus Kischinjow stimmte ihm nicht zu. »Bei uns in Rußland wäre so etwas nicht passiert.«

»Weshalb sind Sie dann nicht dort geblieben?«

»Na ja, das ist eine andere Frage.«

Ich bin der Meinung von B. S. So ein Amerika gefällt mir auch besser.

Eine andere Besucherin aus Moskau. Sie spricht Russisch mit ukrainischem Akzent. Ihr schweres Schicksal hat vor kurzem zu einem Herzanfall geführt. Einem Infarkt. Sie überlebte nur knapp. Nun hatte sie ein neues Problem. Ihre Zahnprothese, die sie noch in Rußland anfertigen ließ, war zerbrochen, und es ist schrecklich teuer, hier eine anfertigen zu lassen. Für das ganze Gebiß muß man eine Menge Dollars bezahlen.

»Na gut, angenommen, ich werd's bezahlen«, sagte die Besucherin, »dann werde ich schöne Zähne haben. Wenn der Herzanfall sich aber wiederholt und ich sterbe, wozu brauche ich im Grab dann noch schöne Zähne? Es ist besser, diese Dollars für meine Kinder aufzubewahren.«

»Sie argumentieren viel zu berechnend«, erwiderte Mama. »Nicht so wie wir, sondern wie die Amerikaner.«

Ich stimme Mama zu. So ein Amerika gefällt mir nicht.

Mit Vergnügen bringe ich Schimpfwörter, Flüche zu Papier. Ich las sie in Moskau auf russisch an den Wänden öffentlicher Toiletten und an Zäunen, und jetzt sehe ich die gleichen Wörter auf englisch in New York. Nichts hat sich geändert. Nur die Sprache. Hier stoße ich sogar noch öfter auf diese Zaunliteratur als in Moskau. Dabei heißt es, dort herrsche der Sozialismus und hier der Kapitalismus.

Diese Wörter flüstere ich gern nachts im Bett vor mich hin. Ich flüstere. In der Dunkelheit. Und mir kommt es vor, als schickte ich irgendeinem Altersgenossen in einem anderen Teil des Planeten über unsichtbare Wellen ein verschlüsseltes Signal. Und er schickt mir flüsternd die entsetzlichsten Flüche aus seinem Kinderzimmer. Seine wohlanständigen Eltern schnarchen im Nachbarzimmer und ahnen nicht einmal, welche Gemeinheiten ihrem vergötterten Sprößling über die Lippen kommen.

Meine Mama nennt diese Wörter unanständig, derb. Albern. Wie sehr sie hinter der Zeit zurück ist, meine Mama! In jedem zweiten Film in Amerika fluchen die Helden pausenlos, und nur die Pronomen und Konjunktionen haben etwas mit der normalen Grammatik zu tun. Wenn man sich einen Film mit diesem Idol für dumme Gänse John Travolta ansieht – B. S. hat ihn sehr treffend mit einem männlichen Glied verglichen, von dem das Präservativ abgezogen ist –, dann scheint es, daß die englische Sprache im wesentlichen nur aus zwei Wörtern besteht: *shit* und *fuck*. Alle übrigen Wörter sind nur Beiwerk.

Meine Mama ist nicht einmal imstande, das Wort »Arsch« laut auszusprechen. Sie war in Moskau Lehrerin für russische Literatur und wuchs mit den Vorbildern der Klassik auf. Als wenn das nötig gewesen wäre! Ihr Liebhaber wurde der wüst fluchende B. S., ein früherer Seemann. Seine Sprache ist mit Flüchen geschmückt wie der Hals einer mondänen Schönheit mit Brillanten. Seine Flüche sind saftig und bildhaft. Er spricht sie mit Genuß aus. Mit tiefer, metallischer Männerstimme. Und sie treffen immer ins Schwarze. Es klingt wie Musik. Ganz hingerissen ist man!

Die Natur hat durchaus nicht jeden mit der Begabung ausgestattet, Obszönitäten schön auszusprechen. Manchen steht es so schlecht zu Gesicht, und sie tun es so ungeschickt und unbeholfen, daß es einem peinlich wird. Und man sich sogar für sie schämt.

Mein Papa, zum Beispiel, flucht nie. Doch eines Tages, angetrunken und mutig geworden, fluchte er plötzlich vor anderen Leuten, und es klang so häßlich und gemein, als habe er lautstark die Luft im Zimmer verpestet. Dazu taugt er nicht. Flüche mit Genuß auszupsrechen, das ist was für wirkliche Männer. Und was für ein Mann ist denn mein Vater schon? Wir wissen es ja.

Nun lebt meine »klassische« Mama also mit einem Mann zusammen, der auf Schritt und Tritt und bei jedem Anlaß Flüche ausstößt. Und nur durch eine Wand von ihnen getrennt, lebt ein erblühendes Mädchen, eine Heranwachsende mit zarter Phantasie. Mit einer Seele, die dem Guten wie dem Bösen gleichermaßen geöffnet ist. Mama meint mich. Heilige Einfalt!

Sie zankte sich sogar mit B. S. und empfahl ihm in einem Anfall edler Empörung, sich eine andere Wohnung zu suchen, wenn er seine Zunge nicht zügeln könne.

Das war Mama so entfahren, und sie erschrak sogleich heftig. Sie war über das Ziel hinausgeschossen. Es gehörte durchaus nicht zu ihren Absichten, allein zu bleiben im öden Witwenbett, um sich ganz der Erziehung ihrer Tochter zu widmen.

Hinter der Wand wurde es still. Und ich hielt den Atem an. Wenn nun B. S. diese günstige Gelegenheit nutzte, meine Mama zum Teufel schickte und sich davonmachte? Was sollte dann aus mir werden?

Am liebsten wäre ich zu ihnen hinübergesprungen, hätte mich auf B. S. gestürzt, seine Beine umfaßt und gejammert: »Herzchen, Liebster! Hör nicht auf sie, die Gans mit ihrer klassischen Bildung! Geh nicht weg! Sie braucht dich! Ohne dich versauert sie völlig! Und quält mich mit Moralpredigten. Hab Mitleid mit mir, einer erblühenden Heranwachsenden mit zarter Phantasie. Ich kann nicht ohne dich sein! Ich weiß nicht, was ich tun werde! Wenn du nicht mit ihr schlafen willst, schlaf mit mir!«

All das rutschte mir im Geiste heraus, und meine eigene

Kühnheit ließ mich fast ersticken. Doch ich brauchte nicht zu ihnen zu laufen. Der kluge, ausgeglichene B. S. überhörte Mamas frechen Ausfall großzügig und faßte sie zum Zeichen der Versöhnung an die Brust, die – wie eine Achillesferse – ihre schwächste Stelle ist. In solchen Fällen verliert Mama sofort die Beherrschung über sich. Zorn und falsches Ehrgefühl lösen sich auf. Ihre Augen überziehen sich mit einem grauen Schleier, wie bei einem einschlafenden Huhn, und sie beginnt, erregt zu winseln wie ein Hündchen.

Dies konnte ich nicht hinter der Wand sehen, mir aber deutlich vorstellen. Weil ich sie oft beobachtete und wußte, was weiter geschehen würde. Mama reagiert immer gleich. Sie fängt an zu winseln, wollüstig zu kreischen, und B. S. dreht ihre Brustwarzen weiter zwischen den Fingern, als ziehe er einen Motor auf. Das Winseln wird immer lauter, das Kreischen häufiger, und der »Säbeltanz« aus dem Ballett »Gajaneh« beginnt, wie der grausame Herzensbrecher B. S. diesen Zustand Mamas so zutreffend nennt.

Der Streit hat sich erschöpft. Wie B. S. sagt: »Die Argumente sind verschwunden, es bleibt die nackte Physiologie.«

Mama will mich, ihr Küken, wie eine Glucke vor schlechten Einflüssen schützen. Vor der Prosa des Lebens, die »meine zarte ungefestigte Seele« (Zitat aus Mamas Streitereien mit meinem Vater und B. S.) in Schutt und Asche legen könnte. Arme, arme Glucke! Wenn dir meine Notizen einmal in die Finger fallen sollten, werden dir die Augen übergehen.

Ich liebe Flüche. So wie du die Verse klassischer Dichter. Mir scheint, daß ich, wie B. S., zu der Menschengattung gehöre, der Schimpfwörter zu Gesicht stehen.

Auf sexuellem Gebiet bin ich gebildeter als du und theoretisch so beschlagen, daß ich schon längst mein Reifezeugnis hätte erhalten müssen.

Mama hatte fast einen Schlaganfall, als sie durch meine

Nachlässigkeit in meiner Schultasche eine pornographische Zeitschrift mit bunten Fotografien entdeckte. Die Zeitschrift wurde unter Geheul in Stücke gerissen. Dabei gehörte sie mir nicht. Ich hatte sie bei einer Schulfreundin ausgeliehen. Und mußte ihr den Wert ersetzen.

Ich legte einen Schwur ab, so etwas nie mehr zu tun und eine solche Schweinerei nicht mehr in die Hand zu nehmen. Mama beruhigte sich etwas und drückte meinen Kopf an ihre Brust. Ich spürte sogar eine Brustwarze, aber unter meiner Berührung vollführte Mama nicht den »Säbeltanz« aus dem Ballett »Gajaneh«, sondern fragte bewegt: »Weshalb interessierst du dich nicht für wirkliche Literatur? Schließlich habe ich deinetwegen die ganze russische klassische Literatur aus Moskau hierher geschleppt. Lies! Ergötze dich an wohlklingenden Worten und erhabener Dichtung!«

»Und wozu?« entgegnete ich leise.

»Was heißt, wozu?« Mama stieß mich von ihrer Brust zurück. »Um als vollwertiger Mensch heranzuwachsen. Als Mensch von Format, wie Maxim Gorki sagte.«

»Wozu mit Format?« fragte ich von neuem.

Mama verstummte, und ihre Augen wurden rund wie die eines Vogels. Sie tat mir sogar leid.

»Ich werde nie erwachsen werden, Mama.«

»Wieso, willst du ein Zwerg bleiben?«

»Nein, mir fehlt einfach die Zeit, erwachsen zu werden, und die wohlklingende Dichtung der klassischen Literatur, die du aus Moskau nach New York geschleppt hast, brauche ich nicht.«

»Warum nicht?«

»Weil es einen Atomkrieg geben wird. Aus Moskau wird eine Rakete mit Sprengkopf nach New York fliegen ... und das weitere kannst du dir denken.«

Es ist Nacht. Im Schlafzimmer hinter der Wand hat Mamas

Stöhnen aufgehört. Beide sind im Badezimmer gewesen, um sich zu waschen, liegen jetzt da, um auszuruhen und sich zu unterhalten. In der Toilette rauscht noch das Wasser. Mama sucht Mitgefühl bei B. S. Die Rede ist von mir. Mama hält sich für eine erfahrene Psychologin und analysiert jede meiner Handlungen, untersucht sie bis ins kleinste, als schaue sie durch ein Mikroskop.

Mein Gott, wie wenig sie mich versteht!

Aber ich liege da und lausche. Trotz allem ist es interessant, fremden Irrtümern zuzuhören. Besonders, wenn es sich um die eigene Person handelt.

»Sie ist natürlich kein ganz gewöhnliches Kind«, sagt Mama mit der schnurrenden Stimme einer gesättigten Katze. »Ich bemühe mich, objektiv zu sein. Obwohl sie meine Tochter und mir das teuerste Wesen auf der Erde ist. Das einzige.«

Das letzte spricht Mama bedeutungsvoll aus, winkt B. S. mit dem Zaunpfahl, daß er, das Ungeheuer, sie nicht genug liebe und schätze und daß sie deshalb mit der Liebe eines Kindes zufrieden sein müsse.

B. S. reagiert darauf wie nur er, der Mama nicht ernst nimmt, reagieren kann.

»Sie kommen vom Thema ab, Madame. Zur Sache. Sie haben also kein ganz gewöhnliches Kind . . .

»Ja, kein ganz gewöhnliches«, seufzt Mama. »Schon in Moskau, als sie noch ganz klein war, entdeckte ich an ihr nicht ganz gewöhnliche Symptome – irgendwelche Abweichungen von der Norm. Sie sagte Dinge, die uns hilflos machten, denn wir konnten nicht begreifen, woher sie das hatte . . . Jedenfalls hätte sie so etwas weder von uns noch von unseren Bekannten lernen können.«

»Konkreter«, mahnt B. S.

»Gut, nehmen wir folgenden Fall. Es war in Moskau. Sie war zum ersten Mal in die Schule gegangen. Ein ganz kleiner

Krümel. Und die Großmutter brachte sie nach Hause. Wir, die Erwachsenen, umringten sie, drückten, küßten sie. Blumen, Geschenke. Das ist schließlich ein Ereignis: Jemand hat zum ersten Mal die Schwelle der Schule überschritten. ›Na, Kindchen‹, fragen wir, ›hat es dir in der Schule gefallen? Was hat den größten Eindruck auf dich gemacht?‹ ›Nichts‹, antwortet sie. ›Stinklangweilig.‹ Wir sind starr vor Schreck. Das sagt ein Geschöpf, das noch nicht einmal sieben Jahre alt ist.«

»Gesunde Skepsis«, brummt B. S. »Allerdings eine sehr frühe Äußerung. Ich sehe nichts Pathologisches.«

»Hör dir an, was weiter geschah. ›Und wie ist deine Lehrerin? Hat sie dir gefallen?‹ ›Weshalb sollte sie mir gefallen?‹ fragte sie anstelle einer Antwort. ›Ein einfaches Weib. Redet wie eine vom Dorf. So eine würdet ihr bei euch nicht zum Essen an den Tisch lassen.‹«

Ich strampele in meinem Zimmer vor Freude unter der Decke. Wenn Mama nicht lügt, sich nichts ausdenkt, war ich also schon mit sieben Jahren gar nicht so beknackt. Bravo! Ich habe etwas Neues über mich selbst erfahren.

»Die Großmütter und Großväter fielen beinahe in Ohnmacht«, fährt Mama fort. »Das sind Kommunisten von altem Schrot und Korn, die aufrichtig an allgemeine Gleichheit und Brüderlichkeit glauben. In unserer Familie gab es keine Reichen, wir wuchsen in schrecklicher Armut auf und waren stolz auf unsere proletarische Herkunft. Und plötzlich – da hast du's! – ein Snob, ein Hätschelkind, eine miese Aristokratin, die mit solcher Arroganz und Verachtung über die einfachen Leute redet. Woher kam das? Wo hatte sie so etwas gehört? In unserem Haus hätte sie solche Dinge nicht lernen können. Kannst du es mir erklären? Ich bin Pädagogin, aber ich weigere mich, es zu verstehen. Antworte mir. Vielleicht weiß die Medizin mehr.«

»Meine Medizin, Teuerste, ist genauso blind und dumm wie

deine Pädagogik«, entgegnet B. S. mit unverhohlener Ironie in der Stimme. »Meine mageren Kenntnisse bringen mich auf den Gedanken, daß die Gene für alles verantwortlich sind. Deine Plebejerfamilie hatte in ferner Vergangenheit überaus aristokratische Vorfahren, und nach wer weiß wie vielen Generationen waren die Gene adliger Abstammung wieder durchgedrungen, hatten die proletarischen und sogar die kommunistischen Gene in die Flucht geschlagen, aus dem Weg geräumt und waren in Gestalt des bezaubernden jungen Snobs zur Welt gekommen.«

»Meinst du das ernst?« fragt Mama mit irgendwie veränderter Stimme. B.S.' Vermutung über unsere adligen Vorfahren hat ihr offenbar geschmeichelt.

»Ich will es nicht behaupten, aber ich halte es für möglich«, erwidert B. S. unerschütterlich.

»Ein zweites Beispiel«, sagt Mama.

»Was für eins?« fragt B. S. schläfrig.

»Sie war, ich will nicht lügen, drei oder vier Jahre alt. Eines Tages war ein Nachbar zu uns gekommen und wollte mit dem Kind scherzen. Ein dummer Scherz. Er machte eine Fratze, langte mit den Händen nach dem Hals meines Mannes und knurrte mit drohender Stimme: ›Ich erwürge deinen Papa.‹

Weißt du, was sie tat? Sie stampfte mit dem Fuß auf, ballte die Fäustchen so sehr, daß sie weiß wurden, und schrie den Nachbarn an, den sie früher geliebt und auf dessen Knien sie stundenlang gesessen hatte: ›Wenn du Papa anrührst, schneide ich dich in kleine Stücke, drehe dich durch den Fleischwolf, mache Buletten, brate sie, esse sie auf und ... kacke dich aus. Dann bleibst du im Nachttopf.‹«

B. S. brüllt vor Lachen. Und auch ich winsele in meinem Zimmer vor Freude.

»Was hältst du davon?« fragte Mama. »Ich fand es damals überhaupt nicht zum Lachen. Woher hatte sie nur diese

Bosheit? Wie war in diesem kleinen Köpfchen ein so raffinierter, ungeheuerlicher Racheplan herangereift?«

»Herrlich, herrlich.« B. S. lacht immer noch.

»Hast du eine Antwort?« beharrt Mama.

»Morgen, morgen. Zeit zu schlafen. Ich gehe in mein Zimmer.«

»Und ein Kuß zum Abschied?« sagt Mama mit klagend gedehnter Stimme.

»Muß nicht sein. Nicht alles auf einmal.«

»Halunke.«

»Gute Nacht.«

An meiner Tür vorbei hallen B. S.' Schritte über den Flur. Die Fußbodenbretter biegen sich und knarren unter seinem Gewicht, obwohl er vorsichtig auftritt, um mich nicht zu stören.

In dieser Nacht schlafe ich mit einem Lächeln ein. Ich habe etwas Amüsantes über mich selbst erfahren. Und außerdem bin ich voller Schadenfreude, weil er weggegangen ist, ohne sie zu küssen.

Wie lange ich auch leben werde, nie werde ich die Abschiedsszenen auf dem Moskauer Flughafen vergessen, als Mama und ich Rußland für immer verließen. Für immer, für immer. Man wird uns nicht zurücklassen, sogar wenn wir sehr darum bitten. Denn im sowjetischen Rußland gilt als ungeschriebenes Gesetz, daß jeder, der es verläßt, ein Vaterlandsverräter, ein Abtrünniger und Schurke ist. Und ein Jude um so mehr.

Wir hatten die Zollkontrolle hinter uns. Und jetzt waren wir schon mit einem Bein im Ausland. In der Halle, in der wir auf den Einstieg ins Flugzeug warteten, waren alle Aufschriften in englischer Sprache, und am Büfett wurde mit ausländischer Währung bezahlt. Man nahm auch sowjetisches Geld, aber nicht so gern. Wir waren schon im Ausland, aber noch nicht ganz. Nur mit einem Bein. Jeden Moment konnte man uns zurückschicken. In die Sowjetunion. Hinter die gläserne Wand, die unsere Halle vom gesamten Flughafen trennte. Sie konnten noch alle möglichen Tricks anwenden, sich nach Belieben über uns lustig machen. Weil wir noch in ihrer Hand waren. Auf sowjetischem Territorium. Deshalb waren alle Erwachsenen, darunter meine Mama, sehr nervös und schauten dauernd auf die Uhr und auf den Lautsprecher, durch den zum Einstieg in die Flugzeuge aufgerufen wurde. Auf russisch und auf englisch. Und noch in irgendeiner fremden Sprache, die ich nicht bestimmen konnte.

Sogar die Kinder hatten aufgehört, Unfug zu machen, und waren ganz leise geworden. Als fürchteten sie, etwas Schreckliches aufzustören, Sorge über ihre Eltern zu bringen.

Hinter der gläsernen Trennwand von der Decke bis zum Fußboden war die Sowjetunion. Das Land, in dem wir geboren wurden und das wir jetzt für immer verließen. Durch diese Wand war alles zu sehen, aber nichts zu hören. Sie war schalldicht. Und hinter ihr drängten sich die Menschen, die uns begleitet hatten. Bleich, eingeschüchtert. Weinend und irgend etwas rufend. Lautlos. Wie im Fernsehen, wenn der Ton abgestellt ist. Sie bewegten die Lippen, winkten mit den Armen. Es war schon, als seien sie nicht mehr am Leben.

Hinter der gläsernen Wand, für immer von uns getrennt, standen die Alten Schulter an Schulter. Die einzigen Menschen auf dieser Welt, die mit mir verwandt waren. Drei Großmütter, zwei Großväter und Urgroßvater Lapidus.

Sie schienen entsetzlich klein und unglücklich. Und obwohl ich nicht immer zärtlich mit ihnen umgegangen war, hatte ich große Lust, jeden zu streicheln und ihm zum Trost ein gutes Wort zu sagen.

Ihre Augen waren auf mich gerichtet. Nicht auf Mama. Als

ob mit meiner Abreise für alle von ihnen ein Faden risse, der sie mit dem Leben verband, und sie als Waisen auf der Erde zurückbleiben würden. Sechs alte Waisen. Die sonst weder Kinder noch eine einzige Enkelin hatten. Sie würden einander begraben, und jeder wartete darauf, daß er an der Reihe war.

Ich werde nicht mehr bei ihren Beerdigungen sein. Und deshalb wird es ihnen sehr schwerfallen zu sterben. Als hätten sie ihr Leben vergeblich gelebt.

Wir hatten sie verraten. Wir ließen sie im Stich. Allein. Schutzlos. In einem Land, in dem man Juden nicht liebt.

Ich hatte das Gefühl, daß Mama eine schreckliche Sünde beging, weil sie diese Alten zurückließ. Ich zählte nicht, denn ich traf keine Entscheidungen. Ich wurde mitgenommen, ohne daß man nach meinen Wünschen gefragt hätte. Mama erklärte, daß es besser für die Alten sei, in Moskau zu bleiben. Hier hätten sie Wohnungen, Renten. Und Freunde, an die sie gewöhnt waren. Aber dort? Wer benötigte sie in einem fremden Land? Wer würde für ihren Unterhalt sorgen? Sie dürften nicht entwurzelt werden. Das würde den Tod nur beschleunigen.

Das sei grausam, sagte Mama, aber vernünftig. Doch ihr selbst liefen Tränen über das Gesicht.

Vielleicht dachte sie daran, daß ich sie eines Tages genauso verlassen würde. Mutterseelenallein. Alt und hilflos.

Weil das ganze Leben vor mir liegt, und vor ihr nur das Grab.

Und auch das würde grausam, aber vernünftig sein.

Bei diesen Gedanken lief mir eine Gänsehaut über den Rücken. Die Gesichter der Alten hinter der Glaswand, mit den daran gepreßten Nasen, verschwammen, weil mir heiße Tränen die Augen trübten.

Papas Freund/Freundin Joe ruft Mama an. Das ist der amerikanische Homosexuelle mit den blinzelnden Kuhaugen. Er beschwert sich über Papa. Der – hat man so etwas erlebt – betrügt ihn. Das ist ein Papachen! Ein Homo, aber was für ein geiler Bock! Der arme Joe! Nun sucht er Trost bei der früheren Frau seines Liebhabers und hofft, daß sie bei Papa ein Wörtchen für ihn einlegt. Ein Witz! Wie Großmutter Sima in Moskau sagte: Zum Verrücktwerden, mindestens!

Mama lauscht geduldig dem faden Gejammer ihres »Nebenbuhlers« aus dem Hörer, versucht sogar, ihn auf englisch mit ihrer harten russischen Aussprache zu trösten, wobei sie die Zeiten der Verben verwechselt und die Artikel wegläßt. Und sie verspricht, mit Papa zu reden, ihn zu beschämen.

B. S. geht nervös im Zimmer auf und ab, hört mit halbem Ohr Bruchstücke dieser innigen Unterhaltung. Er will telefonieren. Und er ist wütend.

»Hör schon auf«, sagt er zornig zu Mama. »Er soll uns am Arsch lecken!«

Mama hat nichts gehört, sie schnattert immer noch Trostworte in den Hörer und ist deshalb nicht schockiert.

Urgroßvater Lapidus und ich haben unsere Geheimnisse. Wir beide spielen unsere eigenen Spiele. Damit weder meine Eltern noch die Großväter und Großmütter etwas merken. Sonst würde Urgroßvater etwas abbekommen, weil er dem Kind mit allem möglichen Unsinn den Kopf vollstopft. Das Kind, das bin ich. Und aller mögliche Unsinn, das ist das Leben von Urgroßvater Lapidus, an dem man die Geschichte Rußlands und der Revolution besser studieren kann als mit Hilfe eines Schullehrbuches. Mit dem Unterschied, daß Urgroßvater nichts vor mir verbirgt, während es in einem Lehrbuch, wie meine Mama sich ausdrückt, große Lücken gibt.

»Der Alte lebt seine zweite Jugend«, jammern die anderen Familienmitglieder, wenn sie sehen, wie Uropa und ich zu zweit spazierengehen und unablässig plaudern. »Das Alter macht wunderlich.«

Sie sind neidisch auf unsere Freundschaft. Weil sie mit mir nicht ohne Süßholzgeraspel, wie mit einer Gleichberechtigten sprechen können. Aber Uropa Lapidus erkennt nur ein solches Gespräch an.

Ich spiele mit Uropa Lapidus »Rotkäppchen und der böse Wolf«. Ich bin Rotkäppchen, stelle Fragen, und er antwortet.

Wie heißt es im Märchen?

»Sag, weshalb hast du so große Ohren?«

»Damit ich dich besser hören kann.«

So lautet das Märchen. Doch unser Spiel hat einen etwas anderen Text.

»Sag, Uropa, weshalb hast du in der Zarenzeit gesessen?«

»Weil ich den Zaren stürzen und die Sowjetmacht herstellen wollte – die Regierung der Arbeiter und Bauern.«

»Sag, Uropa, weshalb hast du unter der Sowjetmacht im Gefängnis gesessen?«

»Ehrlich gesagt? Ich weiß es nicht. Dabei wollte ich nur das Beste für die Sowjetmacht.«

»Sag, Uropa, wie lange hast du in der Zarenzeit im Gefängnis gesessen?«

»Zwei Jahre und drei Monate. Im Vergleich mit dem sowjetischen war dieses Gefängnis wie eine Sommerfrische. Und wir wurden so bewacht, daß sogar ein Kind hätte fliehen können. Und auch ich floh, um den Zaren zu stürzen.«

»Sag, Uropa, wie lange hast du unter der Sowjetmacht gesessen?«

»Zwanzig Jahre. Stramm durch. Und wenn Stalin nicht gestorben wäre, hätte ich die Freiheit nie wiedergesehen.«

»Sag, Uropa, bist du im zaristischen Gefängnis gefoltert worden?«

»Gott behüte.«

»Sag, Uropa, und im sowjetischen Gefängnis?«

»Na, und ob, Kindchen. Bis heute tun mir die Knochen weh.«

»Dann sag mir, Uropa, weshalb mußte man eine Revolution machen und den Zaren durch die Sowjetmacht ersetzen?«

»Frag mich was Leichteres, meine Kleine. Wir haben dafür gekämpft und es teuer bezahlt. Aber du mußt klüger sein. Vergiß nicht, was ich gesagt habe, aber sprich mit niemandem darüber. Antworte im Schulunterricht so, wie es im Lehrbuch steht. Dort erfährst du ganz genau, wie man antworten muß.«

»Gut, Uropa. Ich werde klüger sein. Großes Leninsches Ehrenwort! Sonst wirst du in deinem Alter wegen solcher Gespräche wieder nach Sibirien gejagt.«

Das sind die Spiele, die ich mit Urgroßvater mache. Historische.

Bei unserer Datscha ist im Garten eine Laube. Ganz am Ende des Gartens. Eine alte Laube, morsch. Bis zum Dach mit Sträuchern zugewachsen. Sie ertrinkt in Sträuchern. Dort kann man gut unterschlüpfen, wenn wir, die Kinder, Versteck spielen.

Diese Laube haben sich die ältesten Bewohner der Siedlung ausgewählt – alte Bolschewiken, die Stalins Erschießungen überstanden haben und gerade noch lebendig in die Freiheit gekommen sind. Fünf steinalte Großväter. Urgroßväter für meine Generation. Grau und kahlköpfig, gebeugt, können kaum noch die Beine bewegen. Sie wurden unter Stalin lange durch die Gefängnisse geschleppt und geschlagen. Andere starben rasch, doch diese waren besonders lebensfähig. Sie haben alle überlebt. Den Zaren und Lenin und Stalin. Sogar Chruschtschow.

Der berühmteste unter ihnen ist mein Uropa.

Unter dem Zaren, als die Revolution vorbereitet wurde, versammelten sie sich – damals ganz junge Revolutionäre – an geheimen Plätzen, fern von der Polizei, und erörterten die Lage.

Heute, unter dieser Regierung, die sie selbst begründet haben und die sie dafür mit dem Gefängnis und Sibirien belohnt hat, versammeln sie sich von neuem an einem geheimen Ort und flüstern dort vor sich hin. Damit sie niemand hört.

Dieser geheime Ort ist unsere Laube. Uns, die Urenkel, bitten sie, im Garten Posten zu stehen und ihnen ein verabredetes Signal zu geben, wenn Gefahr im Verzug ist, wenn zum Beispiel ein Fremder kommt. Dann beißen sie sich auf die Zunge und schweigen. Und fangen an, Domino zu spielen, als wäre nichts gewesen.

Uns Kindern gefiel dieses Spiel zuerst. Wir fühlten uns wie jene jungen Revolutionäre, die in der Zarenzeit Heldentaten vollbrachten, so daß die Stunde der Revolution näherrückte. Wie wir in Kinderbüchern gelesen hatten. Wir standen Wache und beobachteten alle Wege. Ob kein Fremder kam. Als Fremde galten sogar unsere Eltern.

Mein Vater sagte einmal, als er sah, wie die Alten zur Laube humpelten: »Alte Schwätzer! Können sich nicht beruhigen. Sibirien hat sie nicht abgekühlt!«

Gut, daß die alten Bolschewiken taub waren – bei den Verhören hatte man ihre Trommelfelle zerfetzt – und Papas Worte nicht hörten. Sonst wären sie verärgert gewesen.

Und wozu soll man alte Leute ärgern?

Auch ich wollte sie nicht ärgern. Nur einen Scherz machen. Mir war es langweilig geworden, nach Passanten Ausschau zu halten, und ich schlich leise zu der Laube, schob die Zweige auseinander, und dort waren die grauen und kahlen Häupter zueinander geneigt und nuschelten zahnlos so etwas wie: »Keine Ideale mehr ... Ganz Rußland rauben sie aus ... Von der Revolution ist keine Spur geblieben ... Tyrannei ...«

Da schrie ich mit grober Männerstimme: »Hände hoch!«

Ich hatte ihnen doch nur einen Streich spielen wollen. Aber was dann geschah! Ein alter Bolschewik machte sich wie ein Kleinkind in die Hosen, und ein anderer mußte mit Baldriantropfen wieder aufgepäppelt werden. Gott sei Dank, daß niemand starb. Ein abgehärtetes Volk.

Sol Lap ist der leibliche Bruder meines Urgroßvaters Lapidus. Der jüngere Bruder. Und obwohl er jünger ist, nicht unter dem Zaren und unter Stalin in Gefängnissen saß und nicht im Bürgerkrieg kämpfte, sondern noch als Minderjähriger nach Amerika ausreiste und sein ganzes Leben nur einem widmete: dem Geldverdienen, sieht er schlechter aus als mein Urgroßvater. Der ist hager, Haut und Knochen. Und dauernd hastet er, läuft herum. Energie im Überfluß. Doch Sol ist aufgedunsen, als habe er Wassersucht. Und seine Augen sind ganz trübe. Wie bei einem sehr alten Hund.

Wahrscheinlich war auch für ihn nicht alles ein Zuckerschlecken. Wie Großmutter Ljuba sagen würde, die in Moskau geblieben ist. Ein Kapitalist, sogar ein Millionär, ist auch nicht auf Rosen gebettet. Wie mein Vater sagen würde, der frühere Lektor der Gesellschaft »Wissen«, der nun auch in New York wohnt. Sol Lap, das ist englisch. Er hat seinen Namen der amerikanischen Fasson angepaßt. In Rußland, von wo er mit leeren Taschen kam, hieß er Solomon Lapidus. Na und? Warum nicht Lap? Warum nicht Sol? Andere Länder, andere Sitten.

Er hatte die russische Sprache nicht ganz vergessen. Aber er erlaubte sich manchmal wirklich lächerliche Fehler. Wahrscheinlich hätten die Amerikaner genauso Lust zu lachen, wenn ich Englisch spreche.

Mit mir spricht er nur Russisch. Um die Sprache im Gedächtnis zu behalten. Und ich glaube, er liebt mich sogar. Jedenfalls ist er von der ganzen amerikanischen Verwandtschaft am freundlichsten.

Aber seltsam. Ich staune immer, wenn ich mit ihm zusammen bin. Er hat eine Luxusvilla. Und an den Wänden hängen Bilder, wie sie in den besten Museen ausgestellt sind. Ihr Wert geht über alle Begriffe. Millionen.

Als ich zum ersten Mal bei ihm zu Gast war, fragte ich: »Großvater, wer hängt bei dir im Wohnzimmer?«

»Ach.« Er winkte ab. »Irgendwelche Europäer.«

Doch diese Europäer entpuppten sich bei näherer Betrachtung als ein Gauguin und zwei Matisse.

In Moskau hatten wir, überschäumend vor Freude, stundenlang in Museen vor ihren Bildern gestanden. Mit der ganzen Familie. Und sogar Urgroßvater Lapidus war ganz dicht herangetreten und hatte die Augen zusammengekniffen. Und ihm waren Tränen über das Gesicht gelaufen.

Aber sein leiblicher Bruder Solomon in New York hat für diese Schönheit keinen Blick übrig. Obwohl sie bei ihm zu Hause hängt, nicht in einem Museum. Für ihn, den Armen, gibt es keine Schönheit. Matisse und Gauguin sind bloß gute Kapitalanlagen. Sie verringern ihren Wert nicht wie der Dollar. Im Gegenteil, sie werden immer teurer.

Also wodurch unterscheidet er sich von meinem Lehrer in der Jeschiwa, Rabbiner Morgenstern, der in einer Literaturstunde achselzuckend über Shakespeare sagte: »Ach, dieser Goi ...«

Einmal fuhr ich mit Sol in einem Taxi. Er fährt seines Alters wegen kein Auto und ruft ein Taxi, wenn er es benötigt. Diesmal saß ein Neger am Steuer.

Als wir am Ziel angekommen waren, betrachtete Sol den Zähler, musterte die Ziffern, und als er bezahlte, verlangte er vom letzten Dollar fünfzig Cent Wechselgeld. Der Taxifahrer zählt ihm das Wechselgeld sehr unwillig, ohne seine Verachtung zu verbergen, in Fünf-Cent-Stücken ab. Er hält ihm die Münzen hin und zögert. Und schaut vor sich hin. Giftig und hochmütig. Sol sitzt mit ausgestreckter Hand da und wartet. Wie ein Bettler. Ich errötete vor Erniedrigung. Und flüsterte ihm auf russisch ins Ohr: »Genug! Mein Papa gibt einen Dollar Trinkgeld!«

Sol schielte mich an und antwortete auf russisch: »Deshalb wird dein Papa immer ein Hungerleider sein. Aber ich bin Millionär.«

»Sag mal, Sol«, fragte ich ihn eines Tages, als niemand in der Nähe war und wir uns unter vier Augen unterhalten konnten. Er war immer offener und freundlicher zu mir, wenn wir ohne Zeugen waren. »Was würdest du tun, wenn du schrecklich hungrig wärst, selbst aber einen ganzen Zug mit Brot zu transportieren hättest?«

»Wieso sollte ich hungrig sein?« Sols wässerige Augen funkelten, und mit einem Mal war er seinem Bruder, meinem Urgroßvater Lapidus, ähnlich. »Und wie komme ich denn dazu, einen ganzen Zug mit Brot zu transportieren? Brot wird von Leuten transportiert, die diese Arbeit machen. Ich habe ganz andere Geschäfte.«

»Vergiß für einen Moment das Wort ›Geschäft‹ und stell dir vor, du bist in Rußland. Dort herrschen Revolution und Hunger ...«

»Wozu soll ich mir das vorstellen?« fragt mein amerikanischer Verwandter, der Millionär Sol Lap, begriffsstutzig. »Bei solchen Gedanken erhöht sich mein Blutdruck. Kindchen, schließlich war ich klüger als dein Urgroßvater und verließ Rußland vor der Revolution und vor den Hungersnöten.«

»Weißt du denn«, sagte ich herausfordernd, »daß Urgroßvater, der nicht so klug war wie du, zur Zeit der Hungersnot einen Zug mit Brot nach Moskau brachte und sich während der ganzen Fahrt nicht erlaubte, einen einzigen Krümel in den Mund zu nehmen? Und als er zu Lenin in den Kreml kam, um zu melden, daß das Brot überbracht war, fiel er zu Boden – er war vor Hunger ohnmächtig geworden.«

»Ja-a...«, sagte der Bruder meines Urgroßvaters nachdenklich, und ich wartete darauf, daß in seinen wässerigen Äuglein Stolz auf das Gehörte aufblitzt, aber ich wartete vergebens.

»Und wie hat ihm Lenin dafür gedankt? Hat ihn ins Gefängnis gesteckt.«

»Nicht Lenin, sondern Stalin.«

»Das machte es für deinen Urgroßvater auch nicht leichter.«

»Nein, aber antworte mir: Könntest du auf einer Ladung Brot sitzen und hungern?«

»Ob ich das könnte? Weiß ich nicht. Ich hab's nie versucht. Aber ich weiß genau, was ich nicht täte. Ein Heiliger zu sein ist heutzutage kein einträgliches Geschäft. Die Unkosten werden nicht gedeckt.«

»Halt den Mund! Du lächerlicher Geschäftsmann!« schrie ich ihn an, als sei er ein kleines Kind.

Doch er antwortete mir mit einem spöttischen Grinsen: »Oletschka, du bist immer noch Kommunistin. Hegst Klassenhaß gegen mich.«

»Ich verachte euch alle. Ihr seid 'ne schöne Sippschaft.«

»Mein Herzchen.« Sol umarmte mich. »Ich erkenne den Charakter meiner Mutter. Du hast ihn über drei Generationen hinweg geerbt.«

Daß ich nicht so bin wie alle anderen, sondern eine Jüdin, erfuhr ich spät. Mit sieben Jahren. Als ich in die erste Klasse ging. Bis dahin hatten Mama und Papa und die ganze einträchtige Schar von Großvätern und Großmüttern mich tapfer von der niederen Prosa des Lebens abgeschirmt. Von der engeren Bekanntschaft mit dem Nationalitätenproblem in einem so fortschrittlichen Land wie der UdSSR.

Unsere Lehrerin Marja Filippowna, ein Frauenzimmer vom Lande mit großen roten Händen und runden dummen Augen, wie bei dem Spielzeugmops aus der DDR, den ich zum Geburtstag geschenkt bekommen hatte, beschloß, uns unverständigen Kindern zu erklären, was die Völkerfreundschaft der UdSSR ist, in welcher wunderbaren Vielvölkerfamilie wir das Glück gehabt hatten, geboren zu werden und zu leben. Unablässig lächelnd und ihre Metallzähne zeigend, begann sie, uns ihre Gedanken am lebenden Beispiel, das heißt an uns selbst, vorzuführen.

»Iwanow, Teljatnikow, Sofronowa...« Sie zählte noch etwa ein Dutzend Kinder auf und befahl ihnen: »Aufstehen!«

Nachdem die Schüler aus ihren Pulten aufgestanden waren, ohne recht zu begreifen, weshalb man ausgerechnet sie ausgesucht hatte, sich den Kopf zerbrechend, ob sie in der Pause irgendwelchen Unfug gemacht hatten, für den sie jetzt bestraft werden sollten, sagte Marja Filippowna gerührt: »Diese Kinder, die ich aufgerufen habe, sind Russen. Vertreter des großen russischen Volkes. Sozusagen des älteren Bruders in der Familie der anderen gleichberechtigten sowjetischen Völker.«

Ich verstand nicht, worauf sie hinauswollte und wieso zum Beispiel Fedja Teljatnikow mein älterer Bruder sein sollte, obwohl er doch einen Monat jünger war als ich. Ich war bei seiner Geburtstagsfeier gewesen.

»Und nun bitte ich aufzustehen...« leierte Marja Filippowna und zählte Familiennamen auf, unter denen meiner wiederum nicht vorkam. »Diese Kinder sind Ukrainer. Die Ukrainische Republik gehört als eine der fünfzehn Schwesterrepubliken zur Sowjetunion.«

Danach mußten ein Junge und ein Mädchen sich erheben, und sie nannte die beiden Tataren, dann ein georgischer Junge und ein armenisches Mädchen.

Die ganze Klasse war aufgestanden. Die einträchtige Familie der sowjetischen Völker. Brüder und Schwestern. Nur ich saß noch. Marja Filippowna machte eine Pause, und während sie schwieg, wurde mir übel. Sogar mein Herz machte einen Sprung. Und wer bin ich? Was bin ich für sie? Eine Cousine? Oder eine Cousine zweiten Grades? Vielleicht sogar eine Fremde? Ein Fremdkörper? Eine Besucherin aus dem Weltall?

Alle in der Klasse hatten den Kopf gewandt, schielten zu mir und warteten neugierig, wo die Lehrerin mich einordnen würde.

»Steh auf, Olga«, sagte Marja Filippowna ohne Begeisterung. Sie war müde geworden, während sie die übrigen vorstellte. »Also, Kinder, Olga ist Jüdin.«

Ich wußte nicht, was eine Jüdin ist. Etwas Gutes oder etwas Schlechtes? Und wieso war ich etwas anderes als die Mehrheit der Kinder in der Klasse? Warum war ich als letzte genannt worden? Schließlich lernte ich besser als die anderen. Nur zwei standen an der Spitze: Fedja Teljatnikow und ich. Warum? Warum?

Das Wort »Jüdin«, das ich zum ersten Mal hörte, versetzte mir einen Messerstich ins Herz. Doch ohne im Grunde zu begreifen, erfaßte ich instinktiv, daß man mich gebrandmarkt hatte.

»Ich bin keine Jüdin!« schrie ich verzweifelt. »Ich bin Moskauerin.«

Und schluchzte lauthals.

Ich habe mit eigenen Augen gesehen, wie gefoltert wird. Und ich habe den Schrei des Gepeinigten gehört.

Bis dahin hatte ich nur aus dem Kino gewußt, was das ist. Und außerdem aus den Erzählungen von Uropa Lapidus, der trotz des strengen Verbots meiner Mutter – »Das Kind wird nach solchen Geschichten schlecht schlafen« –, mir häufig, wenn wir allein waren, beschrieb, wie er bei den Verhören unter Stalin gefoltert worden war.

»Damit die Wahrheit nicht stirbt«, rechtfertigte sich Uropa. »Du gibst sie an die nächste Generation weiter.«

Und dann mußte ich selbst Zeugin einer Folterung werden. Erst danach begriff, spürte ich mit meinem ganzen Wesen, wie schrecklich das ist.

Wir durchliefen die Zollkontrolle im Moskauer Flughafen. Als wir Rußland für immer verließen.

Man wühlte unser ganzes Gepäck durch und ließ unsere Sachen in den offenen Koffern zurück – Sachen, die Mama vor der Reise die ganze Nacht hindurch gebügelt und sorgfältig zusammengelegt hatte. Nun waren sie zu einem wirren Haufen geworden. Als hätte man in unseren Röcken und Pullovern verborgene Brillanten oder geschmuggelte Literatur gesucht. Dabei hatten wir kaum genug Geld für die Flugkarten, von Brillanten gar nicht zu reden. Und wieso denn illegale Literatur? Mama ist so feige, daß sie einen großen Bogen um die Politik macht.

Aber das war halb so schlimm. Die Zollbeamten haben den Befehl, in den Sachen zu wühlen. Feingefühl gehört nicht zu ihren Pflichten.

Entsetzlich wurde es, als man Mama und mich in ein separates Zimmer führte, die Türen schloß und als zwei strenge Frauen – mit bäuerlichen Gesichtern, aber in Zolluniform – mit der Leibesvisitation begannen.

Sie befahlen Mama, sich nackt auszuziehen. Sie verlor die

Fassung, errötete, widersprach aber nicht. Sie zog den Mantel, dann die Schuhe, dann die Bluse, dann den Rock aus und legte alles auf einem Stuhl zusammen.

Die beiden Frauen in Uniform betrachteten uns mit trüben Fischaugen, und obwohl kein einziger Mann im Zimmer war, wurde Mama immer verlegener und starrte schuldbewußt zu Boden. Sie befahlen ihr, auch alles übrige auszuziehen. Und Mama war nun völlig verstört. Als wäre sie verprügelt worden. Sie ließ Slip und Büstenhalter auf den Fußboden fallen und hob sie nicht auf. Mit den Händen bedeckte sie die Brust.

Mir brannten Tränen in den Augen, meine Fäuste waren vor Wut geballt. Sofort fielen mir die Kinofilme über faschistische Todeslager ein. Reihen nackter Frauen am Eingang zu den Gaskammern.

Entsetzen packte mich. Es schien, als würden diese Weiber jetzt etwas in deutscher Sprache brüllen und meine willenlose, niedergeschlagene Mama werde dort hingehen, wo sich die Reihe nackter Frauen schon aufgebaut hatte. Und als werde sie mir zum Abschied nur kläglich zulächeln.

Ehrenwort, mir standen die Haare zu Berge.

Zum Glück zogen sie mich nicht aus, sondern tasteten mich nur mit fremden, ekelhaften Händen ab. Ich weiß nicht, was ich sonst getan hätte! Jedenfalls hätte es einen Skandal gegeben.

Aber all das waren bloß Kleinigkeiten. Das Schlimmste stand uns noch bevor. Eines dieser Geschöpfe sah Mischka in meinen Händen. Einen rötlichen Plüschbären mit runden bernsteinfarbenen Augen, in denen immer ein Funke aufsprühte, wenn sie von einem Sonnenstrahl getroffen wurden. Ein altes, von meinen Umarmungen an manchen Stellen sogar kahlgeriebenes Bärchen. Und nicht nur von meinen Umarmungen. Ihn hatte schon meine Mama in ihrer Kindheit gedrückt. Und vor ihr Großmutter Ljuba, als sie noch ein

Kind war. Der Bär war ein Veteran, der drei Generationen treu gedient hatte und nun, wie ein Familienmitglied, zusammen mit mir Rußland verließ, um irgendwann, wenn ich Kinder hätte, zu ihrem Lieblingsspielzeug zu werden.

Unter allen Spielsachen, kostspieligen und eleganten, hatte ich ihm den Vorzug gegeben, als Mama sagte, daß ich mir nur ein einziges Stück aussuchen dürfe. Mischka war so vertraut, so abgenutzt und kahl, als wäre er lebendig. Er war ein sprechender Bär. Man brauchte ihn nur zu neigen, und innen, in seinem Bauch, ertönte ein unzufriedenes Brummen. Aber wenn ich ihn mit ins Bett nahme und ihn beim Einschlafen fest an mich drückte, begann er zärtlich zu knurren.

Er war für mich wie ein geliebtes jüngeres Brüderchen und – ich kann es beschwören – der einzige, der mich in unserer Familie verstand. Ausgenommen Urgroßvater Lapidus.

Einmal war ich wegen irgend etwas bestraft worden und mußte allein im Zimmer bleiben. Ich saß auf dem Fußboden und zerfloß in Tränen. Mischka saß in der Ecke und starrte mich mit seinen traurigen bernsteinfarbenen Augen an.

»Keiner hat Mitleid mit mir«, beklagte ich mich bitterlich bei ihm.

»Und ich?« fragte Mischka.

Großes Leninsches Ehrenwort! Ich schwöre es! Ich hatte mich ihm nicht genähert, ihn nicht angefaßt, nicht mit der Hand berührt. Er selbst hatte diesen Laut hervorgebracht.

»Das schien dir nur so«, wehrte Großmutter Ljuba ab, als ich ihr davon erzählte.

»Eine Geräuschhalluzination«, sagte Großvater Ljowa. »Das Kind muß zum Arzt.«

Und mein kluger Papa, Lektor der Gesellschaft zur Verbreitung politischer und wissenschaftlicher Kenntnisse, sagte kategorisch: »Ungeklärte Geheimnisse der Natur.«

Ich war verärgert über sie, drückte Mischka an meine Brust

und flüsterte ihm in sein zottiges Ohr: »Gehen wir, mein Lieber. Hier versteht man uns nicht.«

Er knurrte zustimmend.

Auf dem Flughafen sahen diese beiden Zollbeamtinnen mit den Fischaugen also meinen Mischka und baten mich, ihnen den Bären zu zeigen. Ich reichte ihn ihnen, ohne etwas Schlimmes zu ahnen. Die eine ergriff ihn mit ihrer Pranke, und die andere holte aus einer Tasche eine lange Stricknadel und durchbohrte das Bärchen wie mit einem Bajonett. Wie mir Mama später erklärte, überprüften sie auf diese Weise, ob in Mischkas Bauch nicht andere Gegenstände eingenäht waren.

Das erklärte mir Mama später. Aber jetzt traten mir die Augen fast aus dem Kopf. Diese Ungeheuer stechen, durchbohren mit einer eisernen Stricknadel meinen lebendigen, freundlichen Mischka, der sich nicht wehren kann!

Beim nächsten Stich hielt Mischka es nicht mehr aus und gab ein rauhes, gequältes Stöhnen von sich. Wie unter entsetzlichen Schmerzen.

An das weitere kann ich mich nicht mehr genau erinnern. Nach den Erzählungen von Mama lief mein Gesicht blutrot an, ich sprang von meinem Platz auf und verbiß mich so kräftig in die Hand des Weibes mit der Stricknadel, daß sie die Nadel fallen ließ und schrill aufheulte.

Andere Zollbeamte liefen herbei. Das Zimmer war voll. Man wollte ein Protokoll über einen Angriff auf einen Vertreter der Zollbehörden bei Ausübung seiner Dienstpflichten anfertigen.

Mein Alter rettete mich. Wer so jung ist, wird noch nicht nach politischen Artikeln verurteilt.

Das wäre ein Ding gewesen! Ich als jüngste politische Gefangene. In der ganzen Welt hätte die progressive Menschheit Protestdemonstrationen abgehalten und die Fensterscheiben der sowjetischen Botschaften eingeschlagen. Und wie stolz erst mein Urgroßvater Lapidus gewesen wäre, der alte politische Häftling, der unter allen Regierungen gesessen hatte. Der Apfel fällt eben nicht weit vom Stamm.

Es war einmal ein Mensch, der liebte alle anderen unterschiedslos. Ein Internationalist. Und deshalb war ihm froh ums Herz, und er betrachtete die menschliche Rasse lächelnd und voll Vertrauen.

Dann aber öffnete eine Erzieherin der heranwachsenden Generation, eine Diplompädagogin, ein Mitglied der Kommunistischen Partei, nämlich die strohdumme Marja Filippowna, ihm die Augen, erzählte von der Freundschaft der Sowjetvölker, und das Licht erlosch in seinen Augen, und die Welt wurde grau und unbehaglich.

Ich wurde mit Baldriantropfen kuriert, über mir schnatterten die Großmütter und Großväter, Papa und Mama gaben sich alle Mühe, um mein aufgeregtes Gemüt zu beruhigen und mir beizubringen, daß ich nicht sei wie alle anderen, sondern eine Jüdin, daß man damit aber auch leben könne. Wie man mit einer Erbkrankheit bis ins hohe Alter lebt. Nicht sehr gut, aber man lebt jedenfalls. Stirbt nicht.

Sie gaben mir zwischendurch immer wieder Beruhigungstropfen und erklärten, daß die Juden gar nicht so schlechte Menschen seien. Ganz im Gegenteil. Zum Beispiel Mama und Papa. Seien sie etwa schlecht?

Ich nickte nur, und meine tränennassen Wangen zitterten.

Und Großmutter Ljuba? Und Großvater Ljowa? Und Urgroßvater Lapidus? Sogar Karl Marx, der Führer des Weltproletariats, sei Jude gewesen. Diese Neuigkeit wirkte besser als die Baldriantropfen. In mir drangen die ersten Keime von Nationalstolz durch.

Und als Mama mir mitteilte, daß meine beste Freundin aus dem Nachbaraufgang, Ines, mit dem Spitznamen »Baronesse«, auch Jüdin sei, begann das süße Gift des Nationalismus durch meine Adern zu strömen.

»Wir sind besser als alle anderen Menschen!« entschied ich fest und begann von nun an, die ganze Welt von oben herab, mit verächtlich zusammengekniffenen Augen zu betrachten.

Ich erfuhr, daß unsere Feinde, Antisemiten genannt, uns als elende, gemeine Geschöpfe darstellen, die der ganzen Welt das Blut absaugen, langnasig und mit abstehenden Ohren.

Ich habe eine kurze Nase und graue Augen. Papa auch. Mama auch. Diese Antisemiten sind Idioten. Was die schon verstehen! Von uns, den Juden.

Danach lächelte ich nicht mehr allen nacheinander zu, wenn ich auf der Straße ging oder mit der U-Bahn fuhr, sondern hielt sorgfältig unter der Vielzahl der Gesichter nach einem einzigen Ausschau, einem mit jüdischen Zügen. Und belohnte nur dieses Gesicht mit einem Lächeln. Wie um zu sagen: Macht alles nichts, halt dich wacker! Wir beide gehören zu demselben Volk, und die anderen sollen doch für sich allein leben.

Manchmal stürzte ich nach einem Spaziergang ins Haus und verblüffte meine Angehörigen mit der freudigen Nachricht: »Gerade ist mir auf der Straße ein Jude begegnet! Langnasig! Mit abstehenden Ohren! Ich konnte mich an ihm nicht sattsehen! Er war der schönste von allen . . . allen übrigen.«

Den Älteren war mein Entzücken peinlich. Sie wandten die Augen ab und seufzten. Und Urgroßvater Lapidus wiegte sein silbernes Haupt. »Warum haben wir bloß eine Revolution gemacht und so viele Leben für Gleichheit und Brüderlichkeit geopfert?«

B. S. hat einen amerikanischen Freund. Es ist ein Kollege. Ein Arzt. Er ist anscheinend ein feiner Kerl und ist sehr freundlich zu B. S. Er versucht, ihn moralisch in dem schweren Kampf zu unterstützen, den B. S. um den medizinischen Abschluß in Amerika führt. B. S. gibt sich alle Mühe, nagt in der fremden Sprache buchstäblich mit den Zähnen am Granit der Wissenschaft und scheitert bei einer Prüfung nach der anderen, fällt durch. Es ist schwierig, mit fast fünfzig Jahren von neuem zu studieren.

Dieser Amerikaner – er heißt Seymour – hat unseren erfolglosen, mehr als großjährigen Studenten unter seine Fittiche genommen. Er besuchte uns und lud B. S. zu sich nach Long Island ein. B. S. nahm mich und Mama mit, und wir waren bei Seymour in seinem zweistöckigen Haus zu Gast, saßen am brennenden Kamin, brieten Schaschlik im Garten.

All das taten die Erwachsenen. Mich schoben sie zu Seymours Sohn ab. Er hieß Larry. Auch er war ein feiner Kerl, wie sein Vater. Ein Jahr jünger als ich. Körperlich. Doch geistig, an seinem Wissen gemessen, nur halb so alt wie ich.

Ich fühle mich schon als Frau. Die Nähe eines Mannes erregt mich. Und Larry war hochgewachsen, kräftig, muskulös. Er hatte ein festes Kinn, ein schönes Profil – wie ein Filmstar. Und ich merkte, wie meine Wangen heiß wurden, wenn er sich dicht zu mir neigte. Er aber war wie ein Kind. Hatte keine Ahnung. Spürte nichts. Puffte mich, packte mich mit den Armen wie einen Jungen – sexuell gesehen war er noch ein »Dornröschen«. Würde erst später aufwachen. Und dann nehmt euch in acht, Mädchen. Wie die Frauen seinetwegen weinen werden!

Aber die Frauen werden Larrys wegen nicht weinen. Nur eine Frau schluchzte. Seine Mama. Auch meine ein bißchen. Und ich konnte die Tränen nicht zurückhalten.

Larry starb ganz plötzlich. Ohne zu dem Bild von einem

Mann geworden zu sein, das zu werden er versprochen hatte. Etwas Ungeheuerliches, Unfaßbares geschah. Irgendeine Krankheit, vor der es keine Rettung gibt, fällte ihn. Die besten Ärzte im besten Krankenhaus von New York – Kollegen seines Vaters – kämpften um Larrys Leben. Aber sie waren machtlos.

Larry verlor das Bewußtsein und kam nicht mehr zu sich. Er war, wie die Mediziner sagen, in einen komatösen Zustand geraten. Das ist schon fast der Tod. Man schloß ihn an einen Spezialapparat an, der für ihn atmete und noch irgend etwas tat, um den Lebensfunken in seinem gefühllosen Körper zu erhalten.

Mutter und Vater wichen dem Jungen nicht von der Seite. B. S., obwohl er kein amerikanisches Diplom hat, verließ das Krankenhaus ebenfalls nicht. Seymour schätzt seine medizinische Erfahrung und Begabung sehr und bat ihn, seine Diagnose abzugeben. B. S. hätte gern etwas Tröstendes gesagt, aber wie die amerikanischen Ärzte sah auch er keine Rettung. Sogar wenn der Junge durch ein Wunder am Leben bliebe, wäre er dazu verurteilt, ein Idiot, ein vegetierendes Wesen, kein Mensch zu sein.

Da verlangte Seymour, Larrys Vater, man solle seinen Sohn von dem Apparat abtrennen. Ihn also umbringen. Ermorden.

Als ich das erfuhr, hatte ich einen hysterischen Anfall. Ich heulte in den höchsten Tönen, wie eine Verrückte.

Kaltblütig hatte man beschlossen, einen Menschen zu töten. Der eigene Vater. Und B. S. mit seinem Wissen und seiner Begabung.

Ich fuhr nicht zur Beerdigung. Denn ich wollte seine Eltern nicht sehen. Und nicht die mit ihnen bekannten Ärzte.

Meine Mama fuhr auch nicht. Nur B. S. fuhr, der mir zärtlich und gönnerhaft auf die Schulter klopfte. »Das ist grausam, aber vernünftig. Wenn es gelungen wäre, Larry am

Leben zu erhalten, hätte er es nicht einmal gespürt. Und für die Eltern wäre es der reinste Alptraum gewesen. Welchen Zweck hätte das gehabt?«

»Welchen Zweck?« schrie ich. »Was für ein häßliches Wort! Ich will es nicht hören.«

»Du kannst ihm nicht entgehen, Kleines«, sagte B. S. »Du wirst ihm im Leben noch oft begegnen.«

Als er fort war, sah ich Mama hoffnungsvoll in die Augen. Würde sie mich trösten? Aber sie wich meinem Blick aus.

Mir fiel ein, wie Mama mir noch in Moskau das gleiche gesagt hatte: »Grausam, aber vernünftig. Das ist das ungeschriebene Gesetz des Lebens.«

Schert euch zum Teufel mit solchen Gesetzen, die ihr aus Scham nicht einmal aufschreibt, damit niemand die Sünde auf sich nehmen muß!

Auf unseren Balkon kamen oft wilde Tauben. Ein Pärchen. Sie begannen, mit den Schnäbeln allen möglichen Abfall heranzuschleppen, um ein Nest zu bauen. Es war Anfang Frühling. Der Balkon war noch vom Winter her fest abgedichtet, und dies erlaubte den Tauben, ihr Nest zu bauen. Mama fegte den Abfall nicht rechtzeitig vom Balkon. Als es ihr einfiel, war es zu spät. Im Nest waren zwei Junge ausgeschlüpft. Unförmige nackte Wesen.

Mama wagte nicht, sie anzurühren. Aus Humanität. Und sie duldete den Schmutz und das Gepiepse auf dem Balkon.

Ich aber erstickte fast vor Freude. Das Schicksal selbst hatte mir ein Geschenk gemacht. Tag um Tag durfte ich ein Wunder der Natur beobachten: wie sich aus Gott weiß was schöne, edle Vögel entwickeln. Ein Junges war kräftiger als das andere und nahm seinem Bruder die Nahrung weg. Das zweite, das schwächliche Unglücksgeschöpf, jammerte vor Hunger, reckte der Mutter das geöffnete Schnäbelchen hin, doch sie, das Luder, gab alles ihrem Liebling, dem Kraftprotz.

Eines Morgens entdeckte ich, daß die Mutter das Unglückskind aus dem Nest geworfen hatte. Es quälte sich, die violetten nackten Flügelchen kläglich gespreizt, auf den glatten Fliesen des Balkons herum. Und die Mutter umgurrte ihren Liebling, als sei nichts gewesen. Mir zog sich das Herz vor Mitleid zusammen. Wäre ich brutal genug gewesen, hätte ich das Nest vom Balkon geschleudert, die Waise zu mir genommen und künstlich ernährt. Aber erstens bin ich nicht brutal, und zweitens hätte Mama mir um keinen Preis erlaubt, diese unglückliche Mißgeburt im Haus zu behalten.

Ich legte es wieder ins Nest. Am nächsten Morgen hatte es die Mutter von neuem aus dem Nest geworfen, und es zappelte nun kraftlos ganz am Rand des Balkons, über dem sechs Etagen tiefen Abgrund. Ich schrie die Taube an und brachte den Kleinen wieder im Nest unter. Am nächsten Tag konnte ich ihn nirgends entdecken. Die Mutter hatte ihn vom Balkon gestoßen. Und sehr zufrieden umhegte sie den anderen, den kräftigen Vielfraß, mit ihrer Liebe.

Meine Mama war sehr betrübt, flößte mir Baldriantropfen ein und erklärte mir zum Trost, weshalb die abscheuliche Taube nach ihrer Meinung so gehandelt hatte:

»Das Gesetz des Überlebens. Der Stärkste überlebt. Der zweite war sowieso ein Todeskandidat. Sogar wenn sie beide zu gleichen Teilen gefüttert hätte. Ihm fehlten die nötigen Eigenschaften, um zu überleben, um sich im Existenzkampf zu behaupten. Deshalb konzentrierte die Mutter, von einem vernünftigen Instinkt getrieben, ihre Liebe auf das kräftigere Junge, das fähig ist, sich durchzusetzen.«

»Und das schwache wird ermordet? Ist das etwa richtig?« kreischte ich.

»Grausam, aber vernünftig«, antwortete Mama. »Wenn du älter bist, wirst du's begreifen.«

Und nun die Geschichte mit Larry.

»Grausam, aber vernünftig.«

Mein Gott, wie ihr mit eurer Vernunft mich alle anekelt. Es ist die Vernunft von Idioten!

Alle meinen, daß Moskau eine häßliche Stadt sei. Leningrad – eine Schönheit! Riga – eine Schönheit! Aber Moskau ... gigantisch und machtvoll, aber keine Pracht.

Solche Worte kann nur der Neid hervorbringen. Alle Provinzler leiden unter Neid. Auch die aus Leningrad oder aus Riga.

Moskau ist die Hauptstadt der UdSSR. Und der gesamten fortschrittlichen Menschheit. Ich begreife zwar nicht ganz, wie sich die Menschheit in eine fortschrittliche und eine rückständige teilen kann und wie viele fortschrittliche und wie viele rückständige Menschen es auf der Erde gibt.

Aber dafür weiß ich ganz genau, daß Moskau nicht kleiner ist als New York. Und wenn es kleiner ist, dann nur ein bißchen. Höchstens was die Häßlichkeit und den Schmutz angeht, wird Moskau von New York übertroffen.

In unserer kostenlosen Schule fragten mich die Idioten, das heißt meine Klassenkameraden, in vollem Ernst, ob in Moskau an den Kreuzungen Verkehrsampeln seien und ob in den Geschäften Brot verkauft werde. Da sieht man, was die über die Welt wissen. Als lebten sie nicht in New York, sondern in Dummsdorf, und als sei das Fernsehen noch nicht erfunden. Also laßt euch gesagt sein, ihr verschiedenfarbigen Trottel, daß in Moskauer Geschäften eine »Prager Torte« verkauft wird, wie ihr sie hier mit der Lupe suchen müßtet. Und die sowjetischen Bonbons »Meister Petz im Norden« schmecken so gut, wie ihr es euch nicht einmal träumen laßt.

Ich liebe Moskau. Weil ich Moskauerin bin. Und Moskau ist meine Heimat. Dort kenne ich alle historischen Denkmäler. Wie viele Denkmäler es dort gibt! Weil Rußland eine ganz reiche Geschichte hat. Der Kopf könnte einem zerspringen, wenn man sich nur an den kurzen Geschichtslehrgang erinnert, den wir in der Schule durchnahmen.

Und was für eine Geschichte habt ihr denn schon? Es ist noch gar nicht lange her, da kamt ihr überhaupt nicht in der Geschichte vor. Wann hat Kolumbus euch entdeckt? Als wär's gestern gewesen. Und das ist eure ganze Geschichte.

Mit historischen Denkmälern passierte mir einmal etwas Peinliches. Ich war damals noch ganz dumm, ging noch in die erste Klasse. An einem freien Tag nahmen Großvater Ljowa und Großmutter Ljuba (an diesem Sonntag war ich wieder nach Plan abgeschoben worden, damit meine Eltern Gelegenheit hatten, sich von mir zu erholen) mich einmal mit ins Zentrum, zum Spazierengehen. Wir gingen, auf der Gorkij-Straße entlang, vom Puschkin-Denkmal zum Jurij-Dolgorukij-Denkmal. Puschkin ist ein großer russischer Dichter und steht deshalb auf eigenen Füßen und mit nachdenklichem Gesicht auf seinem Postament. Jurij Dolgorukij war ein Fürst, der Gründer Moskaus. Er gründete meine Heimatstadt vor mehr als achthundert Jahren. Wie es sich für einen Fürsten gehört, trägt er einen eisernen Helm und ein Kettenhemd und thront auf einem gewaltigen gußeisernen Roß. Es reißt die Vorderläufe hoch, und deshalb sieht man, blickt man von unten zu ihm auf, nur die Fußsohlen des Fürsten und den Bauch des Pferdes.

»Und was ist das?« fragte ich und zeigte mit dem Finger auf zwei gußeiserne Kugeln am Ende des Pferdebauches, genau an den Hinterläufen.

Großmutter und Großvater tauschten einen Blick aus, und sie gab mir einen Klaps auf die Hand.

»Wie oft haben wir dir schon gesagt, daß man nicht mit dem Finger zeigt? So benehmen sich ungezogene Kinder aus schlechten Familien. Man fragt, ohne mit dem Finger zu zeigen.«

»Gut«, stimmte ich zu und steckte beide Hände in die Taschen, um das Schicksal nicht mehr zu versuchen. »Also, was hängt da bei dem Pferd zwischen den Hinterbeinen? Diese runden Dinger, wie ... Kanonenkugeln.«

Großmutter schaute dem Roß unter den Bauch, wandte die Augen ab und zuckte die Schultern. Großvater Ljowa näselte, was er immer tat, wenn er in der Klemme saß: »Siehst du, Kindchen ... Das Pferd ist ja ... äh ... nicht lebendig, sondern aus Eisen ... Und in der Fabrik ... äh, siehst du, da ... haben sie vergessen, ein Stück Metall wegzunehmen ... Und deshalb sind diese beiden Vorsprünge noch da ...«

»Und bei einem lebendigen Pferd?« Ich riß meine, wie Mama sagt, bis zur Häßlichkeit großen Augen auf. »Gibt's da auch solche Vorsprünge?«

»Wie soll ich dir das erklären ...« Großvater Ljowa war nun ganz verlegen geworden. »Äh ... siehst du ... da müssen verschiedene Faktoren berücksichtigt werden ...«

»Was für Faktoren?« mischte Großmutter sich ein und maß ihren Mann mit einem prüfenden Blick. »Was druckst du so herum? Und du«, sagte sie verärgert zu mir, »setz Großvater nicht so zu und quäle ihn nicht mit dummen Fragen. Er ist alt, schon Pensionär, und könnte, wie ein Kleinkind, eine Dummheit vom Stapel lassen. Alter macht wunderlich. Mußt du denn unbedingt wissen, was das Denkmal zwischen den Beinen hat? Wenn du ein bißchen älter bist, kommen die Pferde im Zoologieunterricht dran, und dann erfährst du alles.«

Ich wartete natürlich nicht, bis ich ein bißchen älter war und in der Schule Zoologieunterricht bekam, sondern holte auf unserem Hof bei den Jungen Auskünfte ein. Sie drucksten nicht herum wie Großvater Ljowa, sondern erklärten mir alles kurz und anschaulich.

Später machte unsere Klasse einmal einen Ausflug, unsere Lehrerin Marja Filippowna führte uns zum Jurij-Dolgorukij-Denkmal und stellte uns wie Küken in einem engen Kreis um den Granitsockel auf. Wir rissen die Köpfe hoch und konnten außer dem Pferdebauch nichts sehen.

»Ich weiß, was das ist!« rief ich und zeigte auf die gußeisernen Kugeln zwischen den Pferdebeinen. »Das sind Eier!«

Unserer Lehrerin Marja Filippowna wäre fast übel geworden. Aber sie beherrschte sich, weil sie bäuerlicher Herkunft ist und nicht zur verrottenden Intelligenz gehört.

Man bestellte Mama und Papa in die Schule. Zu Hause mußte ich in der Ecke stehen, und ich hörte, wie Papa hinter der Wand, im Wohnzimmer, seinem Vater, Großvater Ljowa, eine Strafpredigt hielt, weil dieser einem Kind keine vernünftige Antwort gegeben und seine ungesunde Neugier nicht ausgelöscht habe.

In Moskau gibt es eine Menge historischer Denkmäler, und New York ist in dieser Beziehung noch sehr weit hinter Moskau zurück.

Dauernd höre ich: Amerika ist ein Muster an Freiheit. Rußland ist ein Völkergefängnis. Hier ist alles großartig, dort: das reinste Grauen. Nur darüber sprechen, streiten, schimpfen die Einwanderer. Ihre Nerven sind zerrüttet. Allerdings teilt B. S. diese Ansicht nicht völlig, er läßt nichts auf Rußland kommen.

»Das ist nur deshalb so, weil du deine Ärzteprüfung einfach nicht schaffst«, sagte einer unserer Gäste zu ihm. »Darum hat sogar das Paradies für dich noch Schattenseiten. Wenn du aber eine Privatpraxis eröffnen könntest, würdest du hunderttausend Scheinchen einstecken und Amerika die Füße küssen.«

B. S., der Gute, widersprach ihm gar nicht erst, sondern

packte ihn schweigend am Kragen, hob ihn hoch, riß mit der linken Hand die Tür auf und warf den Gast wie ein ungezogenes Kätzchen hinaus auf den Flur. Die Frau dieses Besuchers wartete gar nicht erst auf eine besondere Einladung. Mit wütender Geste zog sie ihren schwarzbraunen (russischen) Fuchspelz um den Hals und lief hinter ihrem Mann her.

Mama glaubt, daß B. S. solches Heimweh nach Rußland hat, weil er dort seine Jugend verbrachte. Sie meint, daß er sich weniger nach Rußland als nach seiner Jugend sehne.

Daran ist etwas Wahres. Auch ich habe Heimweh. Dort war alles leichter für mich. Ich war noch ganz klein, und alles schien mir herrlich. Na ja, nicht alles ohne Ausnahme. Hier aber gibt's nichts als Probleme, wie die Amerikaner sagen. Alles muß man verstehen, alles verarbeiten. Was dient wozu? Was ist bei ihnen Sitte? Und dann noch in einer fremden Sprache. Man hat nicht nur Heimweh, sondern man möchte aufheulen. Und man erinnert sich an unser armes, unglückliches Rußland. Das Land, wo in der Stadt Moskau ein sechsstöckiges Genossenschaftshaus steht. Daneben ist ein Hof, und in dem Hof wachsen Kirschbäume. Mein Papa pflanzte sie zusammen mit anderen Bewohnern, und als wir abreisten, hingen an den Bäumen dunkelrote Kirschen. Niemand pflückte sie – sie waren allgemeines Eigentum und sollten nicht gegessen werden, sondern die Augen erfreuen. Wie unsere Fahrstuhlführerin Agrafena Stepanowna sagte.

Auf diesem Hof war ein dickes Mädchen mit dicken Zöpfen. Mit rötlichen Sommersprossen auf den dicken Wangen. Meine liebste, unvergeßliche Freundin Inna. Mit dem Spitznamen »Ines-Baronesse«. Heute kommt es mir so vor, als wenn wir beide uns nie gestritten und nie geprügelt hätten.

Und unsere alten Fahrstuhlführerinnen? So freundlich, so fürsorglich. Wenn ein Kind nach Hause will, nehmen sie es an der Hand, bringen es mit dem Fahrstuhl nach oben, klopfen an die Tür und übergeben es der Mutter. Und sie werfen einen Blick in die Wohnung – schließlich ist es interessant zu wissen, wie die Leute leben.

Papa sagte, daß alle Fahrstuhlführerinnen KGB-Agentinnen seien und der zuständigen Stelle melden müßten, wer wen besucht, wer worüber spricht. Und mich warnte er immer wieder, daß ich vor diesen freundlichen alten Frauen die Zunge im Zaum halten solle; und wenn sie mich nach irgend etwas fragten, müsse ich antworten, daß ich nicht Bescheid wisse und sie sich an Papa wenden sollten.

Papa hat kein Vertrauen zu ihnen. Das ist seine Sache. Er weiß mehr als ich. Nicht umsonst arbeitet er als Lektor in der Gesellschaft »Wissen«. Aber was soll's? Was kann man mir anhaben? Sollen sie doch Meldung machen. Dann kriege ich in der Schule eben eine schlechtere Zensur in Betragen. Das ist alles. Kinder werden schließlich nicht ins Gefängnis gesteckt. Nicht einmal in der Sowjetunion.

Und die Metro? Wenn ich daran denke, möchte ich losbrüllen. Auf der ganzen Welt gibt es keine bessere Metro. Die Stationen sind wie Märchenpaläste. Die Wände aus Marmor, Kronleuchter wie im Theater. Sauber. Weder Zigarettenstummel noch Spucke. Sogar die Rowdys werden dort sanfter, verhalten sich ganz zahm.

Wenn man sie mit der New Yorker Subway vergleicht, möchte man erst recht losbrüllen. Hier kann es passieren, daß einem Menschen die Kehle durchgeschnitten, daß er beraubt oder unter einen Zug geworfen wird. Und niemand mischt sich ein. Niemand wird für einen anderen seine Haut riskieren. Weil jedem nur seine eigene Haut teuer ist. Wie B. S. sagte, als er überzeugt war, daß ich nicht zuhörte: Scheißfreiheit!

Ach, mir kommen die Tränen, wenn ich mich an unseren Hof und das Lebensmittelgeschäft gegenüber erinnere.

»Komsomolze« hieß es. Morgens, wenn ich in die Schule ging, war das Geschäft noch geschlossen, doch am Eingang drängten sich schon Arbeiter, erwarteten sehnlichst den Moment, in dem sich die Türen weit öffneten und man zu dritt einen halben Liter kaufen konnte. Und wenn das Geld sehr knapp war, dann eine Flasche Beerenwein, der wegen seiner dunklen Farbe »Tinte« genannt wird. Und sofort wurde alles noch auf der Straße ausgetrunken. Ohne Gläser. Direkt aus der Flasche, die von einem zum anderen ging.

Was wahr ist, muß wahr bleiben. Rußland ist das Land der Alkoholiker. Mit Ausnahme meiner Familie. Aber auch wir hatten einen Alkoholiker. Großvater Stepan, den KGB-Major im Ruhestand. Er war der einzige Russe unter uns. Und Großvater Stepan, wie mein anderer Großvater Ljowa sagte, hatte auf einem schädlichen Gebiet gearbeitet: Er hatte Menschen bei Verhören gefoltert. Da betrinkt man sich wohl oder übel, wenn man noch eine Spur von Gewissen hat. Und im Ruhestand trank er vor Trauer um das vergossene Blut. Wie Großmutter Sonja, seine Frau, sagte.

Wo sind sie, meine Großväter? Wo sind sie, meine Großmütter? Sie sind in Rußland geblieben, im Völkergefängnis. Und ich, ihre einzige Enkelin, genieße die Freiheit im freiesten Land der Welt: in Amerika. Hier fühle ich mich so frei, daß ich mich fürchte, allein auf die Straße zu gehen, und ich würde nur wagen, allein unter die Erde, zur Subway, hinunterzusteigen, wenn ich endgültig den Verstand verloren hätte.

Hier, in Amerika, entdeckte ich etwas Interessantes. Die Kinder aus der Sowjetunion lernen fast alle viel besser als die Amerikaner. B. S. sagt, daß es in Israel genauso sei.

Ein Junge aus Leningrad – er besucht uns manchmal mit seinen Eltern, sehr wohlhabenden Leuten – geht in eine teure

Privatschule, und sogar dort ist er seinen amerikanischen Klassenkameraden voraus. Sogar im Englischen! Das nicht seine Muttersprache ist, sondern nur zur ganz fernen Verwandtschaft gehört.

Wenn in der U-Bahn oder im Autobus ein Kind aufsteht und einem Älteren seinen Platz überläßt, dann ist es bestimmt ein Kind, das kürzlich aus der UdSSR gekommen und noch nicht ganz zu einem Amerikaner geworden ist.

Ich kann vieles nicht verstehen und habe längst aufgehört, Mama zu fragen. Ich will sie nicht in die Enge treiben. Ihr selbst ist auch nicht immer froh zumute. Warum soll ich sie mit Fragen quälen?

Mit dieser, zum Beispiel. Weshalb schlagen die Kinder hier, in meiner Schule, über die Stränge, stellen an, was ihnen einfällt, und die Lehrer haben Angst vor ihnen? Sie betrachten die kleinen Banditen, besonders die schwarzen, mit flehendem Blick, als wollten sie sagen: Etwas leiser, bitte, steckt die Schule nicht an, jagt uns, euren Erziehern, kein Messer in die Seite, und laßt uns um Himmelswillen die Stunde zu Ende bringen. Die Banditen – besonders die schwarzen und die halbschwarzen, die aus Puerto Rico kommen – erweisen den Lehrern manchmal diese Gnade, manchmal aber auch nicht. Je nachdem, wie es ihrer schwarzen oder halbschwarzen Seele gefällt.

»Das ist die freie Erziehung«, erklärt mir Papa. »Die Kinder wachsen in Harmonie auf, frei von Furcht und Gewalt.«

Ach, Papa! Das war vielleicht eine Erklärung!

Diese harmonische, freie Erziehung bringt keine normalen Menschen hervor. Sie werden sehr frei und sehr harmonisch zu Gangstern und Vergewaltigern. Berauben alte Frauen in der Bronx, vergewaltigen ihre eigenen Lehrerinnen. Stechen und schießen. Auf alle, die ihnen unterkommen. Des Geldes wegen. Und einfach nur so. Aus Langeweile.

Um dies zu begreifen, braucht man nicht so viele Jahre auf der Erde verbracht zu haben wie mein Papa und den Ruf eines ausgezeichneten Lektors der Gesellschaft »Wissen« (dort, in der UdSSR) und auch eines Lektors einer jüdischen philanthropischen Organisation (hier, in Amerika) zu besitzen. Man braucht nur fernzusehen. Da flimmern nämlich die Gesichter der Vergewaltiger und Mörder, die die Polizei gefaßt hat, nur so vorbei. Von den gleichen Visagen, nur ein bißchen jünger, wimmelt es in meiner Klasse, wo ihre Besitzer träge die Früchte der Aufklärung von unseren eingeschüchterten, unglücklichen Lehrern kosten.

Früher einmal, als ich noch ganz klein war, träumte ich davon, Lehrerin zu werden. Wie meine Mama.

Hier in Amerika Lehrerin zu werden, heißt, daß man sich begraben lassen kann. Meinem schlimmsten Feind wünsche ich diesen Beruf nicht. Außerdem zahlt man ihnen, mit Mamas Worten, lächerlich wenig. Viel weniger als zum Beispiel den Leuten von der Müllabfuhr.

So ist das also. Warum herrscht in der UdSSR, wo es keine Freiheit und Demokratie gibt, in den Schulen Ordnung, warum benehmen die Kinder sich so, wie es sich gehört? Sie haben Achtung vor den Lehrern, und wenn sie keine allzu große Achtung vor ihnen haben, dann fürchten sie sie zumindest. Wie ich, zum Beispiel, unsere alberne Marja Filippowna fürchtete. Der Lehrer tritt ein, wir stehen auf, er verläßt die Klasse, wir stehen wieder auf. Wer ein Wort zuviel sagt, fliegt aus der Klasse, vor die Tür. Dort werden, ehe du dich's versiehst, deine Eltern in die Schule bestellt, und die werden dich ermahnen oder dir, wenn sie nicht sehr kultiviert sind, mit dem Riemen den Hintern versohlen.

Da tobt keiner zu wild herum.

»Und welchen Vorteil hat das?« fragt Papa, erstaunt über meine Argumentation. »In der sowjetischen Schule werden gehorsame, gedankenlose Roboter herangezogen. Kinder wie Soldaten. Aufstehen! Setzen! Raus aus der Klasse!«

»Bin ich etwa ein Roboter? Habe ich nicht gelernt nachzudenken?«

»Du gehörst zur letzten Generation«, antwortet Papa. »Das ist etwas anderes. Aber die in meinem Alter gingen zur Stalinzeit in die Schule, mußten Gehorsam leisten und hatten nichts als Stroh im Kopf.«

Ich beruhige mich nicht. »Und wieso stecken wir hier die Amerikaner in die Tasche, wenn's um Kenntnisse geht? Und wieso kriegen wir die besten Zensuren? Wer hat denn Stroh im Kopf? Denen fehlt's doch sogar an Stroh. Gähnende Leere.«

Papa lächelt schief. »Und du hast ganz vergessen, welch ungeheurer Quatsch euch in der sowjetischen Schule eingepaukt wurde. Ihr habt zugehört und alles stumpfsinnig akzeptiert.«

Nun lasse ich etwas Dampf ab, setze nicht ganz so eilig nach. Mein Vater hat ins Schwarze getroffen.

Doch ich gebe mich immer noch nicht geschlagen. »Ich habe zugehört, aber doch nicht alles stumpfsinnig akzeptiert. Ich habe Fragen gestellt.«

»Und was hast du von diesen Fragen gehabt?«

»Was ich davon gehabt habe? ... Nichts Gutes.«

Wißt ihr, wer Pawlik Morosow war? Um so besser, wenn ihr's nicht wißt. Ich mußte seinetwegen ganz schön heulen. Und in der Schule brachte man mich zum Direktor und redete mir ins Gewissen, als hätte ich etwas gestohlen. Und zu Hause lasen meine Eltern mir die Leviten, damit ich die Zunge im Zaum halte und nicht durch dumme Fragen auffalle. Und Papa und Mama nicht in Teufels Küche bringe, das heißt, ihnen große Unannehmlichkeiten bereite.

Pawlik Morosow war kein Mitschüler von mir, ich saß nicht

mit ihm auf einer Schulbank. Dieser Junge – ein russischer, sowjetischer Junge – starb in meinem Alter und wäre heute, wenn er noch lebte, älter als mein Papa.

Der Klassenfeind ermordete ihn. Und wer war dieser Klassenfeind? Sein eigener Großvater. Könnt ihr euch vorstellen, daß meine Großväter Ljowa und Sjoma mich ermorden? Blödsinn! Hm, Großvater Stepan vielleicht... Weil er beim KGB diente und Häftlinge folterte, aber als ich geboren wurde, war er schon im Ruhestand, und ihm zitterten die Hände... Nicht einmal Hühner konnte er umbringen, von mir ganz zu schweigen. Außerdem war er zwar früher ein Henker gewesen, aber er liebte mich, und wenn er leicht angetrunken war, konnte ich ihn um alles bitten, was das Herz begehrt. Sein letztes Hemd hätte er mir gegeben. Und für Eiskrem bekam ich so viel Geld, wie ich wollte! Seine Frau, meine Großmutter Sonja, die nicht so großzügig und überhaupt keine Russin war, hatte ein wachsames Auge auf ihn und zügelte seine edlen Anwandlungen. Obwohl sie mich nicht weniger, sondern höchstens noch mehr liebte. Großvater Stepan wurde sehr nett zu mir, wenn er angeheitert war, doch die Großmutter liebte mich immer, vierundzwanzig Stunden am Tag und dreihundertfünfundsechzig Tage im Jahr. Und wenn es ein Schaltjahr war, dann ganze dreihundertsechsundsechzig Tage.

Pawlik Morosow wurde von seinem eigenen Großvater umgebracht. Weshalb? Dies konnte ich zuerst überhaupt nicht begreifen. Pawlik lebte in einem entlegenen Dorf im Ural. Vor ganz langer Zeit, noch vor der Geburt meines Papas. Auch Pawlik hatte einen Papa. Ein Mann vom Lande. Ein Bauer. Er besaß einen kleinen Hof, baute Getreide an und melkte seine Kuh, damit die Kinder frische Milch hatten.

Zu jener Zeit begann man auf Stalins Befehl, den Bauern in ganz Rußland den Boden und das Vieh abzunehmen und alles zum Allgemeinbesitz zu machen, damit das Leben nicht mehr privatwirtschaftlich, sondern sozialistisch geführt wurde. Kurz gesagt, man richtete die Kollektivwirtschaft ein.

Pawliks Vater wollte sich nicht von seinem Boden trennen und war gegen die Kollektivwirtschaft. Solche Menschen nannte Stalin »Volksfeinde« und schickte sie ins Gefängnis, wo sie gewöhnlich starben, nachdem sie von solchen »Volksfreunden« wie Großvater Stepan verhört worden waren.

Niemand wußte, daß Pawliks Vater gegen die Kollektivwirtschaft war. Nur Pawlik wußte es, der ein nächtliches Gespräch zwischen seinem Vater und seinem Großvater belauscht hatte. Er ging zur Miliz und zeigte seinen eigenen Vater an. Dieser wurde sofort verhaftet, und Pawlik blieb als Waise zurück. Dann metzelte sein Großvater ihn mit der Axt nieder. Weil Pawlik seinen Vater verraten hatte.

Unsere Lehrerin Marja Filippowna trat beinahe Schaum vor den Mund, als sie uns von Pawlik Morosows Heldentat erzählte. So gerührt war sie von diesem Schuft und Vaterverräter, wie von einem Heiligen.

»Für ihn als echten Patrioten unseres Vaterlandes stand die Sache der Kommunistischen Partei höher als traditionelle Sohnesliebe. Nehmt euch an ihm ein Beispiel, Kinder!«

An wem sollten wir uns ein Beispiel nehmen? Was für ein Beispiel? Sollten wir unsere eigenen Eltern anzeigen? Sie ins Gefängnis bringen? Wofür? Für die Sache der Kommunistischen Partei? Welche Sache? Was versteht ein Kind von Politik? Was gehen es die Angelegenheiten der Erwachsenen an?

Es hat einen Vater. Und niemand steht über dem Vater. Nicht einmal Stalin selbst. Obwohl man ihn den »Vater der Völker« nannte. Aber das ist etwas anderes als der eigene Vater.

Wie kann ein Kind so verdreht sein, daß es den leiblichen

Vater verrät, ihn in den Tod schickt? Dazu muß es nicht normal sein, hohlköpfig. Und solche Kinder sollte man streng isolieren und mit Gewalt heilen.

Doch diesem kleinen Denunzianten werden auf den Plätzen Denkmäler errichtet, seine grobe, mürrische Schnauze starrt uns von Porträts an, die in der Klasse und im Pionierzimmer hängen. Man zwingt uns, ihm den Pioniergruß zu entrichten. Die verzückte Marja Filippowna bittet uns, dem Vorbild dieses Kannibalen zu folgen und mit unseren Eltern so umzugehen, wie er es mit seinen getan hat.

Mein dummer Schädel konnte all das nicht verdauen, und, vom Teufel geritten, stellte ich meiner Lehrerin ein paar verdutzte Fragen. Im Sinne meiner Überlegungen.

Großes Leninsches Ehrenwort, wenn Stalin nicht längst tot gewesen wäre, hätte man mich zum »Volksfeind« erklärt, und meine unglücklichen Eltern wären ganz bestimmt in Sibirien verfault. Weil sie einen solchen Feind herangezogen hatten. Nämlich mich Närrin, die den Mund nicht halten kann.

Aber, Gott sei Dank, ging alles glimpflich ab. Ich wurde zum Direktor geschleppt. Man redete mir ins Gewissen, brüllte mich an. Dann wurden meine Eltern in die Schule gerufen. Auch ihnen redete man ins Gewissen, auch sie wurden angebrüllt. Dann redeten sie, die Armen, mir lange ins Gewissen und brüllten mich ihrerseits an. Und stampften sogar mit den Füßen auf. Und Papa schluckte Baldriantropfen. Der alte politische Häftling Urgroßvater Lapidus gab ihnen einen vernünftigen Rat: alle Literatur, die kein Vertrauen erweckt, aus dem Haus zu schaffen. Für den Fall einer Haussuchung. Und zu mir sagte er, bitter den Kopf schüttelnd, daß ich anscheinend, ob ich es wollte oder nicht, Pawlik Morosows Heldentat wiederholt und Zwangsmaßnahmen auf das Haupt meiner Eltern gebracht hätte.

Es kam nicht zu Zwangsmaßnahmen. Sogar in der Schule

war alles nach einer Woche vergessen. Nur Marja Filippowna sagte vor der ganzen Klasse, daß mein Hirn vernebelt sei. Ich hätte ihr am liebsten geantwortet, ihr eigenes sei noch vernebelter. Aber ich biß mir auf die Zunge.

Natürlich hat Papa recht. Dort, in Rußland, wurde uns Kindern der Kopf mit Dummheiten vollgestopft. Mit sehr gefährlichen Dummheiten. Denn was weiß ein Kind denn schon von Politik? Es wiederholt wie ein Papagei doch nur alles, was die Erwachsenen sagen. Die Erwachsenen aber lügen, betrügen alle anderen und sich selbst. Sie sagen das eine und denken das andere. Alle schreien »Hurra« auf die Sowjetmacht, denken aber im tiefsten Inneren: Zur Hölle mit ihr!

Gut. Wir sind also unter Lügen herangewachsen. Und meine fürsorglichen Eltern gaben sich alle Mühe, mich aus diesem »Völkergefängnis« in die freie Welt zu bringen.

Und wird hier denn etwa nicht gelogen?

»Doch«, stimmt Papa mir widerwillig zu. »Aber wenigstens zwingt man niemanden, diese Lügen zu glauben. Hier wird man verprügelt und darf weinen. Aber in der UdSSR muß man dazu noch ein idiotisches Gesicht machen, als werde man beglückt«, fügte er hinzu. »Darin besteht der entscheidende Unterschied zwischen dem Sozialismus und dem Kapitalismus.«

Kluge Leute, doch sie sehen alles nur oberflächlich. Hier lügt man auch und wird wütend, wenn du dieser Lüge nicht glaubst. Daran habe ich mir die Finger verbrannt. Wie in der Moskauer Schule mit Pawlik Morosow.

Wir nahmen in der Jeschiwa im Thora-Unterricht durch, wie der judäische Feldherr Josua Jericho eroberte. Ich kannte diese Legende schon in Moskau aus dem Buch »Biblische Sagen«, das Papa irgendwo für mich besorgt hatte, damit ich wenigstens ein bißchen über die Geschichte unseres Volkes lernte, das in der UdSSR nicht als Volk gilt und deshalb in der Schule nicht behandelt wird. Als ob wir nicht existieren und nie existiert hätten. Dabei weiß doch jedes Kind, daß wir, die Juden, schon unseren eigenen Staat und unseren einzigen Gott hatten, als die Slawen noch auf Bäumen saßen und alle möglichen Gegenstände anbeteten.

Damit will ich die Slawen nicht beleidigen. Wir, die Juden, sind mehrere tausend Jahre früher als sie von den Bäumen gestiegen. Und was haben wir davon? Wir konnten uns nicht einmal irgendein anständiges Staatsgebiet aussuchen.

Darum geht es nicht. Sondern darum, daß ich einiges über die jüdische Geschichte wußte und unseren Lehrer sofort bei einer Lüge ertappte.

Wie eroberte Josua Jericho? Er schickte Kundschafter in die Stadt, und sie versteckten sich in einer Herberge bei der örtlichen Hure Rahab. Rahab lieferte sie den Städtern nicht aus, weil die Israeliten ihr versprachen, sie und ihre Familie für die erwiesenen Dienste zu schonen, wenn sie die Stadt einnahmen.

So geschah es. Josuas Truppen nutzten die von den Kundschaftern erhaltenen Informationen, überwältigten Jericho ohne Mühe und vernichteten gnadenlos seine ganze Bevölkerung. Mit Ausnahme Rahabs und ihrer Familie.

Unser Lehrer, mit langen Schläfenlocken und faserigem Bart, lobte – genauso wie Marja Filippowna früher von Pawlik Morosows »Heldentat« verzückt gewesen war – Rahab in den höchsten Tönen, nannte sie eine Heldin und belegte sie mit allen möglichen anderen Ruhmesworten.

Ich stellte ihm zwei Fragen.

Erstens: Weshalb hatte man Rahab in dem Buch, das ich gelesen hatte, als Hure bezeichnet, während er, der Lehrer, dies nicht erwähnt und von ihr wie von einer Heiligen gesprochen hatte?

»Weil dies kein Sexualkundeunterricht ist.« Der Thora-Lehrer maß mich mit einem bösen Blick. »Und nur ein verdorbenes Mädchen kann ein solches Wort wissen und aussprechen. Du bist in einem gottlosen Land aufgewachsen, wo es keine Moral gibt.«

Ich wollte nicht mit ihm streiten, konnte mich aber nicht beherrschen und stellte die zweite Frage: »Wie kann man Rahab für eine Heldin und fast sogar für eine Heilige halten, obwohl sie, um ihre eigene Haut zu retten, ein schreckliches Verbrechen beging: Sie verriet ihr Volk.«

»Aber sie half uns, den Juden«, parierte der Thora-Lehrer.

»Dadurch wurde ihr Verrat nicht geringer.«

»Dafür trugen wir, die Juden, geringere Verluste davon.«

»Aber welchen Nutzen hatte ihr eigenes Volk davon, das von den Juden vernichtet wurde?«

Der Thora-Lehrer schaute mich mit einigem Entsetzen an, kaute auf den Lippen und sprach: »Deine Worte riechen nach Antisemitismus. Und das ist kein Wunder, da du aus einem antisemitischen Land kommst.«

Ein überzeugendes Argument in einer Diskussion!

Wie im antisemitischen Moskau wurden meine Eltern im berühmten projüdischen New York zur Verantwortung gezogen.

Man bestellte Papa in die Schule. Ich erstickte fast vor Lachen. Mein Papa, der frühere Lektor für antireligiöse Themen, wurde in eine religiöse Schule bestellt, damit er auf mich einwirkte und den Rabbinern half, mir religiöse Gefühle beizubringen.

Papa entschuldigte sich und berief sich darauf, daß ich noch dumm und leichtsinnig sei. Gottlob brauchten wir hier, in New York, nicht mit einer Durchsuchung zu rechnen und unerwünschte Literatur aus dem Haus zu tragen. Und niemand drohte, Papa von seiner Arbeit zu entlassen. Aber mir drohte man, mich aus der Jeschiwa auszuschließen. Schließlich habe man mich unentgeltlich aufgenommen, aus Mitleid mit den Emigranten aus dem antisemitischen Rußland.

Das ist also die Freie Welt!

Dasselbe in Grün! Und nachdem Rabbi Morgenstern im Literaturunterricht wütend auf meine Frage geantwortet hatte: »Wer ist denn schon Shakespeare? Dieser Goi?«, sagte ich zu Mama, daß ich keinen Fuß mehr in die Jeschiwa setzen würde.

»Und wohin gehst du? In der staatlichen Schule sind nichts als Schwarze. Und für eine Privatschule haben wir kein Geld.«

»Macht nichts, ich schlage mich schon durch. Dies ist ein freies Land.«

»Und was willst du tun?«

»Das gleiche wie die biblische Rahab.«

»Dein Volk verraten?« stichelte mein kluger Papa, der frühere antireligiöse Lektor, der mit den Helden der »Biblischen Sagen« vertraut war.

»Sie hatte einen Beruf«, antwortete ich herausfordernd. »Sie war eine Hure.«

Meine um sexuelle Fragen besorgte Mutter verschluckte sich. Papa, der Homosexuelle, wußte nicht, wie er reagieren sollte, und machte runde Kaninchenaugen.

Und ich hätte mit aller Kraft aufheulen und mit den Füßen aufstampfen mögen.

Es gibt Kinder, die alles wissen. Nicht nur das, was sie in der Schule durchnehmen, sondern auch das, was in Zeitungen steht, im Fernsehen gezeigt, in Vorlesungen erklärt wird. Sie kennen das ganze Lexikon auswendig.

Wenn sie unvermutet nachts geweckt werden, rattern sie, ohne zu stocken, mit der Geschwindigkeit eines Maschinengewehrs das Datum der Schlacht von Borodino und die Namen sämtlicher Marschälle Napoleons herunter. Sie wissen sogar, welches Auge dem einäugigen Feldmarschall Kutusow fehlte und welches Auge Mosche Dajan wo verlor.

Wandelnde Lexika. Auf alles haben sie eine präzise Antwort. Solche Jungen (solchen Mädchen bin ich noch nie begegnet) sind besonders häufig unter jüdischen Kindern anzutreffen. Ihre Mitschüler können sie nicht ausstehen und tun ihnen beim geringsten Anlaß alle möglichen Gemeinheiten an. Auch die Lehrer können sie kaum ausstehen. Weil diese Computer mit den großen Ohren, den hängenden Pflaumennasen und den traurigen jüdischen Augen Dinge wissen, die sich die Lehrer nicht einmal träumen lassen. Und da sie sich nicht durch besondere Bescheidenheit auszeichnen, bringen sie die Lehrer in die Klemme. Mit ihren spitzfindigen Fragen. Und auch mit ihren Antworten.

Ich hatte Glück. In unserer Klasse gab es kein solches Kind. Sonst hätte unsere Lehrerin Marja Filippowna auf Reinmachefrau umlernen müssen. Denn die dumme Gans hätte so einen Schüler nicht überlebt. Und auch bei uns Schafsköpfen hätte er heftige Minderwertigkeitsgefühle hervorgerufen. Doch unter Idioten, deren Unwissenheit der eigenen ebenbürtig ist, fühlt man sich als Krone der Schöpfung, als Herrscher der Natur.

Aber das Schicksal verschonte mich nicht. Am allerletzten Tag in meiner Heimat, sogar in den allerletzten Stunden auf dem internationalen Flughafen Scheremetjewo, vor dem Einstieg in eine Maschine der »Aeroflot«, die auf der Lieblingsroute der Juden von Moskau nach Wien flog, stieß ich doch noch auf einen solchen Computer meines Alters. Mit jüdischer Nase, Segelohren und stets feuchter Oberlippe. Er war kahl geschoren. Das kommt heutzutage ziemlich selten vor. Schon gar nicht in einem Kulturzentrum wie Moskau.

Seine Mutter, eine üppige kleine Jüdin, mit rund, wie ein Hühnerbürzel, vorgewölbten Lippen, erklärte die überaus moderne Frisur ihres Sohnes damit, daß er sich nicht den Kopf waschen lasse, und deshalb habe man ihm die Haare an der Wurzel abschneiden müssen. Sein Kopf hatte nun Ähnlichkeit mit einer Runkelrübe. Mit dem schmalen Ende nach oben. Und seine Ohren waren wie Henkel an einem Topf. Auf seiner Pflaumennase saß – in Gefahr abzurutschen – eine runde Hornbrille. Dadurch glich er einer Eule, der man den Kopf gerupft hatte.

Sie flogen auch nach Wien. Und von dort, wie wir, nach Rom und New York. Sie, das waren Fima – so hieß dieses wandelnde Lexikon –, sein Vater und seine Mutter. Von seinem Vater wird noch die Rede sein. Dieser Mann ging in die Geschichte ein.

Fimas Nase ähnelte nicht nur einer Pflaume, sondern sie war auch noch bis obenhin mit Polypen vollgestopft. Deshalb näselte er, und jedesmal, wenn er zu sprechen begann, hatte ich schreckliche Angst, daß es gleich in seiner Nase gluckern und der Schleim in Form einer Seifenblase aus den Nasenlöchern herausquellen könne.

Er sprach unaufhörlich. Ausdruckslos. Ohne jede Intonation. Wie ein Automat. Aber er überschüttete mich mit Informationen, so daß ich kaum Atem schöpfen konnte.

Er jonglierte mit englischen Bezeichnungen wie ein Reiseführer durch New York. Als wäre er in der Stadt geboren worden und hätte dort hundert Jahre verbracht. Empire State Building, Fifth Avenue, Times Square. Greenwich Village, Central Park ...

Ich schaffte es kaum, mich unter diesem Hagel von einer Seite auf die andere zu drehen.

Fima zählte mir die Hauptstädte aller europäischen Staaten auf. Sogar so winziger wie Liechtenstein und San Marino. Er kannte die genauen Einwohnerzahlen von New York und Moskau. Wußte den Namen der jüngsten Tochter des amerikanischen Präsidenten Carter – Amy – und seiner Frau – Rosalyn. Er enthüllte mir das Geheimnis um den Stammbaum Lenins, des Führers der sowjetischen Revolution. Daß er zu einem Viertel Jude gewesen sei. Lenins Großvater mütterlicherseits, der Kaufmann Israil Blank aus Nishegorod, sei gezwungen gewesen, sich taufen zu lassen, den orthodoxen Glauben anzunehmen und seinen Namen in Alexander umzuändern. Ihm zu Ehren sei Lenins Bruder Alexander genannt worden. Später habe man diesen Bruder nach einem erfolglosen Attentat auf den Zaren aufgehängt. Und so schmetterte er mich ohne Pause mit weiteren pikanten Neuigkeiten nieder. Die Frau des gegenwärtigen sowjetischen Führers Breschnew sei Jüdin.

Ich wäre fast erstickt. Mich rettete nur die Erinnerung daran, wie Großvater Ljowa meinem anderen Großvater Stepan den Antisemitismus erklärt hatte.

»Jetzt weiß ich, weshalb Breschnew so ein Antisemit ist«, unterbrach ich Fima.

»Weshalb?« Fima verstummte für einen Augenblick.

»Wer so viele Jahre mit einer jüdischen Frau gelebt hat, muß einfach Antisemit werden.«

»Eine interessante Hypothese«, sagte Fima schleppend durch seine Polypen hindurch. »Verdient Aufmerksamkeit.«

Im Flugzeug saß Fimas Familie vor uns. Wir wurden mit schwarzem Kaviar bewirtet, der in Moskauer Geschäften nicht zu finden ist. Es war eine sowjetische Maschine. Die Stewardessen sprachen Russisch. Und ich dachte beklommen, daß ich die russische Sprache zum letzten Mal hörte.

Über Lautsprecher wurde mitgeteilt, daß die Maschine die Staatsgrenze der UdSSR überflogen habe. Da sprang Fima mit dem kahlgeschorenen Kopf von seinem Sitz auf und schrie, wobei ihm der Rotz in der Nase gluckerte, durch das ganze Flugzeug: »Hurra! Wir sind in Freiheit!«

Dafür bekam er sofort etwas von seiner Mama an den Schädel. Ich hörte, wie sie erschrocken zischte: »Hirnloser Trottel! Wir sind doch in einem sowjetischen Flugzeug! Es kann immer noch umkehren! Dann wird dein Papa nie die Freiheit zu Gesicht bekommen!«

Aber alles ging gut. Die sowjetischen Stewardessen, die natürlich KGB-Agentinnen waren, taten so, als hätten sie nichts gehört. Möglich, daß sie Fimas Polypen wegen seine Worte nicht verstanden hatten. Die Maschine flog weiter nach Westen.

Fima bekam dauernd eine gelangt. Mal von der Mutter, mal vom Vater. Weil er eine böse Zunge hatte. Und diese Zunge könnte sie ins Gefängnis bringen.

Seinem Vater passierte im Flugzeug eine Panne. Er machte sich in die Hosen. Im Sessel sitzend. Er hatte nicht einmal Zeit, sich zu erheben, um ans Ende des Flugzeugs zu laufen, wo die Toilette war.

Auf das, was ihm passiert war, wurden wir in unserer Reihe durch den unerträglichen Geruch aufmerksam. Ich kam zu dem Entschluß, daß der steile Aufstieg des Flugzeugs schuld gewesen sein müsse. Dabei habe ich zum Beispiel ein Gefühl, als seien mir die Ohren verstopft. Andere machen sich vielleicht die Hosen voll.

Der Gestank erreichte die Stewardessen, und sie, die hübschen Näschen vor Ekel gerümpft, baten Fimas Papa, zur Toilette zu gehen und sich in Ordnung zu bringen. Er wehrte sich aus irgendeinem Grund, schrie die Stewardessen sogar an, daß man sie absichlich zu ihm geschickt habe.

»Wieso?« ärgerte sich eine Stewardeß. »Um zu schnüffeln?«

»Ja!« brüllte Fimas Papa. »Um es auszuschnüffeln! Deshalb!«

Da mischte sich seine Frau ein. Sie lächelte mit dem Hühnerbürzel und bat die Stewardessen, sich zu entfernen. »Entschuldigen Sie vielmals. Es soll in der Familie bleiben.«

Und sie führte Fimas Papa, bleich und mit erloschenen Augen, zum Ende des Flugzeugs. Während sie an den Sitzen vorbeikamen, hielt sich eine Reihe von Passagieren nach der anderen einträchtig die Nase zu. Es waren sowohl sowjetische wie ausländische Passagiere. Und sollten unter ihnen Antisemiten gewesen sein, so wurde ihnen dadurch ein großes Vergnügen bereitet.

Fima lief nicht hinter seinen Eltern her. Er stellte sich mit den Füßen auf seinen Sitz, beugte seinen Eulenkopf über die Sessellehne zu uns und verriet uns, wobei er sich überstürzte und gluckerte, die wahre Ursache der väterlichen Panne.

Sein Papa hatte sich nicht wegen des jähen Aufstiegs vollgemacht. Und nicht zufällig. Man hatte ihm beim Zoll ein Abführmittel zu trinken gegeben. Um zu prüfen, ob er nicht einen Brillanten verschluckt habe, den er auf diese Weise ins Ausland schmuggeln wolle.

Fimas Papa hatte im Flughafen tatsächlich einen Brillanten verschluckt. Aus der UdSSR darf nichts ausgeführt werden. Nicht einmal Geld. Nicht einmal, wenn es durch ehrliche Arbeit verdient wurde. Fimas Papa hatte Geld. Mit welcher Arbeit er es verdient hatte, weiß ich nicht. Mit seinem ganzen Kapital kaufte er einen großen Brillanten, steckte ihn vor der Zollkontrolle unauffällig in den Mund und schluckte ihn herunter. Um später auf der anderen Seite des Eisernen Vorhangs sein Geschäft zu machen. In Wien.

Aber entweder hatten die Zollbeamten bemerkt, daß er etwas verschluckt hatte, oder sie hatten einfach Verdacht geschöpft – jedenfalls zwangen sie Fimas Papa, auf ihrer Seite des Eisernen Vorhangs sein Geschäft zu verrichten. Auf dem Moskauer Flughafen. Und damit er sich nicht besonders anstrengen mußte, nötigten sie ihn, eine große Dosis eines Abführmittels zu schlucken. Er bekam sofort Durchfall. Der natürlich nicht im Klosettbecken landete, sondern in einer Papiertüte, die die Zollbeamten ihm genau unter den Hintern hielten.

Die Tüte wurde in ein anderes Zimmer gebracht. Und Fimas Papa wurde übel. Nicht von dem Abführmittel, sondern von dem Gedanken, daß man dort aus der Tüte den Brillanten herausfischte, in den er sein ganzes Vermögen investiert hatte.

Der Brillant wurde nicht in der Tüte gefunden. Fimas Papa war nicht weniger erstaunt als die Zollbeamten. Aber er verbarg sein Erstaunen. Sonst wäre er geröntgt worden. So aber ließ man ihn laufen.

Der Brillant war im Magen zurückgeblieben. Er hatte Mitleid mit Fimas Eltern gehabt, die in ihn all ihre Hoffnung auf einen erfolgreichen Neubeginn in New York gelegt hatten. Wo sie sich mit diesem Brillanten ein kleines Unternehmen kaufen wollten.

»Eine rätselhafte Geschichte«, sagte Fima, als man seinen Papa freigelassen hatte. »Jüdisches Glück.«

Dafür bekam er sofort ein paar Knuffe in den Nacken. Zweimal. Zuerst von seinem Vater. Dann von seiner Mutter.

Im Flugzeug zeigte das Abführmittel seine Wirkung zum zweiten Mal. Und so plötzlich, daß es schon keinen Zweck mehr hatte, zur Toilette zu laufen.

Als Fimas Mutter seinen Vater mit gewaschener Hose vom Ende der Maschine zurückbrachte, sah er ganz verstört aus. Das war verständlich. Des Abführmittels wegen. Aber auch sie war ganz verstört.

Der Brillant war immer noch nicht herausgekommen.

Schon begann es, nach einer Katastrophe zu riechen.

»Vielleicht hat Papa ihn nicht in den Mund gesteckt, sondern daneben«, vermutete der kluge Sohn. »Er ist sehr zerstreut.«

Dafür wurde er sogleich mit zwei Ohrfeigen belohnt. Von Mamachen und von Papachen.

Die Stewardessen brachten ein Fläschchen und sprühten um uns herum eine aromatische Wolke in die Luft. Um den Gestank endgültig zu vertreiben. Und Fimas Papa zischten sie zu wie Schlangen: »Sie sollten sich schämen!«

Er antwortete nicht. Weil er taub geworden war. Er lauschte nur seinem Magen.

Auf dem Wiener Flughafen stürzte er durch die Polizeisperre zur Toilette. Die wachsamen Österreicher stellten eine Wache an die Tür, während er sich dort eingeschlossen hatte und in seiner Scheiße wühlte.

Dann flößten die Polizisten ihm Baldriantropfen ein. Oder noch etwas. Jedenfalls irgendein Beruhigungsmittel.

Der Brillant war immer noch nicht aufgetaucht.

»Eine rätselhafte Geschichte«, sagte Fima. Und bekam natürlich etwas an den Kopf. Von der Mama. Weil der Papa bewußtlos auf einer Bank lag. In diesem Zustand wurde er fotografiert. Und zwei Tage später erschien in den österreichischen Zeitungen die Aufnahme eines Mannes, der, von Polizisten umgeben, auf einer Bank ausgestreckt war. Unter der Aufnahme stand, dies sei ein Emigrant aus der UdSSR, der vor Glück, die freie Welt erreicht zu haben, in Ohnmacht gefallen sei. Auch der Familienname von Fimas Papa war angegeben.

Der Text war in deutscher Sprache geschrieben, und er wurde uns in dem Hotel übersetzt, wo man uns untergebracht hatte. Zusammen mit Fimas Familie. Deshalb kenne ich diese Geschichte bis zum Ende.

Fimas Papa schnappte ein wenig über. Er kaufte sich einen Nachttopf und verließ das Hotel nicht mehr. Gemeinsam mit Fimas Mama wühlte er jeden Tag in der Scheiße.

Der Junge spazierte mit Mama und mir durch Wien und überraschte uns immer wieder durch seine Kenntnisse der österreichischen Geschichte. Er zählte einen Kaiser nach dem anderen auf und nannte die Schlösser, die sie gebaut hatten. Dann ging er zu den Komponisten über. Warf mit Operettentiteln um sich.

Fimas Papa wurde geröntgt. Auf Kosten der jüdischen Organisation »Joint«. Wiederum wurde nichts entdeckt.

»Und wenn Papas Magen den Brillanten verdaut hat?« mutmaßte Fima. »Er hat doch einen erhöhten Magensäuregehalt! Ein Brillant hat sich in der Magensäure eines sowjetischen Mannes aufgelöst! Die Sensation des Jahrhunderts!«

Sofort hatte er eine Ohrfeige weg. Von seiner Mutter. Sein Vater reagierte nicht. Er war nicht bei Sinnen.

Am selben Tag schaffte man ihn in eine psychiatrische Anstalt.

Zwei Wochen später, als wir nach Rom abreisten, um dort auf die Visa für Amerika zu warten, kam Fima zu uns, um sich zu verabschieden.

»Wir fahren nicht nach Amerika. Die Vereinigten Staaten nehmen psychisch Kranke nicht auf. Nur Israel nimmt sie. Weil der jüdische Staat bereit ist, jeden Juden aufzunehmen. Sogar einen psychisch kranken. Das ist der humanste Staat der Welt. Ich bin froh, daß ich sein Bürger sein werde.«

Ich umarmte ihn und küßte ihn auf die Wange.

Hinter seinen runden Brillengläsern stiegen ihm Tränen in die Augen, und sein geschorener Eulenschädel wackelte traurig.

Und dann, vom Fleck weg, begann er, uns von Israel zu erzählen, als wäre er gerade von dort gekommen. Er zählte Städte auf, nannte sogar den Namen der Frau von Premierminister Menachem Begin – Alisa – und den Namen der Frau des ägyptischen Präsidenten Anwar Sadat – Jehan.

Wo bist du jetzt, Fima? Mit deiner Nase voller Polypen. Und dem geschorenen Kopf, voll von Informationen, nützlichen und unnützen. Wohnst du in Petach Tikva oder Rischon Le Zion oder Kiryat-Schmona? Wie geht es dir in diesem kleinen und heißen Land, das sogar Verrückten nicht die Einreise verweigert?

New York verrottet vor feuchter, drückender Hitze. Die Hölle! Man möchte die ganze Stadt mit Puder bestreuen. Sonnabends und sonntags schleppen sich alle, ob sie es können oder nicht, aus dem steinernen Gestank zum Meer. Dort bläst wenigstens ein Lüftchen, und man kann seinen verschwitzten Körper in das warme, wie abgekochte Meerwasser tauchen, das zur Hälfte aus Urin besteht. Denn mehrere Millionen Menschen urinieren gleichzeitig in dieses Wasser.

Unsere teure Familie begibt sich auch an den Strand. Wir sind zu fünft. Mama und ich. Mamas Beischläfer, ihr Liebhaber B.S. Mein Papa, der das Weekend mit der Familie verbringen will. Und sein(e) homosexuelle(r) Freund/Freundin Joe.

Mama schreitet zwischen diesen drei Männern wie Messalina über den Strand. Auf ihrem gewöhnlich antik-strengen Lehrerinnengesicht zeichnet sich etwas Lasterhaftes ab, und ihr Blick ist wollüstig. Wie der eines Weibchens zu Zeiten des Matriarchats.

B.S. – groß, behaart, mit blauer Seemannstätowierung auf den Muskelhügeln – liegt im Sand. Neben dem schwächlichen Homosexuellen-Pärchen wirkt er wie ein müder alter Löwe zwischen ausgemergelten Schakalen. Doch er ist recht nett zu ihnen. Er plaudert über alles mögliche, mit bösem Spott in den Augen. Sie spüren es und winden sich unter seinem schweren Blick. Mama schaut besorgt zu, fürchtet einen sexuellen Konflikt. Ich habe meinen Spaß.

Da springen die beiden Homos – mein Papa und Joe – einander an der Hand haltend ins Wasser, um zu baden. Ich schaue hinter ihnen her. Von hinten sehen sie aus wie Brüder. Sehnige Rücken, feste Hintern, schmale Hüften. Halten Händchen, die armen Kerle. Damit keine Kraft der Welt sie auseinanderreißt.

»Sie sind unzertrennlich«, knurrt B. S. »So eine Liebe – ach, du Schande!«

»Ich bitte dich.« Mama zieht unzufrieden die Brauen zusammen. »Das geht dich nichts an. Jeder lebt, wie er will. Dies ist ein freies Land.«

»Richtig«, stimmt B. S. zu. »Endlich verstehe ich, aus welchen politischen Motiven dein Mann in Moskau Dissident geworden ist. Dort kommt man für solche Streiche fünf Jahre hinter Gitter. Er aber hißte die Fahne des heiligen Kampfes dafür, daß er sich von den Fesseln des kommunistischen Puritanismus befreien und mit seinen homosexuellen Brüdern im freien Westen verbünden konnte! Schlimm steht's um die UdSSR: Die Homosexuellen verlassen das Schiff.«

»Halt den Mund«, flüstert Mama, sich umblickend.

Im Wasser planschen, wie die Kinder, mein Papachen und seine Freundin Joe. Sie bleiben in der Nähe des Ufers, denn sie können nicht schwimmen.

B. S. steht auf und geht zum Wasser. Mit schweren Schritten nimmt er Anlauf und plumpst dann wie eine Bombe ins Wasser, wobei er Papa und Joe mit Spritzern überschüttet, taucht weit vom Ufer auf und schwimmt mit schönen, starken Stößen dorthin, wo man keinen anderen sieht und wo das Meer sauber ist. Er schwimmt wie ein Delphin, durchteilt das Wasser mit mächtigen Zügen. Ein Mann! Ein Seemann! Voller Kraft!

Doch die beiden kläglichen Trottel, von denen einer mein Papachen ist, plätschern an einer seichten Stelle und bespritzen einander, mit den Händen wedelnd. Wie Turteltauben.

Wovon hängt auf dieser Welt eigentlich alles ab? Von mir würde es keine Spur geben, wenn mein Papa etwas früher den Drang zum männlichen Hintern verspürt hätte. Dann hätte das Spermatozoon, durch das ich gezeugt wurde, Mamas Eizelle nicht erreicht, sondern wäre unrühmlich in irgendeinem behaarten Hintern zugrunde gegangen. Ich habe fast Mitleid mit mir selbst.

»Woran denkst du?« Mama sieht mich wachsam an.

»Daran, daß wir, die Frauen, unglückliche Wesen sind.«

»Schwafele nicht. Sag, woran du denkst!«

»Woran? Daran, daß mein Papa zwei schwere Sünden begangen hat.«

»Die erste kenne ich. Und die zweite?«

»Er hat einen doppelten Verrat begangen. Zuerst am weiblichen Geschlecht der Menschheit. Und außerdem am alten Stamm der Judäer. Denn Joe ist kein Jude. Was kommt dabei heraus? Absolute Angleichung.«

»Aber vielleicht sind sie glücklich«, sagt Mama und schaut nachdenklich auf das Meer, auf dem Tausende von Köpfen schwimmen. »Wir können das nicht beurteilen.«

»Du glaubst immer noch an das Glück?«

»Ja. Trotz allem.«

Mama legt mir den Kopf auf die Knie, kitzelt meine Hüften mit ihren Haaren, und mir wird leicht und wohl ums Herz.

Zoologische Gärten sind meine Leidenschaft. Ich gehe lieber einmal zuviel in den Zoo als ins Kino. Im Kino ist es immer dasselbe: Sie führen schmutzige Reden und küssen sich, daß es einem eklig wird, und dann schaukeln sie lange und fade aufeinander, wobei sie schnaufen und stöhnen. Herrgott, als ob das ganze menschliche Leben nur aus Sex besteht! Alles übrige ist im Kino nebensächlich, soll nur den Sex verwässern.

Im sowjetischen Kino ist es nicht viel leichter. Dort wird der Sex ganz und gar unter den Teppich gekehrt, und man könnte annehmen, daß die Menschen in der UdSSR sich auf andere Weise vermehren, wie manche Pflanzen, die in Botaniklehrbüchern beschrieben werden. Im sowjetischen Kino ist die Hauptsache das Schaffen, die Arbeit zum Ruhm des Vaterlandes, was auf der Leinwand so öde wirkt, daß man Zahnschmerzen bekommt. Alle anderen Seiten des menschlichen Lebens werden flüchtig gezeigt, einzig und allein darum, um die Arbeitsszenen ein wenig zu verwässern.

Das Schauspiel in Zoologischen Gärten ziehe ich vor. Ich liebe Tiere und bin bereit, den ganzen Tag vor den Käfigen zu stehen und das Leben darin zu beobachten.

In New York gibt es einen kleinen, aber herrlichen Zoo im Central Park. Freier Eintritt. Sonntags fahre ich dorthin, wenn das Wetter gut ist. Mal mit Mama, mal mit B. S. Auch er liebt Tiere, genau wie ich.

Und was liebe ich im Zoo am meisten? Natürlich die Affen. Nicht die kleinen stinkenden Halbaffen, sondern unsere Vorfahren: die Menschenaffen. Die gewaltigen, zottigen, ernsten Gorillas und Schimpansen, die mit solcher Verachtung durch die Gitter auf ihre Nachkommen blicken: die Menschen, für deren Entstehung sie einst verantwortlich waren und die sie aus Dankbarkeit in Käfige gesperrt haben und nun kommen, um zu gaffen und Witze zu reißen. Ach, wieviel stolze Verachtung liegt in den Augen der Affen! Und wieviel Leere in den Affenaugen der Zuschauer. Ich bete diese Riesentiere an.

Im Gegensatz zu den Menschen sind sie vollkommen aufrichtig in ihren Gefühlen und Handlungen. Wenn es sie juckt, kratzen sie sich, und wenn sie das gackernde Publikum satt haben, spucken sie durch die Gitter in die ihnen eklig gewordenen Gesichter.

Eines Tages stieß ich in diesem Zoo auf eine Szene, für die sowjetische Karikaturisten einen hohen Preis gezahlt hätten, denn es ist schwer, sich etwas Übleres über Amerika auszudenken.

Eine Menge Gaffer – hauptsächlich Kinder, und unter den Kindern hauptsächlich Schwarze – drängten sich vor einem Käfig und schüttelten sich vor Lachen. Ich trat heran, und es schnürte mir das Herz zusammen. Irgendein sehr kluger Bursche hatte das Sternenbanner, die amerikanische Nationalflagge, durch das Gitter gesteckt. Ein Affe hatte sie genommen, es sich auf einem Autoreifen bequem gemacht und angefangen, die Flagge in Streifen zu reißen und diese Streifen zurück ins Publikum zu schleudern.

Es war eine Verhöhnung der amerikanischen Flagge, doch die Menge der jungen amerikanischen Taugenichtse hatte einen Riesenspaß daran. Wenn zufällig sowjetische Journalisten hier gewesen wären, hätte man das Bild des Affen, der die amerikanische Flagge zerreißt, in allen Zeitungen gefunden!

Aber für die Amerikaner war es ein Spaß. Ich – noch keine Amerikanerin, aber auch schon keine Sowjetbürgerin mehr – fühlte mich beklommen. Sowohl der Flagge, des nationalen Symbols, als auch der hohlköpfigen amerikanischen Zuschauer wegen, denen alles egal ist, wenn sie nur ihren Spaß haben.

Ich stand da und überlegte mir, daß all diese Kinder, wenn sie erwachsen sind, schwerlich ihr Leben für diese Flagge opfern und wahrscheinlich – genauso herumalbernd wie in diesem Moment – fremden Eindringlingen gestatten würden, ihr Land zu besetzen und zu versklaven.

In Mamas Schlafzimmer, auf dem Nachttisch, stehen, hinter Glas und auf Holzuntersätzen, zwei einander leicht zugewandte Porträts: meines, das noch in Moskau aufgenommen wurde, mit langen Zöpfen, in brauner Schuluniform mit schwarzer Schürze und weißen Spitzen am Kragen, dazu mit dem unvermeidlichen roten Pionierhalstuch; und das Porträt eines schönen Seemanns mit gekräuseltem Stutzbart, auf dem Kopf eine verwegen gekniffte Seemannsmütze mit Emblem und eine Pfeife zwischen den kräftigen Zähnen. Das ist B. S. Ungefähr fünfzehn Jahre jünger. Ein Seebär! Mit schweren oberen Lidern, die von der Gewohnheit, gegen den salzigen Meereswind zu blinzeln, schräg über den Augen lasten. So werden Seeleute in guten Filmen dargestellt: schön, aber nicht allzu süßlich, sondern schroff, derb und einsilbig. Allein bei ihrem Anblick schlagen die Herzen der Frauen schneller, und ihnen wird schwindlig wie im Rausch.

B. S. hat sich überhaupt nicht verändert. Ist bloß schwerer geworden. Und in seinen Haaren glänzen Silberstreifen, wie es in Romanen heißt. Diese grauen Fäden im dichten Schopf und im gekräuselten Haar verleihen ihm noch mehr Charme.

Das Schicksal hat uns auf Mamas Nachttisch zusammengeführt, und ich kann meine Augen Tag und Nacht nicht von ihm losreißen, während er seinerseits mich etwas herablassend und melancholisch betrachtet. Mama aber liegt in ihrem Bett und schaut bald ihn, bald mich an. Ich bin überzeugt, daß sie ihn öfter ansieht. Mich liebt sie, doch für ihn empfindet sie Leidenschaft. Das ist ein vorübergehendes Gefühl, aber es lodert stärker.

Über B. S. hat sich eine von Mamas Freundinnen, die uns besuchte, treffend geäußert. Eine erfahrene Frau: dreimal war sie in Rußland verheiratet, und den vierten Mann gabelte sie in New York auf.

»Was für ein Kerl!« Sie verdrehte die Augen, als B. S. das

Wohnzimmer für einen Moment verlassen hatte. »Genügt, ihm einen Blick zuzuwerfen, und schon ist man schwanger.«

Aber manchmal verschwindet das Porträt von Mamas Nachttisch, und nur ich bleibe in trauriger Einsamkeit zurück. Das geschieht jedesmal, wenn Mama sich mit B. S. zerstritten hat. Sie streiten sich recht häufig und bemühen sich aus pädagogischen Gründen, es nicht in meiner Gegenwart zu tun. Aber ich erfahre es trotzdem sofort. Nicht durch Mamas verschlossene und finstere Miene und nicht durch das verstärkte Schnaufen von B. S., der seine Pfeife bei sich im Zimmer raucht. Ich brauche nur in Mamas Schlafzimmer zu schauen und das Fehlen seines Porträts zu entdecken – und schon ist mir alles klar.

Sie streiten sich deshalb, weil sie ein bestimmtes Problem ganz unterschiedlich betrachten. Mama hat schreckliche Angst, ihn entwischen zu lassen, ihn zu verlieren, und es ist ihr schönster Traum, ihn zu heiraten. Doch er, der Nichtsnutz, will dies gerade nicht und sagt Mama offen, daß sie nicht mit einer langen Bindung rechnen solle. Mamas Nerven halten es natürlich nicht aus, und sie beginnt, mit den Hufen aufzustampfen, wie B. S. es nennt. Er ist durchaus kein sanfter Mensch und schlägt ihr zur Antwort ein paar »freundliche Worte« um die Ohren. Mama gehört auch nicht zu denen, die ein deutliches Wort fürchten. Die Folge: Das Porträt verschwindet vom Nachttisch.

B. S. hat einen eisernen Charakter. Und Mama gibt natürlich als erste nach. Ein, zwei Nächte verbringt sie einsam in ihrem Schlafzimmer, seufzend und sich lange von einer Seite auf die andere wälzend. In der dritten Nacht höre ich, wie sie barfuß an meiner Tür vorbei zu seinem Zimmer schleicht, und wenn ich die Ohren sehr spitze, kann ich ihre verlegene Stimme wahrnehmen, die sich rechtfertigt und niedergeschlagen versucht, die Beziehungen ins reine zu bringen. Dann ihr hilfloses Schluchzen, bei dem sich mein Herz schmerzhaft zusammenzieht, und ich bin bereit, ihr zu Hilfe zu eilen und B. S. die Fäuste an den Kopf zu schlagen.

Doch das ist nicht nötig. B. S., der Mamas Erniedrigung genossen hat, gibt ebenfalls nach. In umgekehrter Richtung schlurfen Mamas Füße und seine, die die Fußbodenbretter durchbiegen, an meiner Tür vorbei.

Am Morgen taucht auf dem Nachttisch wieder das Porträt des Seemanns auf, der mein eigenes schadenfroh ansieht, und ich erwidere verwirrt und erstaunt seinen Blick.

Bei all meinen Vorzügen zeichne ich mich noch durch einen anderen, besonders hervorstechenden aus. Ich bin Schlafwandlerin. Die erste in unserer Familie. Meine Großväter und Großmütter zerbrachen sich über unseren ganzen Stammbaum den Kopf und fanden nicht den geringsten Hinweis darauf, daß auch nur einer meiner Vorfahren den Drang gehabt hätte, im Schlaf über Hausdächer und -simse zu spazieren.

Offen gesagt, ich spaziere nicht über Dächer. Wahrscheinlich bin ich noch zu klein. Eine unreife Schlafwandlerin. Aber ich habe im Schlaf schon manchen Jux gemacht. In unserer Familienchronik sind mindestens zwei Beispiele meines Schlafwandlertums verzeichnet.

Zum ersten Mal geschah es, als ich um die drei Jahre alt war. Nachts stand ich aus dem Bett auf und ging zur Toilette. Ich tat alles Nötige, und auf dem Rückweg erreichte ich mein Schlafzimmer nicht, sondern riß die Türen eines Kleiderschranks zum Flur hin auf, kroch ins untere Regal auf einen Haufen Schuhe, krümmte mich zusammen und schlief ein. Ich wäre an dem starken Geruch von Naphthalin erstickt, wenn Mama mich nicht im Schlafzimmer vermißt und nach hastiger Suche zusammen mit Papa halbtot im Schrank entdeckt hätte.

Der Familienrat, zu dem eine erfahrene Ärztin, Großmutter Sima, gehörte – sie hatte auch noch einen ihrer Kollegen hinzugezogen –, kam zu dem Schluß, daß der Fall nicht hoffnungslos sei. Es sei noch keine Schlafwandlerei, sondern nur ein Ansatz dazu. Ein sehr sensibles Kind, leicht erregbar. Eine kräftigere Ernährung, Spaziergänge an der frischen Luft und das kategorische Verbot, vor dem Einschlafen fernzusehen, seien erforderlich. Für alle Fälle begannen sie, den Balkon und die Fenster zur Nacht abzuschließen. Damit ich keinen Spaziergang aufs Dach machte.

Das zweite Beispiel ereignete sich fünf Jahre später. Der Familienrat stellte plötzlich fest, daß ich allein unter Erwachsenen aufwuchs und verwöhnt wurde. Deshalb wurde beschlossen, daß ich nicht mit den alten Leuten aufs Land, sondern mit anderen Kindern in ein Pionierlager fahren sollte. Ich widersprach nicht. Denn ich selbst hatte es satt, dauernd unter Erwachsenen herumzulungern.

In dem Lager, das in einem Kiefernwald bei Moskau lag, schliefen wir in großen Zimmern mit zehn, zwölf Betten. Die Türen waren immer weit aufgerissen. An den Fenstern waren keine Vorhänge, der gewaltige Mond hing die ganze Nacht hindurch vor unseren Augen, und um einzuschlafen, mußte man den Kopf unter die Decke stecken.

Die Kinder in meinem Zimmer waren alle älter als ich und hatten die Gewohnheit, vor dem Einschlafen, schon im Bett liegend, alle möglichen Geschichten zu erzählen, eine entsetzlicher als die andere. Über Gespenster, über Hexen.

Mir wurde kalt vor Angst, wenn ich zuhörte, wie diese Närrinnen einander mit heulenden und zischenden Stimmen erschreckten. Ich lag da, ohne mich zu rühren, und hatte mir die Decke an allen Seiten untergestopft, damit die zottige

Pranke des einen oder anderen Ungeheuers meinen von einer Gänsehaut überzogenen Körper nicht berühren konnte.

Einmal, als ich, zitternd vor Furcht, gerade eingeschlafen war, wachte ich davon auf, daß mir irgend etwas an den Kopf geschlagen wurde. Ich öffnete die Augen und merkte zu meiner großen Verwunderung, daß ich nicht in meinem eigenen Bett lag, sondern auf dem Fußboden saß und den Kopf jemand anderem in einem fremden Bett auf die Beine gelegt hatte. Und der Besitzer dieser Beine, den mein Kopf offensichtlich störte, stieß mich mit Fersen und Füßen weg. Ich sprang auf und merkte noch etwas: Ich war nicht in meinem eigenen Zimmer, sondern in einem ganz anderen, am Ende der langen Veranda, die das Gebäude mit den Schlafzimmern umgab. Hatte ich diesen Weg im Schlaf zurückgelegt? Verwirrt stürzte ich zurück, betrat mein Zimmer auf Zehenspitzen, um niemanden zu wecken und ungesunde Neugier zu erregen, schlich zu meinem Bett und kroch unter die Decke. Der gewaltige Mond, mein Verführer, hing immer noch vor dem Fenster und schien mir wie ein Spießgeselle zuzublinzeln.

Von diesem zweiten Vorfall erzählte ich niemandem. Auch zu Hause nicht. Außerdem enthielt ich ihnen ein nicht unbedeutendes Ereignis vor, das mir in dem Pionierlager zustieß, wohin mich meine fürsorglichen Verwandten geschickt hatten, damit ich die Bräuche des Kollektivismus erlernte. Im Lager wurde mir die erste Lektion der Sexualerziehung erteilt. Meine Lehrer waren größere Pioniere, ausgewachsene Trottel, die damals so alt waren wie ich heute, ungefähr dreizehn Jahre.

Es geschah während der »Mittagsruhe«, das heißt eine Stunde nach dem Essen, als die Kinder schlafen sollten. »Mittagsruhe« wird sie deshalb genannt, weil man glaubt, daß die Kinder in dieser Stunde ruhig daliegen, ohne sich zu bewegen und ohne zu schwatzen. Und sich ausruhen. Kräfte sammeln, damit ihnen die Knie im neuen Schuljahr nicht zittern.

Manchmal, bei gutem Wetter, verbrachten wir die »Mittagsruhe« nicht im Schlafgebäude, sondern an der frischen Luft, im Schoß der Natur. Nicht weit vom Lager war eine große Lichtung in dem Kiefernwald. Sie durchschnitt ein gewundener und seichter, bis an die Knie reichender Bach. Darin gab es keine Fische, sondern nur Schwärme von Kaulquappen, und auf der Wasseroberfläche, die kaum von ihnen gekräuselt wurde, liefen Wasserspinnen umher.

Wir planschten nach Herzenslust in dem Bach herum, um so mehr, als die Betreuer nicht fürchteten, daß wir ertrinken könnten, spielten verschiedene Spiele und versteckten uns in dem über das Wasser hängenden Dickicht von Haselnußsträuchern, das für uns ein afrikanischer Dschungel war.

Auf diese Lichtung nahm jeder seine Decke mit, breitete sie auf dem Gras aus, legte sich hin, schloß die Augen und tat so, als schlafe er. Die Rastlosesten versuchten, sich vor den Augen des Pionierleiters im Haselnußdickicht zu verstecken.

Ich war die Jüngste im ganzen Lager, alle nannten mich »Knirps« und nahmen mich nicht ernst. Quecksilbrig, wie ich bin, war ich erpicht, überall dort zu sein, wohin man mich nicht gebeten hatte, und deshalb schleppte ich auch meine Decke in die Büsche und ließ mich dort nieder, neben den großen Jungen, die heimlich rauchten und den Qualm mit den Händen vertrieben. Zuerst hatte ich Angst, daß sie mich wegjagen würden. Aber nein. Im Gegenteil, sie winkten mir mit dem Finger, damit ich meine Decke näher an sie heranzog, und schlugen mir, wie einer Gleichaltrigen, vor, ein sehr interessantes Spiel mit ihnen zu spielen. Ich dumme Gans stimmte zu, ohne lange zu überlegen. So sehr schmeichelte mir ihre Aufmerksamkeit.

Wir begannen, »Arzt und Patient« zu spielen. Ich war die

»Patientin«, und sie die »Ärzte«. Wir drangen tief ins Dickicht ein, damit uns niemand störte. Die Jungen trugen mich der Reihe nach auf dem Rücken, und das gefiel mir schrecklich gut. Einige von ihnen hatten dunkle Oberlippen – dort kamen die Schnurrbarthaare durch.

Sie fanden ein stilles Plätzchen, machten aus allen Decken ein weiches Bett und legten mich darauf. Und sie selbst knieten um mich herum. Sie schauten mir in den Mund, um meine Mandeln zu untersuchen, dann legten sie der Reihe nach das Ohr an meine Brust, um meinen Herzschlag abzuhören. Ich war außer mir vor Entzücken – so sehr gefiel es mir, mit den großen Jungen zu spielen.

In meiner Aufregung merkte ich nicht einmal, wie sie mir das Höschen auszogen und mich der Reihe nach zwischen den Beinen berührten. Es kitzelte, und ich preßte die Knie zusammen.

»Mach die Beine auseinander, Olenka, sonst kann der Doktor dich nicht behandeln.«

Was blieb mir anderes übrig? Ich gehorchte natürlich.

Aber bald hatten meine Ärzte es satt, mich mit dem Finger zwischen den Beinen zu berühren, und sie schlugen mir ein neues Spiel vor, das sie »Guten Tag – guten Tag« nannten. Sie erlaubten mir nicht, mein Höschen anzuziehen, und befahlen mir, mich wie vorher hinzulegen und die Beine weiter zu spreizen.

Dabei redeten sie schweratmend auf mich ein: »Ach, das sind Beinchen! Wie Milchbrötchen! Und überhaupt, wie ein Püppchen bist du!«

Wem würden solche Komplimente nicht den Kopf verdrehen? Ich konnte diesen Kavalieren schon nichts mehr abschlagen. Und das Spiel wurde immer interessanter.

Die Jungen horchten nach allen Seiten, ob hinter den Büschen Stimmen zu hören waren, zogen ihre Unterhosen aus, und ich sah ihre Zipfel. Irgendwie seltsam. Nicht wie bei Kindern. Größer und ganz gerade wie Bleistifte. Mir stockte der Atem vor Erstaunen und Neugier.

Ein Junge beugte sich über mich, kniete zwischen meinen Beinen und stützte sich mit den Händen auf das Gras. Und plötzlich spürte ich eine Berührung.

»Guten Tag«, sagte der Junge keuchend und schwitzend.

Und ich sollte antworten: »Guten Tag.«

Das tat ich auch.

Dann löste ein zweiter Junge den ersten ab. Und auch er berührte mich mit seinem Zipfel.

»Guten Tag.«

»Guten Tag.«

Nach dem zweiten Jungen hatte ich keine Lust mehr zu spielen, und ich versuchte aufzustehen, aber sie drückten mich auf die Decke. Jetzt wurde ich wütend. Ich verbiß mich in die Hand des einen, trat den anderen mit dem Fuß und riß mich los. Dann lief ich durch die Büsche und ließ meine Decke zurück. Ich lief nackt, ohne Höschen, und konnte den Weg nicht finden, obwohl mich niemand verfolgte. Zweige peitschten mir Gesicht und Schultern, trockene Äste zerkratzten mir die nackten Füße. Der erste, auf den ich stieß, als ich aus den Büschen sprang, war unser Pionierleiter Tolja, ein schon erwachsener Bursche von vielleicht siebzehn Jahren, dessen Gesicht vor Pickeln rot und höckerig war. Ich rannte gegen seinen Bauch und heulte los. Weinend erzählte ich ihm in allen Einzelheiten, wie diese gemeinen Jungen mit mir »Guten Tag – guten Tag« gespielt hatten.

Um uns herum versammelten sich die gehorsamsten und diszipliniertesten Kinder, die unter Aufsicht des Pionierleiters Tolja die »Mittagsruhe« in der Lichtung auf ihren Decken verbracht hatten. Sie hörten sich meinen sensationellen Bericht mit aufgerissenem Mund an. Denn sie waren älter als ich und witterten sofort, daß etwas an dieser Geschichte nicht geheuer war.

Der Pionierleiter Tolja errötete bis über beide Ohren und eilte ins Lager, um den Betreuern Meldung zu machen.

Ich stand plötzlich für das ganze Lager im Mittelpunkt. Ich, der »Knirps«, die allerjüngste, die vorher einfach nicht bemerkt worden war. Und ich genoß diese unerwartete Popularität in vollen Zügen. Kinder verschiedenen Alters folgten mir in Scharen, und ich, schon ganz heiser geworden, erzählte ihnen zum x-tenmal, was in den Büschen mit mir geschehen war, wobei ich alles mit Mimik und Gesten anschaulich ausmalte. Bis die Betreuer mich schließlich zu sich riefen und mir, hinter verschlossenen Türen, befahlen, alles ganz genau zu wiederholen, und mir danach streng auftrugen, nirgends mehr ein Wort darüber zu verlieren und weitere Anweisungen abzuwarten.

Alle vier Jungen, die versucht hatten, mich mit dem von ihnen erdachten häßlichen Spiel »Guten Tag – guten Tag« zu verführen, wurden regelrecht in Haft genommen. Man schloß sie im Zimmer des Chefs ein und stellte den Pionierleiter Tolja als Wache an die Tür. Das Abendessen wurde ihnen, wie Häftlingen, dorthin gebracht.

Das Lager summte wie ein Bienenstock. Das Aroma der verbotenen Frucht schwebte über den unreifen kindlichen Gehirnen.

Wie ich heute weiß, mußten die Betreuer eine schwierige Aufgabe lösen. Wenn man die Sache an die große Glocke hängte, würde dies einen Schatten auf den Ruf des Lagers werfen, und die Betreuer selbst würden wegen schlechter Erziehungsarbeit mit Kindern kräftig etwas abbekommen. Eigentlich hätte man die Jungen aus dem Lager weisen und ihre Schulen von ihrem Verhalten unterrichten müssen. Dann aber käme das ganze Ereignis, mit allen sich daraus ergebenden Folgen, an die Öffentlichkeit. Man wollte aus dieser Lage einen Ausweg finden, der für alle Seiten annehmbar war.

Was für ein Ausweg wurde gefunden? Man las den Jungen die Leviten, schüchterte sie ein, bis sie in hysterisches Geheul ausbrachen, und zwang sie danach, mich wegen ihrer flegelhaften Tat um Verzeihung zu bitten. Vor allen Betreuern, die mit strengen, steinernen Gesichtern starr dastanden. Ich vergab ihnen großmütig.

Der erste Teil der Angelegenheit war geregelt. Nun war der zweite und schwierigste Teil an der Reihe. Ich mußte veranlaßt werden, den Mund zu halten, mir auf die Zunge zu beißen, damit niemand je wieder ein Wort über die ganze Sache hörte.

Im Lagerleben gibt es ein herrliches Ritual: Der Tag beginnt mit dem Hissen der Roten Fahne an einem hohen Mast und endet mit dem Einholen der Fahne. In feierlicher Atmosphäre, wenn die Lagerbewohner, gewaschen und gekämmt, in weißen Hemden und Blusen und mit roten Tüchern an den sauberen Hälsen, sich vor der Fahne zu einer schnurgeraden Reihe aufgestellt haben. Unter Trommelwirbel und den Tönen eines silbernen Horns. Die Fahne zu hissen und einzuholen, das ist der höchste Ansporn, und diese Ehre wird nur den besten Kindern zuteil. Die sich im Sport, im Vortragen von Gedichten, im Gesang, im Tanz ausgezeichnet haben. Kurz gesagt, diese Ehre muß verdient werden.

Ich, der »Knirps«, träumte nicht einmal davon, mit dieser Ehre ausgezeichnet zu werden. Plötzlich aber wurde ich damit bedacht. Für den Schwur, künftig den Mund zu halten. Diesen Schwur setzte man einer Heldentat gleich.

Bei Sonnenuntergang stellten sich alle Kinder vor dem Fahnenmast auf. Auch die vier Übeltäter standen mit verweinten Gesichtern in der Reihe. Der Chef der Betreuer hielt von der Rednerbühne einen Vortrag über die moralische

Haltung des sowjetischen Menschen und nannte als Beispiel die Begründer der kommunistischen Lehre Marx und Lenin, die uns als Vorbild dienten. (Viel später las ich, daß Karl Marx gar kein solcher Frömmler war und in ein Formular geschrieben hatte: »Mir ist nichts Menschliches fremd.« Und auch Lenin hatte neben seiner Frau eine Geliebte: Inessa Armand. Aber das sei nur am Rande erwähnt.)

Danach wurde mein Name laut aufgerufen, unter dem Donnern der Trommel und dem Brüllen des Horns lief ich, ohne die Beine unter mir zu spüren, ganz vom Ende der Reihe, deren Abschluß ich bildete, zum Fahnenmast, packte das Seil, zog, und die Fahne rutschte schaukelnd herunter. Alle Kinder schauten mich neidvoll an und erwiesen mir den Pioniergruß, indem sie die rechte Hand an den Kopf legten. Der Gruß galt der Fahne, aber ich nahm ihn für mich selbst in Anspruch.

Im Laufschritt kehrte ich in die Reihe zurück, und die Kinder klatschten mir zu Ehren in die Hände. Als ich an den vier Unglücklichen vorbeilief, deren Gesichter vor Tränen geschwollen waren, konnte ich mich nicht beherrschen und zischte ihnen boshaft zu: »Guten Tag – guten Tag.«

Zu Hause, in Moskau, sagte ich natürlich nichts. Doch ein Gerücht drang zu meiner Familie durch. Und in völlig übertriebener Form. Daß ich im Lager vergewaltigt worden sei. Im Haus kam es wieder einmal zu einer Panik. Man trug mich auf Händen in die Poliklinik. Wieso auf Händen? Ich hätte mühelos selbst gehen können. Aber auf Händen – das sah dramatischer aus und entsprach der Stimmung aller Verwandten. Die Ärzte stellten fest, daß meine Unschuld nicht angetastet war. Meine Verwandtschaft jubelte einmütig und beruhigte sich.

Wohl jedes Kind macht eine Phase durch, in der es sich für die Romantik des Meeres begeistert, und die Seeleute in ihren zauberhaften Uniformen erscheinen den Mädchen als männliches Ideal. B. S. holt mich vom Himmel auf die Erde zurück und durchbohrt mit seiner spitzen Zunge mein Entzücken wie eine Seifenblase.

Einmal machte ich ihm ein Kompliment und sagte, daß er auf seinem Porträt wie ein wirklicher Seebär aussehe.

B. S. lachte laut, ohne die Pfeife aus dem Mund zu nehmen. »Du hast eine lebensfremde Vorstellung von Seebären. Richtige Seeleute sehen nicht so aus wie ich auf dem Porträt. Denn ich war kein Seemann, sondern nur ein Schiffsarzt. Sozusagen ein Passagier. Diejenigen aber, die Wache schieben und sich bei heftigem Schaukeln mit gespreizten Beinen auf dem Deck halten, das heißt die richtigen Seeleute, haben kein romantisches Äußeres. Sie haben breite Bauerngesichter mit rauher, gegerbter Haut und Hände wie Krebsscheren. Ihr Hintern ist breiter als ihre Schultern, wie bei einer Frau. Weil sie sich wenig bewegen und viel fahren. Sie ähneln eher Schauerleuten als den wendigen Prachtkerlen, die sich in der erhitzten Phantasie junger Mädchen abzeichnen.«

Darauf führte er ein lustiges Beispiel an. Auf dem Ozean war einmal ein Filmteam mit einem Begleitschiff zu ihnen gekommen, und als sie sich gehörig ausgekotzt hatten, fingen sie an, nach geeigneten seemännischen Typen zu suchen. Und wen wählten sie aus Hunderten von Seeleuten aus? B. S., den Schiffsarzt, und noch einen Mann mit geschmeidiger Figur und wiegendem Gang, dem die Seemannskleidung und die keck gekniffene Mütze sehr gut zu Gesicht standen. Dieser Mann war der Chef der Lebensmittelversorgung der ganzen Fottille, ein reiner Landmensch, der bis zum Eintritt in die Flotte in Leningrad als nicht schlechter Tanzlehrer gegolten hatte. Bei der Suche der passenden Typen für eine Erzählung über russische

Seeleute war die Wahl der Filmemacher auf die beiden einzigen Juden gefallen, die mit seemännischen Berufen weniger zu tun hatten als alle anderen Männer der Flottille.

Ich lachte. Aber gleichzeitig war ich betrübt, während ich B. S. zuhörte. Mama sagte, er sei ein Zyniker. Doch B. S. erwiderte, er sei Realist und setze nicht gern eine rosarote Brille auf.

Manchmal erzählt er sanft, fast lyrisch vom Meer. Aber er beendet seine Erzählung immer auf ganz unerwartete Weise, um jede Romantik auszulöschen.

Der Ozean. Nacht. Der Mond glänzt silbern über der leicht wogenden Wasseroberfläche. Die schwarzen Silhouetten von Schiffen mit Masten und Schornsteinen – oft liegen Hunderte von Meilen zwischen ihnen – über das Meer verstreut. Die Schiffe bewegen sich nicht, haben beigedreht. Es sind Schleppnetzboote, die ihre Netze an schaukelnden Schwimmern ausgeworfen haben. Nur morgens zieht die Winde das endlose Netz mit den in seinen Maschen gefangenen zappelnden Heringen aus dem Ozean. Noch herrscht eine kurze Ruhepause. Die Seeleute schlafen im Zwischendeck. Nur auf der Brücke wachen zwei Männer: der Steuermann und der Rudergast. Und auch in der Funkkabine schickt der Funker, energisch pochend, Morsesignale aus. Punkt. Strich. Punkt. Punkt. Strich. Strich. Punkt. Strich. So schweben die Worte Buchstabe um Buchstabe in den Äther.

Der Funker pocht und lauscht dann der Antwort. Das Gerät piepst wieder unter Punkten und Strichen. Und der Funker lacht so laut, daß sich der Steuermann und der Rudergast von der Brücke her zu ihm umblicken und, nachdem sie dem Piepsen des Morsealphabets zugehört haben, auch zu lächeln beginnen.

Die Funker spielen im Äther, unterhalten einander mit Witzen, die sie im Morsealphabet weitergeben.

An besonders gesalzenen Stellen schüttelt der Steuermann den Kopf und stöhnt nur: »Gut, daß keine Frauen hier sind. Die würden sich zu Tode schämen.«

Die Funker aus den Häfen geben den Seeleuten regelmäßig Berichte über das Verhalten ihrer Frauen: mit wem sie beim Tanz gesehen wurden, wer sich morgens heimlich aus ihrem Haus schlich.

Die Eifersucht brodelt in den Seemannsherzen, und gegen Ende einer viermonatigen Fahrt brennt die ganze Mannschaft vor Rachedurst. Auf allgemeine Absprache hin wird, wenn man sich dem heimatlichen Gestade nähert, eine falsche Information über den Standort durchgegeben, um die Wachsamkeit der Frauen einzuschläfern, und das Schiff läuft ganz unverhofft mitten in der Nacht in den Hafen ein. Nachdem alle Formalitäten rasch erledigt sind, bildet die Mannschaft eine Marschkolonne und umringt das erste Haus. Der Ehemann klopft an die Tür, seine Kameraden schnappen den aus dem Fenster springenden unglückseligen Liebhaber. Mit seiner Ehefrau rechnet der Mann persönlich ab, während die anderen dem Liebhaber gemeinsam das Fell versohlen. Danach marschieren sie weiter zum nächsten Haus. Bis sie alle abgeklappert haben.

Dann wird hemmungslos gesoffen. Und dann... wieder hinaus aufs Meer.

Ich wußte, daß Seeleute durchaus keine Abstinenzler sind, aber das, was ich von B. S. hörte, wollte mir nicht in den Kopf.

Auf sowjetischen Schiffen ist zum Kampf gegen die Trunksucht Prohibition eingeführt. Der Genuß von alkoholischen Getränken ist streng verboten, und wenn ein Seemann das Schiff betritt, werden alle seine Sachen gründlich daraufhin untersucht, ob er eine Flasche eingeschmuggelt hat.

Not macht erfinderisch. Das russische Volk ist berühmt für

seinen Erfindungsgeist. Die Seeleute umgehen die Prohibition auf den unwahrscheinlichsten Wegen. Sie trinken Kölnisch Wasser und sogar Damenparfüm, kaufen alle Parfümeriewaren im Geschäft auf dem Flaggschiff auf. Diese Waren sind nicht mit einem Verbot belegt. Und wenn sie den ganzen Vorrat an Parfüms ausgetrunken haben, gehen sie zur »eisernen Reserve« über. Sie drücken eine ganze Tube Zahnpasta in ein Glas mit Wasser aus, rühren mit einem Löffel um und kippen diese dicke weiße Lösung in einem Zug herunter. Ein Glas genügt, um einem die Augen aus den Höhlen treten zu lassen. Man verliert den Kopf wie nach zwei Flaschen Wodka.

Die wüstesten Alkoholiker sind unter den Offizieren zu finden: Die Kapitäne und Steuerleute der Trawler bemühen sich heftig um Freundschaft mit dem Arzt, weil sie hoffen, durch ihn an medizinischen Alkohol zu kommen. Aber Spiritus ist eine solche Delikatesse, daß B. S. selbst ihn mit seinem Arztgehilfen austrank, wenn sich etwas davon abknapsen ließ.

In der Apotheke tragen die Flaschen mit gefährlichen Heilmitteln warnende Etiketten: einen Schädel mit gekreuzten Knochen, um der zitternden Hand des Alkoholikers Einhalt zu gebieten, der die Apotheke auf der Suche nach Spiritus aufbrechen könnte.

B. S. erzählte lachend, wie er einmal bei sich in der Apotheke einen Trawlerkapitän erwischte, der im ganzen Lande berühmt war und den goldenen Stern eines Helden der Sowjetunion auf der Brust trug. Dieser rotgesichtige Bursche hatte das Schloß des Schrankes aufgebrochen und eine große Flasche mit einem Totenkopf auf dem Etikett herausgeholt.

»Ah, Doktor, ich hab dich durchschaut!« Er zwinkerte B. S. zu und drückte sich die Flasche an die Brust. »Trinkst das Zeug wohl selbst und willst uns Trottel mit Totenschädeln abschrecken.«

Er begann, den Korken mit den Zähnen aus der Flasche zu ziehen.

Darin war ein Liter Sublimat, von dem ein Schluck genügt hätte, um dem Kapitän sämtliche Eingeweide zu verbrennen. Er hätte sich unter schrecklichen Qualen auf dem Boden gekrümmt und wäre sofort gestorben.

Der Kapitän war kräftiger als B. S., und es war zweifellos unmöglich, ihm die Flasche mit Gewalt abzunehmen. Da packte der Chirurg einen Metallstab, der ihm unter die Finger geriet, zog ihn dem Kapitän über den Schädel, so daß dieser in Ohnmacht fiel, und nahm ihm das tödliche Gift weg. Dann wälzte er den blutüberströmten Seemann auf den Operationstisch und vernähte ohne Narkose die Wunde, die er selbst ihm beigebracht hatte.

Ich hörte mir B. S.' Erzählungen an, und meine Meeresromantik verflog. Es war ärgerlich. Manchmal ist es doch besser, die Wahrheit nicht zu kennen.

Was ist das, der »Blaue Vogel«?

Wenn man jemanden aus Mamas Generation oder der meiner Großmütter fragt, wird man sofort hören, daß dies eine lächerliche Frage sei und jedes Kind sie, ohne nachzudenken, beantworten könne. Denn schon in ihrer Kindheit hatten meine Großmütter eine Freundin: das kleine Mädchen Til-Til, das sich auf die Suche nach dem Blauen Vogel machte und ihn immer noch, bis in die heutige Zeit, sucht. Auf der Bühne des Moskauer Künstlertheaters. In dem wundervollen Märchenschauspiel »Der Blaue Vogel«.

Wenn man aber meine Altersgenossen nach dem »Blauen Vogel« fragt, werden sie gleich lustige Gesichter schneiden, als wollten sie sagen: Natürlich wissen wir das, wir sind doch keine Kleinkinder. Denn heute wird ein gewöhnliches Huhn in Moskau »Blauer Vogel« genannt. Ein gerupftes Huhn, mit kleinen Bläschen auf der Haut und abgehacktem Kopf. Wenn es in den Geschäften verkauft wird, bildet sich eine Käuferschlange von einem Ende des Stadtviertels bis zum anderen. Und manchmal ist sie sogar noch länger. Denn Hühner werden nicht immer verkauft, und wenn sie alle Jubeljahre einmal auf den Tresen gebracht werden, wie meine Mutter sagt, dann bildet sich ein Menschenauflauf.

Jetzt bezeichnet man ein Huhn in Moskau deshalb als »Blauen Vogel«, weil die Hühner plötzlich so mager geworden sind, daß sie vor Unterernährung fast blau aussehen. Und vielleicht auch deshalb, weil ein Huhn zu einem Traum geworden ist, wie der »Blaue Vogel« in dem Märchenschauspiel.

Wenn Mama es schafft, einen »Blauen Vogel« zu bekommen, nachdem sie zwei Stunden Schlange gestanden hat, dann gibt es bei uns ein anständiges Essen. Mit Brühe. Und einem Hühnerbein. Wenn Mama es nicht schafft, dann brät sie einen gefrorenen Fisch der Marke »Silberhecht«, dessen Gestank die ganze Wohnung erfüllt und der erbärmlich schmeckt. Danach wird einem immer übel.

In Moskau gibt es Probleme mit Lebensmitteln. Das heißt, sie sind schwer zu bekommen. Für Geld. Und alle Erwachsenen laufen nach der Arbeit wie von Sinnen durch die Geschäfte und vergeuden damit ihre Abende. Sie haben keine Zeit, ins Kino zu gehen. Oder auch nur fernzusehen.

So lebt also die Hauptstadt meiner früheren Heimat, die herrliche und unglückliche Stadt Moskau. Wo immer irgend etwas knapp ist. Besonders Lebensmittel. Die Knappheit herrschte schon, als Mama geboren wurde. Und sogar, als meine Großmütter auf der Welt erschienen. Nur ein Mitglied unserer Familie kannte Zeiten, in denen es keine Knappheit gab. Urgroßvater Lapidus. Das war unter dem Zaren. Vor der Revolution.

Welchen Zweck hatte es dann, eine Revolution zu machen? Soviel Blut zu vergießen?

Damit Knappheit herrscht? Und man wegen jeder Kleinigkeit stundenlang Schlange stehen muß?

Ich verstehe überhaupt nichts. Vielleicht kann ich das alles durchschauen, wenn ich älter bin und mir ein Weisheitszahn gewachsen ist.

Aber in unserer Familie gibt es noch einen Menschen, der zwar nach der Revolution geboren wurde, für den die Knappheit jedoch nicht existiert. Und der »Blaue Vogel« interessiert ihn nicht. Er würde sich ihn nicht einmal schenken lassen. Ihr habt natürlich schon erraten, von wem ich spreche? Natürlich. Vom schwarzen Schaf der Familie. Großvater Sjoma, der in einem Kiosk auf dem Tischiner Markt Bier verkauft.

Er hat alles. Wie in New York in den Schaufenstern der Supermärkte. Auch Kaviar. Schwarzen und roten. Gänse und Truthähne. Schweineschnitzel und Hammelrücken. Und im Winter frische rote Tomaten und Gurken. Mandarinen und Apfelsinen.

All das verschafft er sich mit unehrlichen Mitteln. So hat es mir Papa erklärt, damit ich nicht neidisch bin. All das wird im Schwarzhandel besorgt. Heimlich. Durch Beziehungen. Und wenn die Miliz Großvater Sjoma irgendwann auf die Spur kommt, muß er bis zum Ende seines Lebens im Gefängnis sitzen. Falls es ihm nicht gelingt, sich freizukaufen.

Ich aber habe keine appetitlichen Sachen. Und bin froh, wenn Mama sich in der Schlange einen »Blauen Vogel« beschafft.

Ich liebe es, Großvater Sjoma zu besuchen. Dort fresse ich mich voll. Dort esse ich auf Vorrat, für die Zukunft. Und wenn ich fortgehe, geben sie mir etwas mit.

Aber unter einer Bedingung: daß ich all diese seltenen

Köstlichkeiten nicht auf der Straße und auf dem Hof esse. Sonst würden die anderen Kinder, die so etwas nie zu Gesicht bekommen, neidisch auf mich sein, und ihnen würde vor Hunger das Wasser im Mund zusammenlaufen.

»Das ist unmoralisch«, schärft mir Großmutter Sima ein, während sie eine Schnitte mit rotem Kaviar bestreicht. Mit einer ganz dicken Schicht. So daß einzelne Körnchen über den Rand fallen. Es sei unmoralisch, andere Kinder mit dem zu reizen, was sie selbst nicht besitzen.

Ich stimme zu. Aber mir liegt eine Frage auf der Zunge: Ist es etwa moralisch, das zu Hause zu haben, was andere nicht besitzen, auch wenn man es ihnen nicht zeigt?

Nicht nur deshalb verbieten Großvater und Großmutter mir, mit Apfelsinen oder einem Lachsbrötchen auf den Hof zu gehen. Sondern deshalb, weil nicht nur die Kinder, sondern auch die Erwachsenen es sehen könnten. Und die würden sich fragen, woher Großvater Sjomas Enkelin ein solches Wunderding, einen solchen Luxus in die Hand bekommen hat. Ihnen würde einfallen, daß er kein Professor und kein Testpilot ist, sondern schließlich nur in einem Kiosk auf dem Tischiner Markt Bier verkauft. Und sie würden den zuständigen Stellen Meldung erstatten. Dann würde man nachts bei Großvater Sjoma klingeln, eine Durchsuchung vornehmen und ihm befehlen, mit einer Reservegarnitur Unterwäsche mitzukommen.

Manchmal ist es mir sogar unheimlich, wenn ich anfange, hinter verschlossenen Türen bei ihnen zu essen. Als sei ich an einem Diebstahl beteiligt. Mir kommt der absurde Gedanke, daß ich, wenn an der Tür geklingelt wird, alles, was auf dem Teller ist, in den Mund stopfen muß, um die Beweisstücke zu verbergen. Und dabei verschlucke ich mich.

Also schön! Ich werde den Tod auf mich nehmen. Aber Großvater lege ich nicht herein. Liefere ihn nicht der Miliz aus. Ich bin kein Pawlik Morosow. Ich verrate meine Familie nicht. Nicht einmal im Namen der allerbesten Idee.

Aber was für eine Idee ist das überhaupt? Wer erklärt es mir? Ständige Knappheit und Diebstahl?

Ich habe mir fest vorgenommen, hier, in Amerika, meinen Schulkameraden nicht dauernd Vorträge darüber zu halten, was Lebensmittelknappheit ist. Sie begreifen rein gar nichts. Nicht einmal die Neger und Puertoricaner. Sie grinsen bloß. Glauben, daß ich sie aufziehe. Als wollten sie fragen: Wie kann das denn sein? Du hast Geld, gehst in ein Geschäft und kannst nichts kaufen? Das gibt's nicht. Daß aber die Regale im Geschäft leer sein könnten, will ihnen einfach nicht in den Kopf.

Wenn Großvater Sjoma hier, in New York, wäre, würde er bestimmt sagen, daß die Brathähnchen sie noch in den Hintern zwicken werden, daß sie nicht wissen, was wirkliche Not ist. Aber sie werden's schon noch erfahren. Und auch zu ihnen wird der »Blaue Vogel« geflogen kommen. Mit Schlangen vor den Geschäften und leeren Tresen im Inneren. Und sie werden, in kalten Schweiß gebadet, erwachen, wenn man nachts bei ihnen klingelt und jemand mit schwerem russischen Akzent befiehlt, die Tür zu öffnen.

Das sind schon nicht mehr Großvater Sjomas Worte. Sondern die unseres B.S. Er ist fest überzeugt davon, daß die Kommunisten auch hierher kommen werden. Weil die Amerikaner naiv sind wie die Unschuld vom Lande. Was man der Unschuld vom Lande verzeihen kann, nicht aber einem großen Volk. Und wenn sie sich plötzlich eines anderen besinnen, wird es schon zu spät sein.

Ich will mir darüber nicht den Kopf zerbrechen. Das ist nicht meine Sache. Wie man sich bettet, so liegt man. Wie Großmutter Sonja sagte. Kommt Zeit, kommt Rat. Wie Großvater Sjoma sagte.

Ich kannte in Moskau noch ein Haus, neben dem von Großvater Sjoma, wo es so viele Lebensmittel gab, wie das Herz begehrte. Der Herr dieses Hauses handelte nicht mit Bier und stahl nichts. Im Gegenteil. Er war ein sehr bedeutender Mann. Nahm einen hohen Posten ein. Ein hoher Funktionär. Seine Tochter Nina Sosonowa ging in meine Klasse, und sie wohnten nicht weit von der Schule entfernt. Manchmal ging ich nach der Schule zu ihnen nach Hause.

Ninas Mutter machte uns beiden Schnitten mit Kaviar und befahl uns streng, damit nicht auf den Hof zu gehen, sondern alles am Tisch aufzuessen.

Diese Familie wollte auch nicht, daß Fremde sahen, was hier gegessen wurde.

»Ist dein Papa auch ein Dieb?« fragte ich Nina heimlich.

Nina war beleidigt.

Ich versuchte, meine taktlose Frage zu rechtfertigen. »Wieso? In den Geschäften gibt's solche Sachen nicht.«

»Wir kaufen nicht in den Geschäften«, sagte Nina stolz. »Wir haben eine geschlossene Verteilungsstelle.«

Da erfuhr ich Dummkopf etwas völlig Neues. Zehn Jahre hatte ich auf der Welt gelebt, ohne von solchen Dingen eine Vorstellung zu haben. Man lernt nie aus.

Wie sich herausstellte, kaufen hohe Funktionäre wie Ninas Vater überhaupt nichts in den Geschäften ein. Geschäfte mit leeren Regalen sind für das Volk, für die einfachen Menschen, für die Werktätigen. Doch für die Kommunisten, die hohe Posten bekleiden und ebendieses Volk lenken, gibt es Spezialgeschäfte, die Fremde nicht betreten dürfen. Dort steht ein Milizionär an der Tür und überprüft die Ausweise. Wer eine allzu vulgäre Schnauze hat, wird nicht an den Trog gelassen. Sondern zum Teufel gejagt.

Das also ist eine geschlossene Verteilungsstelle. Man verteilt. Für das Volk – Pustekuchen; für die Funktionäre – freie Bedienung.

Dort gibt es alles, was das Herz begehrt. Der vollkommene Kommunismus. Fast kostenlos. Greif zu oder laß es bleiben. Ninas Mutter und Vater greifen zu.

Meine Eltern aber wußten nicht einmal, wo sich eine solche Verteilungsstelle befindet. Man hätte sie dort ums Verrecken nicht hereingelassen. Doch stehlen, wie Großvater Sjoma, konnten und wollten sie nicht. Deshalb war es für sie eine Freude, wenn in einer langen Schlange etwas für sie abfiel. Zum Beispiel ein »blauer Vogel«.

Als Nina mich zur Metro begleitete, kamen wir an einem großen Neubau vorbei, der von einem Zaun umgeben war. Über ihm wuchtete ein Kran Ziegelsteine hoch.

»Sobald es fertig ist, ziehen wir hierher um«, prahlte Nina. »Jetzt haben wir drei Zimmer, dann kriegen wir vier. Mit einem eigenen für mich.«

»Du hast Glück«, sagte ich.

»Und noch etwas«, teilte sie mir im Vertrauen mit. »Hier kann ich mit einer Kaviarschnitte auf den Hof laufen. Und keiner wird ein klein bißchen neidisch sein.«

»Wieso?«

»Verstehst du nicht? In diesem Haus werden alle genug Kaviar haben und alles, was man will.«

»Hör mal, könnte mein Großvater nicht hierher umziehen? Er hat auch Kaviar ... und Apfelsinen ... das ganze Jahr hindurch.«

»Wo arbeitet er?«

»In einem Bierkiosk.«

Nina brach in Gelächter aus. »Nein, nein, Dummerchen. Hierher darf er nicht. Hier werden nur hohe Vorgesetzte wohnen. Nur Familien, die einer geschlossenen Verteilungsstelle angegliedert sind.«

Sie sagte tatsächlich »angegliedert«, und ich hatte Lust, angegliederte Menschlein zu zeichnen, mit Reißzwecken an eine Wand geheftet, auf der »Geschlossene Verteilungsstelle« steht. Jedes Menschlein hält Tüten mit Delikatessen in den Händen. Die Tüten sind aufgerissen, und die Delikatessen prasseln zu Boden. Und dort steht das Volk, fängt sie und ißt sie sogleich auf.

Noch in der Metro begann es mir zu dämmern. Was geht hier eigentlich vor sich? Großvater hat alles, weil er stiehlt, es sich unter der Hand besorgt. Ninas Vater aber stiehlt nicht. Er bekommt alles in der – wie heißt sie noch? – geschlossenen Verteilungsstelle... Wieso geschlossen? Also heimlich? Also auch unter der Hand? Aber Ninas Vater ist doch kein Dieb, sondern ein hoher Vorgesetzter. Warum soll Großvater Sjoma dann ein Dieb sein? Und Ninas Vater darf man keinen Dieb nennen? Wer von ihnen ist der größere Dieb?

Ich bin mir überhaupt nicht darüber im klaren, wie B. S. eigentlich zu mir steht. Sieht er in mir nur das Kind? Oder bereits die heranreifende Frau?

Einmal wurde ich zufällig Zeuge eines Gesprächs zwischen ihm und Mama. Ich durchquerte das Wohnzimmer, wo sie vor dem Fernseher saßen, und spürte in meinem Rücken, daß B.S. nicht auf den Bildschirm, sondern auf mich guckte. Auch Mama hatte es offensichtlich bemerkt, denn sie scherzte:

»Doktor, Sie sind wohl nicht ganz bei der Sache?«

Und dann sagte B.S. etwas, was meine Ohren rosig anlaufen ließ. »Deine Tochter beginnt heranzureifen, und wenn mich mein männlicher Instinkt nicht trügt, wird sie sich sehr bald in eine bezaubernde Frau verwandeln. Arme Jungen! Aber sie scharwenzeln ja jetzt schon um sie herum.«

Mama war zwar geschmeichelt über diese hohe Bewertung

meiner weiblichen Eigenschaften, konnte sich aber nicht enthalten zu sticheln:

»Und mit ihnen ein so alter Bock wie du.«

B.S. beeilte sich, sie auf die ihm eigene geschickte Art zu beruhigen.

»Madame, es ist nicht intelligent, auf seine eigene heranwachsende Tochter eifersüchtig zu sein. Sinken Sie nicht auf das Niveau einer Büffetkraft im Fischereihafen von Murmansk herab. Sie leben ja nicht den ersten Tag mit mir, und es ist an der Zeit, Ihnen wenigstens eine der Regeln ins Gedächtnis zu rufen, an die ich mich unwiderruflich halte. Spuck nicht in den Napf, aus dem du frißt.«

Mir blieb der Atem weg. Also, folgerte ich, fühlt er sich von mir angezogen, beherrscht sich jedoch, unterdrückt seine Leidenschaft, wie es in den Romanen heißt, weil er eisern an seinen moralischen Prinzipien festhält.

Zweimal versuchte ich, meine Vermutung auf die Probe zu stellen. Eines Tages kehrte ich mit Kopfschmerzen aus der Schule zurück. Gegen Abend erhöhte sich meine Temperatur. Ich fühlte mich ganz schlecht. Nachdem Mama von der Arbeit gekommen war, legte sie mich ins Bett und wartete aufgeregt auf die Rückkehr von B.S., der ausgerechnet an diesem Tag irgendwo steckengeblieben war.

B.S. ist ein ausgezeichneter Arzt. Fast alle russischen Emigranten kennen ihn. Obwohl er die amerikanischen Examen nicht abgelegt hat und deshalb offiziell nicht berechtigt ist, hier im Krankenhaus zu arbeiten, weist er doch nie einen Emigranten zurück, der kein Geld hat, um sich an einen amerikanischen Arzt zu wenden, und behandelt kostenlos alle, die ihn darum bitten. In besonderen Fällen fährt er sogar weiß Gott wohin, um einen Schwerkranken zu besuchen. Kostenlos. Dabei ist er selbst knapp mit Geld. Es reicht kaum für Essen und Unterkunft, während er dasitzt und dicke amerikanische Lehrbücher wälzt, um die Prüfung abzulegen.

Ich erinnere mich, wie er einmal mit bitterem Lächeln seine Hand mit den kräftigen langen Fingern ausstreckte. »Ein Chirurg geht ohne Übung zugrunde wie ein Pianist. Diese Finger verlangen nach ständiger Arbeit. Sonst verlieren sie ihre Sensibilität. Und dann bin ich als Chirurg nicht mehr qualifiziert. Herrgott, wann komme ich endlich an einen Operationstisch und kriege ein Skalpell in die Hand.«

An jenem Tag, als ich krank geworden war, kehrte B.S. spät nach Hause zurück und betrat mit Mama das Zimmer, wo ich, mit einem Flanellnachthemd bekleidet, im Bett lag. Er zog mir das Nachthemd ohne lange Umstände bis zum Hals hoch und hielt mir das Stethoskop an die Brust.

»Leg sie nicht bloß«, mischte Mama sich ein. »Sie erkältet sich.«

Mir aber gefiel gerade, daß ich bloß war, B.S. mich ganz nackt sah und mit seinen kühlen Fingern berührte.

»Du störst mich«, sagte B.S. streng zu Mama.

»Mama, geh raus«, sagte ich, kühn geworden.

Mama, wie eine Glucke um meine Gesundheit besorgt, merkte nicht einmal, daß wir beide sie loswerden wollten, und ging hinaus. B.S. seufzte erleichtert. Und ich lächelte ihm zu. Vertraulich. Wie mir schien.

Ich lag auf dem Rücken, die Beine breit gespreizt. Er saß neben meinen Beinen auf dem Bettrand und begann nun meinen Bauch mit den Fingern abzutasten. Dann klopfte er mir auf die Brust. Mir wurde ganz wohl unter der Berührung seiner Hände. Und als seine Finger die schwellende Wölbung mit der Brustwarze berührten, legte ich meine Hand auf seine und drückte sie an mich. Er zog die Hand nicht zurück, sondern blickte mich nur an. Ich schloß die Augen und spürte, wie sich ein seliges Lächeln über mein Gesicht ausbreitete.

»Gut«, sagte B.S., und mir schien, daß seine Stimme vor Erregung leicht zitterte. »Nichts Gefährliches. Du gehst einen Tag nicht zur Schule – und das ist schon die ganze Behandlung.«

Er rief Mama und nahm dabei die Hand von meiner Brust.

Als meine Temperatur von neuem gemessen wurde, war sie völlig normal. Ich war blitzschnell gesund geworden. Allein von der Berührung seiner Zauberhand.

Beim zweiten Mal bereitete ich ihm eine stärkere Versuchung. Ich war in Begleitung des Homosexuellen Joe aus der Schule zurückgekehrt. Mama war nicht zu Hause. Durch die offene Tür war der breite Rücken von B.S. zu erkennen. Er hatte den Kopf zwischen die Hände geklemmt und paukte Medizin.

Ich lief ins Badezimmer, zog mich aus und stellte mich unter die Dusche. Die Tür ließ ich offen. Sogar von dort, durch die ganze Wohnung hindurch, war B.S.' Rücken zu sehen. Weder das Plätschern des Wassers, noch der Lärm, den ich absichtlich machte, konnten ihn von seinem Schreibtisch losreißen.

Da rief ich ihn mit lauter Stimme zu mir, und als er zum Badezimmer kam, bat ich ihn unschuldig durch den Vorhang hindurch – mit vor Erregung pochendem Herzen –, mir den Rücken mit dem Bastwisch abzureiben. Er gab unwillig sein Einverständnis. Zog den Vorhang zurück, befahl mir, die Dusche abzudrehen, um den Fußboden nicht zu überschwemmen, seifte den Bastwisch ein und begann, mir den Rücken einzureiben. Mein ganzer Körper bebte unter den energischen Bewegungen seiner kräftigen Hände, und Wohlbehagen umhüllte mich.

Danach drehte ich mich mit dem Gesicht zu ihm.

Er war überhaupt nicht verlegen und immer noch ganz verärgert. Aber er maß mich mit einem männlich abschätzenden Blick.

»Du bist prächtig gebaut, Kindchen. Irgend jemandem wirst du großes Vergnügen bereiten.«

»Warum irgend jemandem?« fragte ich. »Kommen Sie nicht in Frage?«

»Ich bekomme ja schon meinen Teil Vergnügen dadurch, daß ich dich einseife.«

»Das heißt, ich bin nur als Einseifobjekt für Sie von Interesse?«

»Und was für ein Interesse könntest du denn noch wekken?« lachte B.S. und patschte mir mit dem Bastwisch zwischen die Beine. Ich klemmte seine Hand mit den Schenkeln ein.

»Was macht ihr dort im Badezimmer?« ertönte aus dem Flur die erstaunte Stimme meiner Mutter. Sie war gerade von der Arbeit zurückgekehrt.

B.S. – die Hände voller Seifenschaum – lehnte sich aus dem Badezimmer. »Deine Tochter ist schon so faul geworden, daß sie mich von meinem Studium abbringt. . . damit ich ihr den Rücken abreibe.«

»Konntest du nicht auf deine Mutter warten?« Mama schaute ins Badezimmer und hielt mir, ohne irgend etwas begriffen zu haben, eine unerträglich lange Standpauke darüber, daß ich B.S. nicht durch unwichtiges Zeug von seinen Studien abbringen dürfe, denn bald seien seine Prüfungen.

B.S., der im Flur stand, zwinkerte mir hinter ihrem Rücken zu wie ein Verschwörer. Und ich zwinkerte zurück.

»Mach keine Faxen«, sagte Mama, seifte den Bastwisch ein und begann, meinen armen Körper zum zweiten Mal eifrig abzureiben.

Erwachsene haben kein Verständnis für Kinder.

Nicht die Spur!

Mein Gott, was sind sie einfältig, diese Erwachsenen. Manchmal ist es kaum zu glauben. Will denn wirklich niemand einsehen, daß wir, die Kinder, genau solche lebendigen Wesen sind wie sie, keine Puppen, mit denen man spielen und die man dann wegwerfen kann. Sie lispeln süß, reden affektiert, als wären wir nicht ganz bei Trost, und ich sehe mir diesen Unfug an und möchte heulen.

Ich fing spät an zu sprechen. Meine Familie geriet schon in Panik. Aber als ich zu sprechen anfing, freuten sie sich nicht.

Ich erinnere mich noch gut, wie sich die Sache abspielte. Mich kleinen Krümel hatte man in jenem Sommer Großvater Ljowa und Großmutter Ljuba aufgehalst. Denn Mama und Papa waren nach Norden gereist. Wo man mit Hundeschlitten fährt und Rentierfleisch ißt. Papa sollte dort, in der Tundra, Vorträge halten. Und Mama wollte ihn nicht allein fortlassen und schloß sich ihm an. Später erzählten sie viel Komisches über diese Reise. Papa hielt seine Vorträge vor den dortigen Bewohnern, die in Tierfelle gekleidet waren und keine Ahnung hatten, wie man sich anständig zu benehmen hat. Während des Vortrags saßen sie nicht auf Bänken, sondern hockten sich hin. In ihre Pelzhosen war hinten ein Loch eingeschnitten, und während mein Papa sich vor ihnen abplagte, verrichteten sie in aller Seelenruhe ihre Notdurft. Unter sich. Auf den Fußboden.

Meine Großväter und Großmütter bekamen vor Lachen fast einen Herzinfarkt, als Papa nach seiner Rückkehr davon erzählte.

Aber das war später.

Zunächst verbrachte ich den ganzen Sommer am Schwarzen Meer. In irgendeinem kleinen Dorf. Dort hatten Großmutter und Großvater ein Zimmer gemietet. Und dort fing ich an zu sprechen. Alle Wörter hatte ich von den Dorfjungen gelernt. Man kann sich vorstellen, was für eine Sprache das war!

Großvater und Großmutter waren entgeistert, als sie meine ersten Worte hörten, und warteten ängstlich auf die Ankunft meiner Eltern, die ihnen ein zum Sprechen noch nicht fähiges Kind anvertraut hatten.

Ich sprach ein Gemisch aus russischen und ukrainischen Worten. Und hauptsächlich waren es Flüche. Wie sehr man sie mir auch später austrieb, manche Ausdrücke habe ich bis heute behalten.

Mein Vater kam, um mich abzuholen. Großvater und ich frühstückten auf der Veranda. Er fütterte mich mit einem Löffel und schob mir das Essen direkt in den Hals.

Papa erschien mit einem Koffer in der Hand auf der Veranda. Ich hatte große Sehnsucht gehabt und verlor deshalb zuerst mal meine Rednergabe.

Großvater begann, Komödie zu spielen und zu zirpen wie mit einem Kleinkind: »Sieh mal, Kindchen, wer da gekommen ist. Wer ist der Onkel?«

Als habe er eine Idiotin vor sich. Ich schwieg. Weinte fast.

Großvater beruhigte sich nicht. »Oletschka, wer ist der Onkel? Rate mal!«

Und da sprach ich. Was meinen Vater sehr erstaunte, der es zum ersten Mal hörte.

»Großvater!« sagte ich streng. »Leck mich am Arsch!«

Dann rutschte ich von seinen Knien herunter, lief zu meinem versteinerten Vater, umarmte seine Beine und sagte wie eine Erwachsene: »Guten Tag, Papa.«

Einmal wäre ich der Erwachsenen wegen fast umgekommen. Im wahrsten Sinne des Wortes. Und dann wäre Olga nicht mehr auf der Welt. Das Mädchen mit der Stupsnase und den schlanken Beinen. Und mit tausend ungelösten Fragen im rastlosen Gehirn.

Ein Wunder rettete mich vor dem Tod. Wer war dafür verantwortlich? Ratet mal.

Ein Hündchen: Bobik, Großvater Sjomas struppige Promenadenmischung. Nein, er zog mich nicht, kurz bevor ich ertrank, aus einem reißenden Fluß. Und er schleppte mich nicht, den Kragen meines Kleides vorsichtig mit den Zähnen haltend, aus einem brennenden Haus. Er rettete mich auf die alltäglichste und albernste Weise. Was sonst auch hätte man von einem Hund erwarten sollen, der, ehe man sich's versieht, schon wieder irgendeinen Schabernack treibt.

Doch alles war im Grunde tragisch. Ich war so deprimiert über den Stumpfsinn der Erwachsenen, daß ich beschloß, Selbstmord zu begehen. Vom Balkon der dritten Etage zu springen, damit ich beim Aufprall auf den Asphalt in kleine Stücke zerschmettert würde und nichts mehr von mir aufgesammelt werden könnte. Damit meine unfreiwilligen Mörder nicht einmal jemanden hätten, über den sie Tränen vergießen könnten. Unfreiwillig? Natürlich. Denn die Erwachsenen wissen in ihrer Beschränktheit nicht, was sie anrichten.

Kaum zu glauben, wie wenig sie uns als Menschen ansehen. In unserer Anwesenheit – wir sind lebendig und durchaus in der Lage, alles zu verstehen – erörtern sie laut unsere Vorzüge und Mängel, als wären wir leblose Gegenstände. Sie trampeln mit Stiefeln auf unserer Seele herum, wühlen darin, wie es ihnen gefällt. Als wären wir völlig abgestumpft, hätten keine Nerven, kein Ehrgefühl und wären, wie in einer tiefen Narkose, nicht fähig, auf irgend etwas zu reagieren.

Es geschah natürlich bei Großvater Sjoma und Großmutter Sima. Hätte es bei anderen nicht geschehen können? Bei Mama und Papa? Und ob. Obwohl sie, als gebildete Leute, überzeugt sind, die kindliche Seele zu verstehen und überhaupt große Pädagogen zu sein. Herrje, welche Überheblichkeit!

Ich wohnte schon mehrere Tage bei ihnen, um Mama und Papa die Möglichkeit zu einer kleinen Ruhepause zu geben.

Sie ruhten sich so oft von mir aus, daß ich sie am liebsten gefragt hätte: »Wozu habt ihr ein Kind in die Welt gesetzt, wenn ihr euch dauernd bemüht, es loszuwerden?«

Ich hatte sie nicht gebeten, mich in die Welt zu setzen. Das hatten sie selbst getan. Wer gern Schlitten fährt, der sollte den Schlitten auch gern ziehen. Das sagte ich natürlich nicht. Ich will mich nicht flegelhaft benehmen. Man hält mich ohnehin schon für ein Ungeheuer.

Also, ich besuchte Großvater und Großmutter, die einen Narren an mir gefressen haben. Ich stopfte mich mit Leckerbissen voll und fuhr mit der Metro in die Schule. Ohne umsteigen zu müssen. Das ist sogar bequemer als von zu Hause. Abends legten sie mich im Wohnzimmer aufs Sofa und stellten Stühle an die Seite, damit ich im Schlaf nicht auf den Fußboden fiel. Zu meinen Füßen schlief, zu einem warmen Knäuel zusammengerollt, der Hund Bobik. Derselbe, der mir das Leben rettete.

Ich war so häufig dort, daß ich mir einen Freund zugelegt hatte. Aus der Wohnung gegenüber. Er hieß Dima. War genauso alt wie ich. Aber er ging nicht in die englische Schule wie ich, sondern in eine einfache, gewöhnliche. Weil er aus einer einfachen Familie stammte. Doch er war ein sehr vernünftiger und sympathischer Junge. Ein verschlossenes Gesicht. Ich würde sogar sagen, ein männliches wie das eines Erwachsenen, doch mit guten und schutzlosen Augen.

Ich verliebte mich in Dima. Das war vielleicht meine erste richtige Liebe. Mit ihm ging ich nicht hochmütig um. Im Gegenteil, ich verstummte und errötete, wenn er mich ansah. Und er errötete auch. Gegenseitige Liebe. Wir sagten sehr wenig, sondern schauten einander meist nur an.

»So was!« Großvater Sjoma war verwundert. »Wie sich das Mädchen verändert hat! Der Junge hat einen guten Einfluß auf sie. Du mußt uns öfter besuchen, Dima.«

Und damit sie den Jungen bereitwilliger zu uns kommen ließ, luden Großvater und Großmutter auch seine Mama ein. Einen Vater hatte Dima ja nicht, sie war eine alleinstehende Mutter.

Man traf sich zum Abendessen. Dima und ich saßen auch am Tisch. Und wir genierten uns, einander anzusehen, weil die Erwachsenen es bemerken und durch ihre Einmischung alles verderben konnten.

Aber auch ohne es zu bemerken, verdarben sie alles.

Sie begannen, über Kinder zu sprechen. Jeder über seines. Über mich und Dima. Zuerst prahlten sie mit unseren guten Eigenschaften. Dann fingen sie an, ihre Sorgen zu teilen. Und wir waren dabei. Lebende Wesen. Die Ohren hatten. Und in deren Adern das Blut von Verliebten floß.

Großmutter Sima gab unser Familiengeheimnis preis: daß ich Bandwürmer hatte.

Ich klebte an meinem Stuhl fest. Wie Dima diese Neuigkeit aufnahm, weiß ich nicht. Ich konnte die Augen nicht zu ihm heben.

»Aber wir haben alle nötigen Maßnahmen getroffen«, beruhigte Großmutter Dimas Mama. »Jetzt liegt alles hinter uns. Vor kurzem kam der letzte Bandwurm heraus. Riesig wie eine Schlange. Und windet sich. Meine Güte, wie hatte der in einem so winzigen Körper Platz?«

Die Erwachsenen drückten ihre Verwunderung aus, während Dima und ich dasaßen wie angenagelt. Und mir schien, daß mein Herz zerspringen würde.

Aber das war erst der Anfang. Die größte Folter stand uns noch bevor. Denn wenn die Erwachsenen einmal angefangen haben, sind sie nicht mehr aufzuhalten.

Dimas Mutter beschloß, nichts schuldig zu bleiben und uns etwas über ihren Sohn zu erzählen. Du lieber Himmel! Es ging mit ihr durch! Wie kann man so etwas – sie sprach doch von ihrem eigenen Sohn – über die Zunge bringen? Und dann noch vor mir, die ich in ihn verliebt war.

»Und mein Spitzbube« – so nannte sie ihren Sohn ohne jede Bosheit – »stellt nachts solche Dinge an, daß man ihm die Hände ans Bett binden muß.«

Sie hatte noch nichts Schreckliches gesagt, aber ich fröstelte schon vor Entsetzen. Mit einem Schaudern ahnte ich, daß sie etwas fürchterlich Gemeines über Dima sagen würde.

Dima spielte nachts unter der Decke mit seinem Zipfel und befriedigte sich so selbst. Das heißt Onanie.

»So klein noch, ein Knirps!« Mit glotzenden Augen bemühte seine Mutter sich um das Mitgefühl meiner Verwandten. »Und was tut er? Dabei sieht er doch so still aus! Der Nichtsnutz!«

Dima wurde hysterisch. Er stürzte sich auf seine Mutter und begann, mit seinen kleinen Fäusten auf sie einzuschlagen. Immer wieder. Und er schrie nur: »Ah! Ah!«

Als habe er solche Schmerzen, daß es nicht auszuhalten war.

Und seine Mutter haute ihm eine runter. Genau ins Gesicht. Er flog gegen die Wand, rutschte zu Boden und fing an zu zucken. Als habe er einen epileptischen Anfall.

Ich konnte mich nicht rühren. Saß da wie versteinert.

Mein Großvater und meine Großmutter gerieten in Aufregung, schnatterten los. Doch Dimas Mutter erhob sich von ihrem Stuhl und klemmte ihn sich unter die Achsel wie ein Kätzchen, um ihn nach Hause zu tragen. Zum Abschied sagte sie entschuldigend: »So ein Taugenichts! Sehen Sie, für wen ich mein Leben verschwende?«

Und mein Großvater fügte hinzu: »Da sitzt man so schön zusammen, und plötzlich – Donnerwetter! Ach, diese Kinder!«

Ich sprach an diesem Abend kein einziges Wort mehr.

Großmutter maß meine Temperatur und legte mich zum Schlafen aufs Sofa. Bobik zu meinen Füßen.

Die beiden Alten gingen ins Schlafzimmer, dann erlosch in dem Spalt unter der Tür das Licht. Zum Balkonfenster blickte ein großer Mond herein. Ich wollte gern weinen. Aber ich konnte es nicht. Es waren keine Tränen da. Mein Herz war wie ausgedörrt.

Alles war vorbei! Diese Bestien hatten uns beide in den Schmutz gezogen. Ich wollte Dima nicht mehr sehen. Und er tat mir so leid, daß ich den Mond hätte anheulen mögen.

Und dann kam mir ein Gedanke: Ich will nicht mehr leben! Ich will verschwinden. Um diese Menschen nicht mehr kennen und sehen zu müssen. Doch wie sollte ich sterben?

Der Mond leuchtete durch das Balkonfenster. Unsere Wohnung war im dritten Stock. Wenn ich auf Zehenspitzen unbemerkt auf den Balkon schlich und über das Geländer kletterte, dann würden meine Verwandten am nächsten Morgen nicht einmal all meine Knochen wiederfinden.

Aus Furcht, es mir anders zu überlegen, sprang ich vom Sofa auf, ging zum Balkon, gab mir Mühe, daß die Tür nicht knarrte, und öffnete sie.

Es war Frühlingsanfang. Matsch. Und unser Balkon war voll von feuchtem Schmutz. Ich streckte den nackten Fuß vor und rutschte aus. Der unangenehme Geruch von Hundedreck stieg mir in die Nase. Bobik hatte hier alles schmutzig gemacht. Großvater Sjoma war zu faul, bei solchem Wetter mit ihm auf die Straße zu gehen, und der arme Hund wurde auf den Balkon hinausgelassen, den er als Toilette benutzte.

Ich gewöhnte mich an die Dunkelheit und sah, daß ich es nicht bis zum Geländer schaffen würde: Ringsum war alles voll Dreck. Aber ich ekele mich so leicht. Deshalb kehrte ich zurück.

Auf diese Weise rettete Bobik mir das Leben. Und als die

Lust zu sterben mir endgültig vergangen war, liebte ich ihn als meinen Retter. Und er liebte mich auch.

Kurz vor der Abreise nach Amerika ging ich zu ihnen, um mich von Bobik zu verabschieden. Was für ein kluges Tier! Gewöhnlich witterte er mein Kommen schon, bevor ich mit dem Fahrstuhl oben eingetroffen war, und freute sich so stürmisch, wenn ich die Wohnung betrat, daß er vor Aufregung sogar auf den Boden pinkelte.

Diesmal sprang er nicht auf mich zu und erhob sich nicht einmal vom Sofa. Und als ich mich zu ihm setzte, wich er mir mit den Augen aus, als habe er mich bei einer Lüge ertappt und könne meinen falschen Blick nicht länger ertragen.

Ich streichelte ihn und küßte ihn auf das feuchte Näschen. Aber er wandte sich ab.

Darauf wollte ich fortgehen. Und da kroch Bobik vom Sofa, warf das Schnäuzchen zurück und heulte empor zum Leuchter. Mir standen die Haare zu Berge.

»Halt's Maul, Hundevieh!« Großvater Sjoma holte mit der Hand aus. »Es ist schon schlimm genug.«

»Rühr ihn nicht an«, schluchzte ich. »Er kann doch nicht anders weinen.«

Es gibt Gewohnheiten, die der Mensch nur mit seiner Haut abstreifen kann – so tief sind sie ihm in Fleisch und Blut übergegangen. So war es mit der Gewohnheit, beim Namen Lenins zu schwören.

Wenn ein Kind, das in der UdSSR aufgewachsen ist, jemanden überzeugen will, daß es nicht lügt, sondern die Wahrheit sagt, dann wird es unweigerlich schwören und dabei fast automatisch hinzusetzen: »Großes Leninsches Ehrenwort!«

Und niemand wundert sich, glotzt das Kind an wie einen Verrückten. Das ist normal. So wie es als normal gilt, sich morgens die Zähne zu putzen. Abends, das ist schon eher was für Kenner, aber morgens – darüber kann es keine Diskussion geben.

Bei Lenins Namen zu schwören war uns beinahe schon in den Windeln beigebracht worden. Schon im Kindergarten, als wir durchaus noch nicht alle Wörter richtig aussprachen, gaben wir auf Schritt und Tritt unser großes Leninsches Ehrenwort. Und von der Schule gar nicht zu reden.

Einmal rief ich in New York aufbrausend: »Großes Leninsches Ehrenwort!«

B.S. lachte, streichelte mir den Kopf und sagte mit sanfter Stimme: »Hier in Amerika klingt dieser Schwur, vorsichtig ausgedrückt, nicht ganz überzeugend.«

Da fragte ich ihn: »Und wie soll ich hier schwören? Großes Cartersches Ehrenwort?«

»Ich bin nicht sicher, daß das Wort des amerikanischen Präsidenten Carter immer ehrlich ist.«

Ich war verdutzt. »Aber Lenins Wort? War es auch . . . nicht ehrlich?«

»Leider nicht.« B.S. breitete die Arme aus.

»Wie soll ich also schwören? Damit man mir glaubt. Bei wessen Namen?«

»Am besten bei deinem eigenen.«

»Wer wird mir dann glauben?«

»Du mußt dir eben verdienen, daß man deinem Wort Glauben schenkt. Oletschka, jetzt bist du in der freien Welt. Hier gibt es keine Idioten, die man unbedingt anbeten muß. Weder Lenin noch Hitler. Die Deutschen, zum Beispiel, haben ihr Idol zwölf Jahre lang blind angebetet und aus voller Kehle geschrien: Heil Hitler! Und was ist dabei herausgekommen? Nichts als Unannehmlichkeiten. Für sie. . . und für die ganze Welt. In Amerika leben in aller Ruhe Millionen von Menschen, die nichts anbeten – wenn man von Geld und

Bequemlichkeit absieht. Und eines dieser kleinen Menschenkinder trägt den Namen Olga. Schwöre bei deinem eigenen Namen.«

Das überzeugte mich nicht. Der Mensch muß irgend etwas anbeten, inbrünstig an irgend etwas glauben. Sonst besteht sein ganzes Leben nur daraus, daß er sich den Bauch mit Tiefkühlkost vollschlägt. Der Mensch muß ein Land haben, das er mehr liebt als sein eigenes Leben. Und Heiligtümer, die einen frommen Schauder hervorrufen. Sonst ist er ein Niemand. Eine absolute Null.

Was man auch über meine frühere Heimat sagen mag, dort hatte ich Heiligtümer, bei deren Anblick mir das Herz vor Aufregung und Stolz stillstand.

Wenn ich auf den Roten Platz kam und die alten zinnenbewehrten Wände des Kreml betrachtete, seine Türme, die Lebkuchenkuppeln der Kirchen, das schwarze Granitmausoleum, in dem Lenin beigesetzt ist, empfand ich immer ein ganz besonderes Gefühl. Ich weiß nicht, wie ich es nennen soll. Patriotismus? Nicht ganz. Liebe? Entzücken?

Die endlosen Reihen der Menschen, die fast den ganzen Tag stehend warteten, um Lenin in seinem gläsernen Sarg anzusehen, rührten mich zu Tränen. Und diese Menschen hatten Tausende von Kilometern zurückgelegt. Was hatte sie hierher gebracht? Irgendein Befehl? Nein. Sie waren aus eigenem Antrieb gekommen. Ihre Gesichter waren feierlich und ehrfürchtig. Vielleicht ist gerade das Patriotismus.

Ich weidete mich am Anblick dieser Menschen, denn sie stammten aus einer einzigen großen Familie, zu der auch ich gehörte. Und gemeinsam sahen wir voller Stolz zu, wie die Wache am Eingang des Mausoleums abgelöst wurde, betrachteten die schlanken und schönen Soldaten, die mit festen Schritten auftraten.

Ein solches Gefühl habe ich jetzt nicht mehr. Und wahrscheinlich werde ich es nie mehr haben. Das macht mich traurig. Vielleicht bin ich nicht normal, für immer durch die sowjetische Erziehung verdorben. Aber ein Leben ohne Heiligtümer, in dem jeder nur sich selbst liebt, ist für mich uninteressant.

Doch so lebt das Land, in das wir gekommen sind. Es ist sogar stolz darauf, daß es nichts anbetet. Bald werden diese von jeder Pflicht befreiten Menschen beginnen, ihre natürlichen Bedürfnisse direkt auf der Straße, vor aller Augen, zu verrichten, wie es die Hunde in New York tun.

In Moskau tun die Hunde so etwas nicht auf den Straßen. Deshalb sind die Bürgersteige in Moskau sauber: weder Papier noch Zigarettenstummel noch Hundedreck. Und am Rand der Bürgersteige häufen sich nicht Berge von Säcken und Kartons mit Abfall. Es macht Spaß, durch die Moskauer Straßen zu gehen. Wenn man in New York spazierengeht, hat man das Gefühl, auf einem großen Müllabladeplatz zu sein.

Ich will niemanden tadeln oder loben. Ich möchte herausfinden, was es mit dieser Welt auf sich hat. Die Erwachsenen zu fragen ist sinnlos. Sie sind selbst verwirrt und wissen nicht, wo ihnen der Kopf steht.

Wir sind in Washington gewesen. Mama, B. S. und ich. Er fuhr übers Wochenende mit uns dorthin. Die Stadt gefiel mir nicht. Kann einen denn nach Wien und Rom noch irgendeine Stadt in Erstaunen versetzen?

Aber einem Ort strebte ich ganz aufgeregt zu. Dem Herzen Amerikas: dem Weißen Haus. Ich sehnte mich danach, wieder das Gefühl zu erleben, das mich in Moskau auf dem Roten Platz erfaßt hatte. Ich sehnte mich danach, in meinem neuen Land etwas zu finden, was das Herz bewegt, es schneller schlagen läßt.

Das Weiße Haus erwies sich als sehr klein. Dies enttäuschte mich nicht, sondern, im Gegenteil, es rührte mich. Ich spürte sogar einen leichten Anflug des Gefühls, das mich immer vor dem Kreml überwältigte. Aber das Gefühl, das ohnehin nicht ausgereift war, verflog plötzlich. Es wurde von Abscheu und seelischer Leere abgelöst.

Vor dem Weißen Haus, vor dem Hintergrund seiner Brunnen und des Sternenbanners an einem schmalen weißen Fahnenmast, hatte sich ein schmutziger Tramp auf einer Gartenbank niedergelassen. Ein vor Trunksucht aufgedunsener Neger, in Lumpen gekleidet, unter denen seine nackten schorfbedeckten Füße hervorragten, schnarchte auf der Bank, wobei ihm Blasen aus der Nase stiegen. Um ihn herum lagen leere Bierdosen.

Er pfiff auf das Weiße Haus, auf die Fahne, die Scharen ausländischer Touristen, die Polizeibeamten, die ihm verlegen auswichen. Denn in diesem Lande hat er die Freiheit, auf alles zu pfeifen. Auch auf meine Seele.

»Das ist es, das Symbol Amerikas«, sagte B. S. traurig. »Gott schütze das Land. Es wird sich selbst in Stücke reißen.«

Mir stiegen Tränen in die Augen. B. S. bemerkte es und legte mir tröstend die Hand auf die Schulter. Auch Mama stand verstört neben uns.

»Dafür haben sie großartige Autobahnen«, sagte Mama nachdenklich. »Und Überfluß an allem, was das Herz begehrt.«

»Dafür stellen wir Raketen her und unterwerfen uns den Jenissej«, nahm B. S. ihren Tonfall auf, die Worte eines in der UdSSR bekannten Liedes wiederholend. »Und dabei gibt's in Rußland nichts zu fressen, und man muß das Maul halten.«

»Ihr wollt einfach zuviel«, sagte Mama zu B. S. und aus irgendeinem Grund auch zu mir. »Ihr seid Maximalisten.«

Ich will zuviel? Gehen meine Wünsche etwa zu weit? Ja, was will ich denn eigentlich?

Ich will den Präsidenten meines Landes achten, und mir ist

es peinlich, wenn man der ganzen Welt über Rundfunk und Fernsehen bewegend mitteilt, daß er von Hämorrhoiden geplagt wird. Wenn er danach auf dem Fernsehschirm erscheint, betrachte ich nicht die ewig lächelnde Miene, sondern – Entschuldigung – seinen Arsch und denke daran, daß er dort einen Abszeß hat und wie er stöhnt und vor Schmerz das Gesicht verzieht, wenn er bei sich im Weißen Haus auf dem Klosett sitzt. Dann verschwindet das ewige Lächeln wahrscheinlich von seinen Zügen, und es bleiben nur seine kalten und bösen Augen. Denen eines Wolfes ähnlich. Deshalb versuche ich gar nicht, sein Porträt zu zeichnen, denn ich weiß, was dabei herauskommen wird.

Bei all meinem Ärger über Breschnew möchte ich, daß der Arme sein falsches Gebiß nicht hin und her schiebt, wenn er eine Rede hält. Jämmerlich anzusehen. Es scheint, als könnte es jeden Moment auf das Rednerpult fallen und tönend gegen die Karaffe mit Wasser schlagen. Kann man sich denn in der UdSSR wirklich nichts Besseres für seinen Präsidenten einfallen lassen als dieses schauderhafte Gebiß? Dort werden Raketen zum Mond geschossen, aber für solche Kleinigkeiten reicht der Verstand nicht.

Ich habe viele Fragen, auf die ich keine Antwort finde.

Warum, zum Beispiel, geben Negerinnen in ganz Amerika einen Haufen Geld bei Friseuren aus, um ihre Ringellocken entwirren zu lassen? Warum wollen sie genauso glatte Haare haben wie die Weißen? Sie halten doch nichts von den Weißen. Weshalb wollen sie ihnen also ähneln?

Warum legen sich Jüdinnen auf der ganzen Welt auf den Operationstisch, unters Skalpell, und lassen sich in Narkose ihre biblischen Nasen verkürzen?

Warum stehen auch Japanerinnen bei den Chirurgen Schlange, um ihre zauberhaften schrägen Augen rund machen zu lassen, wie die von Katzen?

Warum schicken die Neger, die jammern, daß sie hier unterdrückt werden, Amerika nicht zum Teufel und verschwinden nach Afrika, in ihre historische Heimat, wo alle schwarz sind und sie mit ihren amerikanischen Einsichten und Kenntnissen mit Gold aufgewogen würden?

Warum wiederholen die Juden in New Yorker Synagogen heuchlerisch die Worte »im nächsten Jahr in Jerusalem«, obwohl sie sich weder im nächsten noch in irgendeinem anderen Jahr dorthin aufmachen werden? Und wenn sie sich dorthin aufmachen, dann als Touristen. Mittlerweile warten sie, bis es zu Pogromen kommt. Aber dann wird es schon zu spät sein.

Wenn ich in Moskau so viele Fragen hintereinander abgefeuert hätte, hätte Großmutter Sima mir unweigerlich Baldriantropfen eingeflößt. In New York gibt es diese Tropfen nicht, und Mama hat gebeten, ihr welche aus Moskau zu schicken.

Jeden Abend, nachdem sie von der Arbeit gekommen ist und rasch etwas gegessen hat, macht Mama einen Spaziergang mit mir. Um frische Luft zu schnappen. Wenn die Luft in New York als frisch bezeichnet werden kann.

Ich versauere den ganzen Tag hinter vier Wänden. Zuerst in der Schule, dann zu Hause. Dort, wo ich wohne, habe ich keine Freunde in meinem Alter. Deshalb gibt es keinen, mit dem ich auf der Straße spielen könnte. Außerdem habe ich Angst. Hier treiben sich junge Banditen herum. Mit dunkler Haut. Sie Neger zu nennen ist heute nicht mehr üblich. Und Puertoricaner. Sie sind etwas heller, aber keine Spur besser.

Im Fernsehen werden tagtäglich Erschossene und Erstochene gezeigt. Daß es einem vor Augen flimmert. Und Vergewaltigte. Das ist am schlimmsten. Ich habe am ganzen Körper eine Gänsehaut, wenn ich davon höre. Wenn mir ein solches Unglück geschähe, würde ich nicht mehr weiterleben. Ich würde mich aufhängen.

Einmal wurde im Fernsehen eine achtzigjährige Greisin gezeigt, die man vergewaltigt und dann erstochen hatte. Und dieses entsetzliche, ungeheuerliche Verbrechen hatten zwei Heranwachsende begangen. Nur ein bißchen älter als ich. Sie lächelten frech vom Fernsehschirm, als sie in Handschellen von der Polizei abgeführt wurden. Und in ihren grobschlächtigen Visagen war keine Spur von Reue. Diejenigen, die mit Geschrei an unseren Fenstern vorbeilaufen, ähneln ihnen übrigens, als wären sie alle Brüder.

B. S. geht abends irgendwohin. Er hat seine eigenen Dinge zu erledigen. Mama und ich bleiben zu Hause zurück. Wir ziehen uns etwas wärmer an, schlagen den Kragen hoch und gehen hinaus auf die Straße.

Es ist schon dunkel. Die Straße ist öde und langweilig. Die Häuschen sind zweistöckig, aus roten Ziegelsteinen. Einförmig wie Kasernengebäude. Vereinzelte Straßenlaternen schaukeln im Wind, und in ihrem hellen Umkreis flattern Schneeflocken.

Ich liebe es, wenn Schnee fällt. In Moskau war es immer wie ein Feiertag. Wir Kinder wurden verrückt vor Freude, bauten Schneemänner, warfen Schneebälle. Und wir kehrten mit tomatenroten Wangen nach Hause zurück.

Hier ist Schnee eine nationale Frage. Niemand freut sich an den Schneeflocken, die am Kragen brennen und auftauen. Alle haben nur eine Sorge: Kommt mein Auto durch die Schneewehen? Man verkündet die Höhe der Schneedecke im Fernsehen mit so beunruhigter Miene, als sei von einer Überschwemmung oder, schlimmer noch, von einer Bombardierung die Rede.

Schnee fällt. Weich und feucht. Legt sich auf die Mütze und

die Schultern. Ich lecke mir Schneeflocken von den Lippen. Für mich ist es der Geschmack der Kindheit.

Unter unseren Füßen nichts als Matsch. Wir rutschen, stolpern, doch wir setzen unseren Weg fort. Allein. Und Gott sei Dank. Das Kind braucht Sauerstoff. Und es wird ihn bekommen, sogar um den Preis meines Lebens. Diese Entschlossenheit zeichnet sich jetzt deutlich in Mamas Gesicht ab. Sie schreitet in rasch feucht werdenden Pumps dahin, die in dem zerfließenden Brei schmatzende Geräusche machen. Ich halte mich an ihrer Hand fest und versuche, nicht zurückzubleiben.

Sie ist arm dran, mein Mamachen. Plötzlich möchte ich weinen, als ich ihr noch junges Gesicht betrachte. Wie einsam du bist. Du hast niemanden. Außer mir, deiner undankbaren Tochter. Du solltest jetzt ins Theater gehen. Mit einem Mann. Oder in ein Restaurant. Auch nicht mit mir. Und tanzen, dich drehen, bis dir schwindelig wird. Du solltest geküßt werden, daß es dir den Atem raubt. Du solltest vergehen vor Liebe. Vor Liebe zu einem Mann.

Aber du schlurfst sinnlos durch den nassen Schnee. Schleppst mich hinter dir her. Deine Füße sind kalt, feucht. Mir hast du Gummistiefel gekauft. Und bei dir selbst gespart. Deine Lippen sind nicht angemalt. Deine Wimpern nicht getuscht. Für wen solltest du dich herausputzen? Für die Rabauken und Vergewaltiger, die jeden Moment aus einem Winkel herausspringen könnten? Und niemand würde uns zu Hilfe kommen. Keine Menschenseele. Diese Ziegelkästen würden blind zusehen, wie wir umgebracht werden.

Rechts von uns, auf der Höhe der zweiten Etage, ist das eiserne Gleis der U-Bahn.

Wir hören wachsendes Donnern, die Erde beginnt unter unseren Füßen zu beben, und die Raupe, deren erleuchtete Fenster aufblitzen, kriecht mir gleichsam auf den Kopf. Dann erstirbt das eiserne Pochen. Bis es sich von neuem aus der Gegenrichtung nähert.

Zur Begleitung solcher Musik schlucken wir Sauerstoff. Mutterseelenallein. Eine Antilope mit ihrem Kitz. Sie spazieren durch den Dschungel. Doch die Raubtiere sind auf der Jagd nach Antilopenfleisch. Ihre tückischen Augen funkeln in der Dunkelheit. Sogar zischendes Atmen ist zu hören. Das Antilopenkitz schmiegt sich an seine Mutter.

Antilopen haben wenigstens Hörner. Wir aber sind völlig hilflos. Wir sind Gazellen ohne Hörner. Eine Gazelle mit ihrem Kälbchen. Wir beide haben, wie Gazellen, große Augen. Mama und ich auch. Wir trippeln durch den Schneematsch und rutschen mit den Hufen aus. Doch den Dschungel bilden wir uns nicht ein. Der Dschungel umschließt uns.

Wieder donnert ein U-Bahnzug über unseren Köpfen vorbei und entfernt sich heulend, löst sich im Schneeschleier auf.

Vor uns eine aufflammende und erlöschende Leuchtreklame: Spart Geld. Fliegt nach Florida!

Vielen Dank. Wir haben nichts zu sparen. Wir schlagen uns nur mit Mühe durch. Von einem Zahltag zum anderen. Sollen die sparen, die etwas zu sparen haben. Und sollen sie fliegen. Zur Hölle.

Ich schmiege mich an Mamas Seite. Schaue ihr von unten ins Gesicht.

»Was ist? Bist du müde?« Sie beugt sich fürsorglich zu mir.

»Nein.« Ich schüttele den Kopf. »Ich liebe dich einfach.«

»Ich dich auch«, erwidert sie und wischt sich mit dem Ärmel ein paar tauende Schneeflocken von den Wimpern. Wir schleppen uns mit letzter Kraft nach Hause. Die Fenster sind hell. Und sofort werden wir beide munter. Das heißt, B. S. ist zurückgekommen. Eine lebendige Seele erwartet uns.

»Herzlich willkommen der kühnen Mutter und ihrem Kind.« Er freut sich über unsere Ankunft.

Während er auf uns wartete, ist es ihm langweilig geworden, hier allein. Niemand ist gern einsam. Nicht einmal er.

Aus der Küche riecht es appetitlich. Er hat das Abendessen zubereitet. Nur für sich oder für uns alle? Das hängt von seiner Stimmung ab. Wenn er sich deprimiert fühlt, ißt er allein. Heute ist er anscheinend bei Laune. Er macht seinen beiden Damen sogar galant den Hof. Hilft uns aus dem Mantel. Auch mir. Klopft den Schnee ab. Hängt die Mäntel auf Kleiderbügel.

»Zieh schnell die Schuhe aus«, schreit er Mama an. »Du hast ganz nasse Füße. Holst dir Rheumatismus.«

»Deine scheinheilige Besorgnis kannst du dir sparen«, wehrt Mama ab.

»Wieso scheinheilig?«

»Du könntest dich freigebig zeigen und der Frau, mit der du schläfst, warme Stiefel kaufen.«

Ich sehe B. S. an. Na? Hat er angebissen?

»Das ist eine Idee«, sagt er nach einer Pause. »Gehen wir essen.«

Die Idee blieb eine Idee. Mama lief den ganzen Winter hindurch mit nassen Füßen herum. Frauen sind zähe Geschöpfe.

Man darf mir gratulieren. Ich mache anscheinend Karriere. Endlich. Die Männer fangen an, Interesse an mir zu zeigen. Werfen ein Auge auf mich. Gehen mir auf den Leim. »Stehen auf mich«.

Ich habe auch früher schon gewußt, daß ich vielleicht nicht mit dem Gesicht, aber wenigstens mit meinen weiblichen Formen die dürftige männliche Phantasie anstacheln werde. Wie Mama habe ich einen knackigen Hintern. Mit festen Umrissen. Er steht verlockend hervor. Allerdings ist meiner nicht so groß. Und das ist noch besser. Wenn man B. S.' Erfahrung glauben darf. Mein Popo, meine geschmeidigen Backen hätten in zwei Männerhänden Platz. Für dieses Kompliment kriegte B. S. von Mama eine gelangt. Nicht fest. Aber sie war zweifellos eifersüchtig.

Ich habe tadellose Beine. Objektiv gesprochen. Mit schlanken Schenkeln. Meine Taille ist schmal. Anders als die von Mama. Und meine kleinen Brüste. Noch deuten sie sich erst an. Zwei wilde Äpfelchen. Untergröße. Aber sie spannen schon Bluse und Pullover und recken sich allen herausfordernd entgegen. Als wollten sie sagen: Daraus wird nichts! So einfach kriegt ihr uns nicht! Wir kennen unseren Wert!

Gestern haben sich zum ersten Mal auf der Straße erwachsene Jungen an mich herangemacht. Aus der Nachbarschule. Unsere Mädchen stehen bei ihnen hoch im Kurs. Diese Jungen gehen in die höheren Klassen. Bei ihnen zeichnen sich schon Schnurrbärte ab. Und sie machen sich nicht an einen heran, um sich wie Rowdys aufzuführen, sondern – ganz normal – um Bekanntschaft zu schließen.

Ich ging auf dem Bürgersteig entlang. An ihnen vorbei. Wie geschmiert. Die hohen Absätze meiner Stiefel klapperten. Schenkel und Popo in aufregend engen Blue Jeans. Die Jeans waren lässig bis zur halben Wadenhöhe hochgekrempelt. Mein Pullover wölbte sich dort, wo die kleinen Brüste zu erraten sind. Die Haare, sauber gewaschen, lagen auf den Schultern. Eine Baskenmütze – groß, die neueste Mode – war so keck zurückgeschoben, daß es unbegreiflich schien, wieso sie sich hielt und nicht auf die Schultern fiel. Im Haar ein lila Plüschblümchen, das von einem Kleid Mamas abgetrennt war.

Die Jungen rissen den Mund auf.

Bis dahin hatten sie mich durchgelassen, ohne sich um mich zu kümmern. Sie hatten anderen Mädchen aufgelauert. Älteren. Jetzt aber brachte ich sie aus der Fassung. Blendete sie.

Die Frucht war unmerklich herangereift. Aber nicht für euch, ihr armen Burschen. Uns erwartet etwas weit Aufregenderes.

»He, Mädchen!« brüllten sie im Chor hinter mir her und jagten mir nach. »Wie heißt du?«

Sie kamen von beiden Seiten und glotzten.

Ich setzte einen Fuß vor den anderen. Wackelte mit dem Gesäß. Klapperte mit den Absätzen. Tock, tock, tock.

Dann fragte ich lässig, als sei es mir nicht zum ersten Mal passiert: »Wozu wollt ihr meinen Namen wissen?«

»Damit wir uns kennenlernen... Wozu denn sonst?«

»Und wozu sollen wir uns kennenlernen?«

»Wieso? Um. . . damit. . .« Sie waren völlig verwirrt. »Damit, also. . . damit wir uns treffen können.«

»Ihr habt euch in der Adresse geirrt«, sagte ich. »Ich bin lesbisch.«

Sie waren wie vom Winde verweht. Ich warf noch einen Blick zurück. Voll Triumph.

Aber hinter mir ging unser Sportlehrer, der als Homosexueller bekannt war, aus Papas Bruderschaft. Und er hatte natürlich alles gehört.

Er blickte mich verwundert an. Als wollte er ausrufen: Wir haben Zuwachs bekommen! Aber er sagte nichts. Schließlich konnte er nicht hier, auf der Straße, mit mir als einer ebenfalls andersgearteten Genossin die Probleme der gleichgeschlechtlichen Liebe erörtern. Das wäre unpädagogisch gewesen. Aber ganz bestimmt wird er mich nun mit anderen Augen betrachten. Im Sportunterricht habe ich eine bessere Zensur sicher, sogar wenn ich keinen besonderen Fleiß an den Tag lege. Homosexuelle und Lesbierinnen streben wie die Mitglieder jeder Minderheit – besonders wenn sie verfolgt wird – zueinander, helfen sich gegenseitig. Wie die Juden, zum Beispiel.

Ich erzählte B. S. von diesem Ereignis. Mama war nicht zu

Hause. Er lachte laut und gab mir einen Klaps auf den Hintern. Nicht stark, aber mir war vor Erregung sofort beklommen ums Herz, und mir wurde ganz feucht zwischen den Beinen.

»Toll gemacht, meine Kleine!« lobte er. »Du wirst die Menschheit noch in Erstaunen setzen.«

Meiner Mama fehlt einfach jeder weibliche Instinkt. Ich meine damit nicht Koketterie, schmachtende Seufzer und geheimnisvolle Blicke, die überhaupt kein Geheimnis verbergen, sondern etwas ganz anderes, das man weibliche Diplomatie nennen könnte.

Die Frau erobert den Mann. Mit einem System geschickt gestellter Fallen. Der Mann ist kein allzu raffiniertes Wesen und schluckt ganz leicht sogar einen unansehnlichen Köder. So bewegt er sich – schwächlich wie er ist – Zug um Zug, von einem Haken zum anderen seinem Verhängnis entgegen, und ehe man sich's versieht, ist er endgültig ins Garn gegangen.

Zu diesem Schluß bin ich nicht nur durch Bücherweisheiten gelangt, sondern in erster Linie durch die belauschten Gespräche von Erwachsenen und meine eigenen Beobachtungen.

Meine Mutter ist ein geradliniger Mensch, sie kann Winkelzüge nicht ausstehen, und deshalb hat sie wenig Erfolg bei ihren unbeholfenen Versuchen, den wilden Mustang B. S. zu zähmen, ihn ins Familiennetz zu treiben und ihn mit Ehefesseln zu binden.

Weshalb kann sie nicht begreifen, daß ich, das einzige Kind im Haus, einer ihrer zuverlässigsten Giftköder bin? B. S. liebt Kinder und unterdrückt durch das Spiel mit mir seine Sehnsucht nach dem eigenen Sohn. Er hegt starke Gefühle für mich. Es gefällt ihm, sich mit mir zu unterhalten. Sogar mehr als mit Mama. Es macht ihm Spaß, mich auf den Schoß zu nehmen, mit der Nase in meinen Haaren zu wühlen und an ihnen zu schnuppern. Seine Augen werden sofort freundlich, wenn er mich sieht. Er fühlt sich immer stärker zu mir hingezogen.

Doch statt diese Annäherung zu fördern, bemüht Mama sich mit aller Kraft, sie zu zerstören. Nicht, weil sie auf mich eifersüchtig wäre. Gott behüte! Das geht über ihre Phantasie. Aus mütterlicher Eifersucht, aus egoistischem Besitzerstolz. Sie ist nicht fähig, ihre Elternrechte auf mich mit B. S. zu teilen. Und dadurch verliert sie ihre letzte Chance.

Ich erinnere mich, wie ich einmal ausfällig gegen Mama wurde. In meinem Alter – dem Übergangsalter, wie die pädagogischen Bücher erklären – kommt das vor. Ohne jeden Anlaß werde ich bockig, grob, feindselig. Mama war beleidigt und erschüttert. Sogar B. S. empörte sich und trat für Mama ein.

»Ach, man sollte dir den Hintern mit einem Riemen versohlen!« sagte er streng zu mir.

Ich war nicht verärgert, sondern freute mich. »Tu's nur, du Lieber. Verprügel mir den nackten Hintern, du Guter«, flehte ich in Gedanken.

Weil ich ohne Vater aufwachse. Ohne männlichen Einfluß. Und sogar die Prügel einer männlichen Hand wären ein Zeichen dafür, daß ich nicht allein bin, daß es jemanden gibt, den mein Benehmen beunruhigt, daß bei uns nun eine feste männliche Hand waltet.

Denn ein normaler Mann wird nicht die Hand heben, um ein fremdes Kind zu verprügeln, das ihm gleichgültig ist. B. S.' erzieherische Anwandlung war also ein Beweis dafür, daß ich ihm nicht fremd bin, daß er mir gegenüber väterliche Gefühle, väterliche Sorge und Zorn über mein unschönes Verhalten empfindet. Hätte er mich mit dem Riemen berührt, wäre unsere Bindung noch viel fester geworden.

All das begriff meine Mama nicht.

»Du kannst deine eigenen Kinder verhauen«, wies sie sein Angebot beleidigt zurück. »Ich werde auch ohne deine Hilfe mit meinem Kind fertig.«

»Dummkopf!« hätte ich fast geschrien. »So bleibst du bis zum Ende deiner Tage allein mit deinem Kind.«

B. S. sagte kein einziges Wort, ging in sein Zimmer und schlug die Tür hinter sich zu.

Es ist etwas Merkwürdiges, das Schuldbewußtsein. Nicht, wenn es einen selbst betrifft. Sondern das eigene Volk, das Land, zu dem man gehört. Hier, im Westen, ruft dieses Gefühl die größte Verwirrung hervor.

Ich, zum Beispiel, habe mich der UdSSR wegen nie schuldig gefühlt. Obwohl bekannt ist, daß die UdSSR Taten begangen hat, deretwegen man sich zu Tode schämen könnte. Zum Beispiel in der Tschechoslowakei. Oder da ist die Geschichte mit Solschenizyn. Aber ich habe kein Schuldbewußtsein. Was habe ich damit zu tun? Geschah das etwa auf meinen Wunsch hin? Oder hat man sich auch nur für meine Meinung interessiert, als man es tat?

Die Amerikaner fühlen sich den Negern gegenüber schuldig. Weil die Vorfahren der Weißen einst die Vorfahren der Schwarzen als Sklaven hielten.

Na und? Von Sklaverei gibt es schon seit langem keine Spur mehr! Die Schwarzen genießen eine Freiheit, von der die weißhäutigen Russen in der UdSSR nur träumen können. Man müht sich mit den Schwarzen ab, erweist ihnen Vergünstigungen, drängt sie zu studieren und zahlt ihnen Stipendien. Mit aller Macht befördert man sie in die allerhöchsten Staatsämter. Sie werden behandelt wie geistig Zurückgebliebene, und wenn ich schwarz wäre, würde ich mich beleidigt fühlen.

Und bedanken die Schwarzen sich etwa? Da kann man lange warten! Sie verachten ihre weißen Wohltäter ganz offen. In der Subway, unter der Erde, ist das Reich der Schwarzen. Ein Weißer, der dorthin gerät, kommt sich wie ein Angehöriger einer erniedrigten Minderheit vor. Man betrachtet ihn herausfordernd und höhnisch. Es ist ein Wunder, daß man ihm nicht ins Gesicht spuckt. Doch bei günstiger Gelegenheit wird ihm ein Messer in die Rippen gejagt.

Die Deutschen tragen bis heute, obwohl seit Hitler mehr als dreißig Jahre vergangen sind, das Kreuz ihrer Schuld den Juden gegenüber, die Hitler vergaste und in Krematorien verbrannte. Schon ist eine Generation von Deutschen nachgewachsen, die Hitler nicht kannte, und genauso eine Generation von Juden, doch das Schuldbewußtsein wird von den Eltern an die Kinder weitergegeben.

In unserer Schule, in derselben Klasse wie ich, ist ein deutsches Mädchen. Sie heißt Ulrike und kommt aus Hamburg. Ihr Vater arbeitet im deutschen Konsulat in New York; solange sie in Amerika leben, geht Ulrike in meine Schule.

Ulrike ist ein ganz und gar arischer Typ: graue Augen, weizenblonde Haare, die sie zu zwei Zöpfchen flicht. Sie ist eine Deutsche bis in die Fingerspitzen. Ordentlich, arbeitsam. Immer adrett gekleidet. Sie spricht, ohne die Stimme zu heben. Wir übrigen sehen neben ihr wie Angehörige einer »minderwertigen Rasse« aus. Weil wir zerfahren und überreizt sind, brüllen wie die Wilden, bunt und herausfordernd angezogen sind, wie Papageien.

Ulrike ist die beste Schülerin der Klasse. Sie ist wirklich sehr begabt und so ausdauernd, als wäre sie an ihren Stuhl geschraubt. Ich bin nach ihr die zweite, was die Leistung betrifft. Alle übrigen – gebürtige Amerikaner – sind schlechtere Schüler und bleiben weit hinter uns zurück.

Sie bat, neben mich gesetzt zu werden. In den Pausen

gehen wir zusammen herum und unterhalten uns auf englisch, jede mit ihrem eigenen Akzent. Wir sind Freundinnen. Zu zweit fühlen wir uns wohler als mit allen übrigen zusammen.

»Das kommt daher, daß wir beide Europäerinnen sind«, erklärte mir Ulrike. »Hinter uns liegt eine große kulturelle Tradition.«

Diese Worte schmeichelten mir, obwohl ich, ehrlich gesagt, nicht überzeugt bin, daß sie stimmen.

Als Ulrike zum ersten Mal mit mir sprach, teilte sie mir – ganz aufgeregt und deshalb sogar stotternd – mit, daß ihr Vater nicht am Zweiten Weltkrieg teilgenommen habe, weil er zu Hitlers Zeiten noch ein Kind gewesen sei. Ich erwiderte, daß mein Vater damals auch noch ein Kind gewesen sei und nicht gekämpft habe, doch mein Großvater sei im Krieg gewesen und habe dort eine Hand verloren. Ulrike verbreitete sich nicht über ihre Großväter, und ich hakte nicht nach. Weil sie mich nichts angehen. Ulrike gefällt mir, und das genügt. Sie aber mußte sich unbedingt vor mir rechtfertigen. Weil ich Jüdin bin. Dazu noch aus Rußland, das im Krieg wegen der Deutschen zwanzig Millionen Menschen verloren hat.

Aber was kann Ulrike dafür?

Papas Freund/Freundin Joe, der mich aus der Schule nach Hause begleitet, damit ich unterwegs nicht von Rowdys geschändet werde – und unter Rowdys versteht man in New York in erster Linie Schwarze – ist das typische Beispiel eines Amerikaners, der auf seinen schwächlichen homosexuellen Schultern Schuldgefühle mitschleppt. Den Negern gegenüber wegen der Sklaverei. Den Puertoricanern gegenüber, weil Amerika sich ihre Insel einverleibt hat. Den Indianern gegenüber, weil sie in Reservate getrieben wurden. Er ist ein schrecklich progressiver Mensch, dieser Joe. Liberal bis zum geht nicht mehr. Er leidet mit allen. Ich glaube, sogar mit denen, die zu enge Schuhe tragen. Nur mit seiner Heimat,

Amerika, leidet er nicht. Er verachtet sie voller Arroganz und macht sie für alles Übel verantwortlich, das es nur gibt.

Vor kurzem habe ich mich gewaltig amüsiert, als ich beobachten konnte, wie der Liberale Joe vom Leben für seinen grenzenlosen Liberalismus angeschissen wurde. Wir fuhren in der U-Bahn, und an einer Station taumelte ein verpesteter Rauschgiftsüchtiger herein, schmutzig, abgerissen und sabbernd. Neben Joe war ein freier Platz, und er plumpste auf die Bank, so daß die Nachbarn zusammenrücken mußten, zog sofort eine Weinflasche aus der Tasche und hängte sich daran. Von ihm ging ein unerträglicher Gestank aus, und in seinen ungekämmten schmutzigen Strähnen nisteten bestimmt Insekten. Die ganze Bank links von ihm leerte sich, wie durch Zauberei, von Passagieren. Und obwohl das Abteil gedrängt voll war, setzte sich niemand mehr dorthin. Rechts saß Joe, und ich neben ihm. Joe rührte sich nicht. Er erstickte fast vor Gestank, ertrug es jedoch geduldig. Bei der engen Tuchfühlung konnte jeden Augenblick eine Schar Läuse über ihn herfallen. Neben mir wurde ein Platz frei, und ich rückte weiter, um Joe meinen Platz zu überlassen. Joe rückte nicht um einen Zentimeter ab. Denn Joe ist ein Liberaler, er fühlt sich schuldig vor den leidenden unterdrückten Mitmenschen und demonstriert seine Solidarität mit ihnen. Aber dieses stinkende Ungeheuer begriff nicht, daß Joe so liberal und so mitfühlend ist, sondern hielt ihn für einen Kumpel, einen Alkoholiker und Rauschgiftsüchtigen, und schlug ihm undeutlich brummelnd vor, aus der Flasche zu trinken. Der zarte und frauliche Homosexuelle Joe lehnte das Angebot höflich ab. Da warf sich der »leidende Mitmensch« wie ein ganzer Lumpenhaufen auf ihn und preßte seinem progressiven Verteidiger mit Gewalt den Flaschenhals zwischen die Lippen. Tränen traten in Joes Augen, und ich weiß nicht, wie das alles geendet hätte, wenn der Zug nicht gerade an unserer Station angehalten hätte und Joe, gefolgt von mir, wie von Hornissen gestochen aus dem Abteil gesprungen wäre.

Ich hätte mich totlachen können, aber ich beschloß, nicht einmal zu lächeln, weil ich meinen armen Begleiter bedauerte. Er ist unverbesserlich. Dies war ihm keine Lehre. Es tat ihm weh, und ihm war bitter zumute. Doch ich habe Mitleid mit ihm. Ich fühle mich älter und weiser als er. Obwohl ich noch lange auf meinen ersten Weisheitszahn warten muß.

Wir hatten wieder einmal Gäste. Einige russische Paare und ein amerikanisches. Man hatte getrunken und ein wenig gegessen. Die russischen Männer hatten ein Glas zuviel gehoben und waren angeheitert. Die Amerikaner hatten nur ein bißchen getrunken und waren unanständig nüchtern. B. S. war auch beschwipst, fing an, laut zu reden und seine Gesprächspartner zu unterbrechen. Auf Mamas Wangen und Hals zeigten sich rote Flecke. Ich leckte in der Küche etwas Wodka aus einem Glas und spülte mir danach lange den Mund.

In dem wirren, lärmenden Gespräch setzte sich ein interessantes Thema durch. Vor recht kurzer Zeit war in den Zeitungen und im Fernsehen ein grauhaariger alter Mann gezeigt worden, der einem überaus bejahrten Filmcowboy ähnelte. Dieser alte Mann war einst für den Mord an seiner Frau zu dreißig Jahren Gefängnis verurteilt worden. Bei der Verhandlung beteuerte er seine Unschuld. Er saß zwanzig Jahre ab. Das Gericht überprüfte seinen Fall und beschloß, ihn zu begnadigen, ihn freizulassen. Doch der Alte forderte, daß man ihn für unschuldig erklärte. Das Gericht wies seine Forderung zurück. Da lehnte der Alte die Begnadigung ab und blieb im Gefängnis, um noch zehn Jahre abzusitzen.

Alle unsere Gäste wetteiferten darum, den Alten als verrückt zu bezeichnen.

»Aber er meint doch, keinen Mord begangen zu haben.«

»Wen interessiert es, ob er einen Mord begangen hat oder nicht? Hauptsache, er kommt frei.«

»Und das Prinzip?«

»Was bedeuten heutzutage noch Prinzipien? Kann mir doch egal sein, was über mich geredet wird und was andere denken.«

»Auf die Freiheit verzichten? Weshalb? Wegen irgendeines Wortes in einem Gerichtsurteil?«

»Vielleicht hat er ein starkes Ehrgefühl?«

»Ich bitte Sie, er ist ein Idiot! Was für eine Ehre? Wen kümmert seine Ehre? Lieber noch zehn Jahre absitzen? Wofür?«

Alle, darunter auch meine Mama, stimmten überein, daß der Alte nicht bei Trost sei und nicht im Gefängnis, sondern in einer psychiatrischen Anstalt sitzen sollte.

Bloß B. S. schwieg und beteiligte sich nicht an der Diskussion. Er zog an seiner Pfeife und starrte finster unter seinen schweren, geschwollenen Augenlidern hervor auf einen einzigen Fleck. Endlich, als sich der Lärm gelegt hatte, öffnete er die Lippen und zeigte das vom Rauchen gelbe Gebiß mit den spitzen Eckzähnen im Unterkiefer.

»Ich weiß nicht, ob ich so handeln könnte wie dieser Alte, den ihr einträchtig den Idioten zugerechnet habt, aber wenn ich genug Willenskraft hätte, so zu handeln wie er, dann wäre ich stolz auf mich selbst.«

Er erhob sich vom Sofa und ging aus dem Wohnzimmer in den Flur. Der Fußboden knarrte unter seinen schweren Schritten. Ich sprang auf, lief hinter ihm her, holte ihn ein und hängte mich an seine Hand mit dem tätowierten blauen Anker.

»Teuerster B. S., ich liebe Sie!«

»Weshalb denn?« Er lächelte mir traurig zu.

»Weil Sie das gesagt haben!«

Er tätschelte mein Ohr wie das eines jungen Hundes. »Glaub nicht alles, was gesagt wird, Dummerchen.«

Ich versuche dauernd, mir darüber klar zu werden, was für ein Mensch B. S. ist. Aus dem, was Mama und unsere Gäste über ihn sagen. Aus dem, was er selbst über sich erzählt. Und er ist ein ausgezeichneter Erzähler. Alles sieht man vor sich. Wie im Kino. Wäre er nicht Arzt, hätte ein guter Schriftsteller aus ihm werden können. Aber wieso soll ihn stören, daß er Arzt ist? Anton Pawlowitsch Tschechow war Arzt und gleichzeitig ein großer russischer Schriftsteller.

Außerdem habe ich auch selbst Augen. Und ich bin ziemlich aufmerksam. Ich sehe mehr, als sich in meinem Alter gehört. Wie Großmutter Sonja in Moskau sagt. Meine Güte, wie mag es ihnen dort wohl gehen, meinen lieben Alten? Ob sie zugrunde gegangen sind, allein, ohne mich. B. S. beobachte ich ganz scharf. Und nicht unbefangen. Eine interessante Persönlichkeit! Voll Kalorit! Wie Großvater Sjoma sagte. Er verwechselte zwei Wörter: Kolorit und Kalorien, und Brötchen nannte er »kaloritreich«.

Unter allen uns bekannten Emigranten war nur B. S. bei sich zu Hause in Leningrad ein wirklicher Dissident gewesen und hatte wegen Zionismus zwei Jahre im Gefängnis abgesessen. Man entließ ihn nach Protesten der Weltöffentlichkeit (der jüdischen und der medizinischen, was übrigens ein und dasselbe ist). Bilder von B. S. – und er ist auf diesen Bildern schön wie ein Hollywoodstar – wurden in den Zeitungen der ganzen Welt veröffentlicht. In seinem Schreibtisch häufen sich solche Zeitungen in verschiedenen Sprachen.

Ein anderer an seiner Stelle hätte den Weltruhm zu klingender Münze gemacht und das Weltjudentum schon längst gezwungen, etwas für ein anständiges Leben seines Nationalhelden springen zu lassen. Er aber distanzierte sich von all seinen Gönnern, schickte Israel zum Teufel und beschimpft es bei allen Gelegenheiten, wodurch er sich auf Schritt und Tritt Gegner schafft. Er sitzt ohne einen Cent in New York und wälzt amerikanische Lehrbücher, um zum zweiten Mal im Leben seine Ärzteprüfung zu machen. Mit Politik will er nichts zu tun haben, da er alle Politiker für Betrüger und Schwätzer hält. Er diskutiert nur zu Hause, in seinem eigenen Kreis, über Politik. Und dann spöttisch, weil er sich langweilt.

Er ist ein echter Seemann. Dem Charakter und den Manieren nach. In seiner Jugend war er ein Raufbold – auf den Backenknochen und auf der Stirn sind Spuren von Narben. Seine Fäuste sind auch heute noch groß und furchterregend. Darauf eine blaue Tätowierung: ein Anker, von der Kette umwunden. Er sagt, daß er seinen Trinkkumpanen aus einer Laune heraus gestattet habe, ihm diese Scheußlichkeit einzustechen. Mir aber gefällt seine Tätowierung. Sie steht ihm.

Ich lasse mich gern still in einer Ecke nieder und beobachte B. S., während er erzählt, laut lachend und mit seinen großen Pranken gestikulierend. Und ich stelle ihn mir auf einem Schiff vor – um so mehr als ein Porträt von ihm in Seemannsuniform auf Mamas Nachttisch steht –, wie er Pfeife rauchend über das Deck spaziert und zum öden Horizont späht. Schleppnetzboote laufen für vier Monate aus sowjetischen Häfen in den Atlantischen Ozean aus, und vier Monate lang gibt es ringsum nichts als Wasser, unerträglich lästige, kreischende Möwen in der feuchten Luft und die nicht weniger lästig gewordenen Fratzen der Mannschaftskameraden.

Vier Monate lang sehen sie das Land nicht. Und wenn sie es sehen, dann nur aus der Ferne. Unter keinen Umständen dürfen sowjetische Seeleute an einer fremden Küste landen, um sich wenigstens nach dem Schwanken des Decks ein bißchen die Füße auf festem Boden zu vertreten. Sogar Schwerkranke dürfen nicht ausländischen Krankenhäusern überlassen werden.

Der Grund liegt auf der Hand: Die Sowjetmacht traut ihren eigenen Bürgern nicht. Und wenn so ein Seemann nun plötzlich abhaut? Wenn er nicht auf sein verrostetes, nach Fisch stinkendes Schiff zurückkehren will und die ausländischen Behörden um politisches Asyl bittet?

Deshalb sitzt auf dem größten Schiff einer Flottille – dem Mutterschiff, wo alle Trawler die gefangenen Heringe abliefern – auch ein Chirurg, jemand wie der arme B. S., der die Matrosen auf einem im Sturm wackelnden Tisch operiert und in ihren Eingeweiden wühlt. Er entfernt Blindärme, schneidet Darmgeschwüre heraus, amputiert Arme und Beine oder näht sogar auf der Stelle fast abgetrennte Gliedmaßen wieder an. Chirurg, das ist ein edler Beruf. Das ist ein Mensch, der mit seinen wundertätigen Händen andere den Fängen des Todes entreißt. Und ein Schiffsarzt ist ein doppelter Zauberer. Nicht umsonst wird B. S. gerühmt, weil seine Hände nicht mit Gold aufzuwiegen seien.

»Und die Finger nicht mit Silber«, fügt er spöttisch hinzu, wenn ihn frühere Landsleute aus Leningrad allzusehr loben.

Solange er die Prüfungen nicht abgelegt hat, darf er in Amerika nicht arbeiten, doch die Finger eines Chirurgen verlieren, wie die eines Musikers, ohne ständige Übung das erforderliche Geschick.

»Ich werde Pförtner. Bald können meine Hände kein Skalpell mehr halten, nur noch eine Schaufel.«

Er lacht böse und bleckt das vom Rauchen gelbe Gebiß mit den spitzen Eckzähnen. Doch seine Augen bleiben eisig unter den schrägen Lidern.

Bei seinem Charakter war von der Wiege an vorherbestimmt, daß er sich früher oder später von der Sowjetmacht lossagen und unter die Dissidenten gehen würde. Schon lange bevor man den Juden widerwillig gestattete, Rußland zu verlassen, trug er sich mit dem Gedanken, in irgendeinem ausländischen Hafen von Bord seines Schiffes zu flüchten. Und sich dann nach Israel durchzuschlagen.

Aber ein Bleigewicht hielt ihn zurück. Seine Frau und ein kleines Kind, die als Geiseln in Leningrad waren. Wenn er flüchtete, würde er sie nie wiedersehen.

Einmal ergab sich eine reale Gelegenheit zur Flucht. Sein Schiff war wegen dichten Nebels in der Meerenge zwischen Dänemark und Schweden steckengeblieben und hatte Anker geworfen, um Zusammenstöße zu vermeiden. Das dänische Ufer konnte man schwimmend mühelos erreichen: zweihundert Meter, nicht mehr. Von dort, aus dem im Nebel unsichtbaren Kopenhagen, tönten Musik und die Geräusche hupender Autos herüber, und sogar menschliche Stimmen waren zu unterscheiden.

Man brauchte nur vorsichtig, ohne ein Plätschern, über Bord zu steigen, nachdem man für alle Fälle einen Rettungsgürtel aus Kork angelegt hatte, und geräuschlos mindestens fünfzehn Meter vom Schiff wegzuschwimmen. Der Umkreis von fünfzehn Metern um ein sowjetisches Schiff, wo es sich auch befinden mag, gilt als territoriales Gewässer der UdSSR, und innerhalb dieser Grenzen würde kein Ausländer Hilfe leisten können. Die vom Parteiorganisator ausgeschickten Helden, auf der Jagd nach dem Flüchtling ins Wasser gesprungen, würden ihn einfach herausziehen, oder derselbe Parteiorganisator würde ihn im Wasser mit einem Gewehr erschießen, das speziell für einen solchen Fall in seiner Kajüte verwahrt wird. Dieser Fall heißt offiziell: Versuch, die Staatsgrenze der UdSSR illegal zu überschreiten, und wird nach sowjetischen Gesetzen mit dem Tode bestraft.

Aber es herrschte dichter und undurchdringlicher Nebel,

die reinste Erbsensuppe. Die verdammten fünfzehn Meter unbemerkt zu überwinden war kein Problem. Dann die territorialen Gewässer Dänemarks und das rettende Ufer.

B. S. hatte auf dem Schiff nur einen einzigen Freund, mit dem er ohne Furcht offen reden konnte, weil dieser auch davon träumte, bei der erstbesten Gelegenheit zu fliehen. Dieser Mensch war ein Lette aus Riga, ein Fachmann für Fischverarbeitung.

Als sie im Nebel an der dänischen Küste steckengeblieben waren, kam der Lette zu ihm in die Kajüte und machte flüsternd – obwohl die Tür geschlossen und außer ihnen beiden niemand in der Kajüte war – den Vorschlag, jetzt zu fliehen. Der Lette hatte für alles Vorsorge getroffen: Er hatte zwei Rettungsgürtel und ein Tau, an dem sie sich geräuschlos an der Schiffswand entlang ins Wasser lassen konnten, auf das Heck geschafft.

Nichts konnte die Flucht stören. Die Erfolgschancen waren fast hundertprozentig.

B. S. blickte den bleichen, aufgeregten Letten an und versuchte fieberhaft, eine Entscheidung zu treffen.

»Wir kommen am Ufer raus, umarmen uns und hauen in verschiedene Richtungen ab – mal sehen wer weiter kommt«, flüsterte der Lette erregt. »Du nach Israel, und ich nach Amerika. Wir werden einander besuchen. . . wie Verwandte.«

»Flieh allein«, sagte B. S.

»Und du?«

»Ich kann's nicht.«

»Hast du Angst?«

»Nein. Ich kann meine Frau und mein Söhnchen nicht in Not zurücklassen. Ich rette mich, und sie lasse ich im Stich? Unmöglich. Ich würde Gewissensbisse haben.«

»Ich lasse meine Frau doch auch zurück!« setzte ihm der

Lette zu. »Und zwei Kinder! Und meine Mutter und meinen Vater! Und meine Brüder! Der Freiheit wegen!«

»Und was soll aus ihnen werden? Hast du dir das überlegt?«

»Sie haben mir ihren Segen gegeben.«

»Dann los, geh mit Gott. Ich decke dir den Rücken. Paß auf, daß dich niemand stört.«

»Und du?«

»Ohne meine Frau und meinen Sohn mache ich keinen Schritt.«

B. S. blieb auf dem Schiff. Und der Lette auch. Allein hatte er die Flucht nicht riskieren wollen. Während der ganzen Fahrt ging er Begegnungen mit B. S. aus dem Weg, und wenn er auf ihn stieß, wandte er die Augen ab.

Zu Hause, als sie von der Fahrt zurückgekehrt waren, trat der Lette in die Partei ein und machte rasch Karriere. B. S. aber sperrte man das Auslandsvisum, und er wurde von seinem Schiff abgemustert. Ob der Lette ihn angeschwärzt hatte oder ob es einfach ein Zufall war, weiß er bis heute nicht. Der Lette bekleidet nun in Riga einen hohen Posten, während B. S. ohne Frau und Kind in New York sitzt.

B. S. wurde in Leningrad zu einem der wichtigsten Dissidenten. Die Sowjetmacht ertrug es lange, dann steckte sie ihn ins Gefängnis. Sofort begannen Proteste in der ganzen Welt. Dann ließ man seine Frau und seinen Sohn nach Israel ausreisen, doch er blieb hinter Gittern. Seine Frau wurde in Israel wie eine Nationalheldin empfangen. Man trug sie aus Ehrfurcht vor ihrem tapferen Mann beinahe auf Händen.

Er saß zwei Jahre ab, und nach einer neuen Demonstrationswelle in verschiedenen Ländern und zerschlagenen Fensterscheiben in sowjetischen Botschaften wurde er endlich freigelassen.

In Israel wurde ihm eine Überraschung bereitet. Seine Frau hatte nicht auf ihn gewartet und hatte geheiratet. Sein Söhnchen hatte einen Stiefvater. Dem wollte B. S. zuerst das Genick brechen, aber dann überlegte er es sich anders, um nicht aus einem sowjetischen in ein israelisches Gefängnis zu geraten und den russischen Antisemiten eine Freude zu machen.

Er fuhr in die Wüste Negev, wurde Chirurg in einem Krankenhaus. Arbeitete fleißig. Patienten im Überfluß. Immer mehr Menschen, die von arabischen Minen in die Luft gesprengt worden waren.

Im Jom-Kippur-Krieg operierte er Soldaten auf den Golanhöhen in einem Feldlazarett und wurde selbst durch eine syrische Granate verwundet.

Als er bei uns zu Hause einmal gefragt wurde, welche Eindrücke er von diesem Krieg habe, spöttelte er: »Es war viel zu laut.« Dann erklärte er den aufmerksam gewordenen Zuhörern: »So viele Juden an einer Stelle.«

Dadurch machte er sich des Antisemitismus' verdächtig. Aber er beruhigte sein gewissenhaftes jüdisches Publikum: »So viele Panzer auf einer so kleinen Fläche hat es in keinem einzigen Krieg gegeben. Dreitausend Panzer rieben sich mit den Seiten fast aneinander und verhakten sich mit den Kanonenrohren. Dabei brachten sie es noch fertig zu schießen. Über ihnen jagten die schweren Granaten der Ferngeschütze hin und her und schlugen genau dort ein, wo lebendige Menschen lagen. Der Lärm ließ mir Blut aus den Ohren fließen, und bis heute höre ich schlecht. Wenn ich nicht ordentlich mit dem Finger im Ohr stochere.«

Und er brach in schallendes Gelächter aus, was uns herumrätseln ließ: Macht er Spaß, oder sind seine Worte ernst gemeint?

Mit seinem hitzigen Gemüt und seiner Angewohnheit, jeder Sache auf den Grund zu gehen, machte er sich in Israel eine Menge Feinde, vor allem bei der hohen Obrigkeit, vor der B. S. noch nie besondere Achtung hatte. Hinter seinem Rücken begannen die örtlichen Spießbürger zu flüstern, daß er ein sowjetischer Agent sei, den man zu subversiven Zwekken nach Israel geschickt habe. Da ließ er die historische Heimat hinter sich und landete, nur mit einem Koffer in der Hand und mit sehr schmalem Beutel, in New York, um hier sein Examen abzulegen, mit einem amerikanischen Diplom in der Tasche Geld zu schaufeln und so irgendwie die Verluste wettzumachen, die er als jüdischer Dissident in Rußland erlitten hatte.

In New York wurde er mit meiner Mutter bekannt. Ganz zufällig. Am Telefon. So etwas kommt vor! Mama rief ihre Freundin an, und dort saß er und nahm den Hörer ab. Mama verliebte sich in seine Stimme. Danach zog er bei uns ein, was für uns und ihn günstig war, denn wir teilten uns alle Kosten. Und er setzte sich an seine Lehrbücher. Von morgens bis abends. Hielt sich die Ohren zu und murmelte die amerikanischen Bezeichnungen aller möglichen medizinischen Begriffe.

Beim ersten Mal fiel er durch: im Sturm, im Laufschritt hatte er es nicht geschafft. Zwei Tage trank er wie ein russischer Matrose, der gerade an Land gekommen ist. Doch am dritten Tag saß er wieder am Schreibtisch, hielt sich die Ohren zu und büffelte wieder von Anfang an, um noch einmal sein Glück bei den amerikanischen Prüfern zu versuchen. Zwischendurch schlief er entweder mit Mama oder spöttelte über sie, was sie manchmal zum Weinen brachte. Mir gegenüber war er zuerst neutral, bemerkte mich kaum. Wie ein Schoßhündchen, das nicht bellt und einem nicht im Wege ist. Wenn ich aus der Schule zurückkehrte, schloß ich mich in meinem Zimmer ein und kam nur dann heraus, wenn er mich zum Essen rief. Danach bedankte ich mich höflich, spülte das Geschirr ab und verschwand wieder hinter meiner Tür.

Dann. . . Ich merkte selbst nicht, wie sich die ganze Welt

für mich auf ihn konzentrierte. Ich eilte aus der Schule nach Hause, um ihn so schnell wie möglich zu sehen. Wenn er mit Besuchern zusammensaß, ließ ich meine Augen nicht von ihm und hatte dabei schreckliche Angst, daß es jemandem auffallen könne.

Zum Glück fiel es nur ihm selbst auf. Und er begann, immer freundlicher mit mir umzugehen. Sein Blick wurde rührend-zärtlich, wenn er mich anschaute. Es war kein väterlicher, sondern ein männlicher Blick. So männlich, daß mir von dem unbekannten Gefühl, das mich gepackt hatte, ganz unheimlich wurde.

In der sehr kurzen Zeit meines Lebens in Amerika wechselte ich zweimal die Schule. Das reicht schon, um ein so sensibles Kind, wie ich es bin, überschnappen zu lassen. Außerdem wird der Unterricht nicht in meiner eigenen russischen Sprache abgehalten, sondern in der englischen, die mir, obwohl ich sie nicht schlecht beherrsche, trotzdem fremd ist. Denken kann ich nur auf russisch. Also muß ich im Geiste alles übersetzen. Und das ist eine sehr große Belastung für das schwächliche Gehirn eines nervösen, sensiblen Kindes.

Aber das ist nicht die Hauptsache. In dieser schrecklich kurzen Zeit wurde ich mit der Nase auf drei absolut verschiedene Seiten des Lebens in Amerika gestoßen, wie auf drei verschiedene und einander dazu noch feindliche Staaten. Ohne meine sowjetische Abhärtung in früher Kindheit wäre ich damit nicht fertig geworden.

Zuerst war da die jüdische religiöse Schule, die Jeschiwa, wo der Literaturlehrer Shakespeare einen Goi nannte, wo wir, die Kinder, uns wie in einem Ghetto fühlten, wo uns die ganze übrige Welt fremd und feindselig vorkam. In diese Schule wurde ich deshalb geschickt, weil wir als Emigranten kein

Schulgeld bezahlen mußten und Mama dachte, daß ich dort unter Gleichgesinnten sein würde.

Daraus wurde nichts. Ich war dort ein weißer Rabe, wie aus einer ganz anderen Welt, und nachdem ich mehrere hysterische Anfälle hatte, schickte Mama mich in eine staatliche Schule. Die auch nichts kostete.

Hier sah ich das Amerika, über das die sowjetische Propaganda Tränen vergießt. Das Amerika der Schwarzen und Halbschwarzen, das heißt, der Puertoricaner, deren Eltern entweder arbeitslos sind oder überhaupt nicht arbeiten wollen und dem Staat auf der Tasche liegen. Es ist das arme Amerika. Das böse, rabaukenhafte. Es haßt die ganze übrige Welt. Der Unterricht ist schlecht. Und die Kinder haben keine große Lust, etwas zu lernen. Was aus ihnen wird, kann man in den Fernsehnachrichten sehen, wenn mit Handschellen gefesselte Mörder und Vergewaltiger gezeigt werden.

Ich wurde nicht ermordet und nicht vergewaltigt. Im Gegenteil, ich wurde sogar geachtet. Weil ich mehr wußte als meine Klassenkameraden. Von hier konnte ich nur weg, wenn ich in eine Privatschule gesteckt wurde. Aber dort kostet der Unterricht sehr viel Geld, das gerade eingetroffene Einwanderer natürlich nicht haben.

Ein Zufall kam mir zu Hilfe. Ein Skandal in der Familie unserer reichen amerikanischen Verwandten. Mama und ich waren dort zum Abendessen eingeladen. Aus Detroit war die Tochter von Großvater Sol mit ihrem Mann, einem Rechtsanwalt, gekommen. Ihnen zu Ehren wurde das Essen gegeben. Auch Sols Sohn war gekommen; er handelt in Westchester, im prächtigsten Vorort von New York, mit Autos. Dieser Sohn hat eine Frau, die Nichtjüdin ist. Sie ist Deutsche. Er hat sie geheiratet, als er in der amerikanischen Armee in Deutschland diente, und sie mit nach New York gebracht. Sie heißt Christine. Ich kann mir vorstellen, wie die ganze Familie über dieses Geschenk gejubelt hat! Aber sie fanden sich anscheinend damit ab, weil diese Deutsche zum jüdischen Glauben übertrat und ihre Kinder also auch Juden sein werden. Christine hat zwei Söhne, die in eine sehr teure Privatschule gehen.

Vielleicht, weil sie davon geträumt hatte, eine Tochter zu haben, doch nur Jungen geboren hatte, fand Christine sofort Gefallen an mir und ließ mich den ganzen Abend nicht von ihrer Seite. Sie gefiel mir auch. Ich glaube, weil wir beide Europäerinnen sind, und das verbindet sehr in einem so verrückten Land wie Amerika.

Beim Abendessen wurde über alles mögliche geplaudert, und Mama erzählte nebenbei, ohne jeden Hintergedanken, von meinen Schulproblemen. Daß ich zusammen mit Negern und Puertoricanern lernen mußte, rief am Tisch einen Schwall von Seufzern und mitfühlenden Beteuerungen hervor. Der schon halb kindisch gewordene Sol sagte, daß es eine Schande sei, ein solches Mädchen in eine staatliche Schule zu schicken, denn sie werde dort moralisch und körperlich verdorben. Man müsse eine gute Schule für sie suchen, in die Kinder aus guten Familien gingen.

Der arme Sol! Danach bedauerte er selbst, daß er mit diesem Thema angefangen hatte. Seine Frau und seine beiden Töchter fielen einträchtig über ihn her und schrien ihn grob an, er solle seine Nase nicht in fremde Angelegenheiten stecken. Sie waren zu Tode erschrocken, weil sie fürchteten, meine Schule bezahlen zu müssen, denn wir selbst hatten nicht genug Geld. Sols Frau nahm ihn an der Hand wie ein kleines Kind und führte ihn vom Tisch weg in ein anderes Zimmer. Ich kann mir denken, was er dort zu hören kriegte.

Sols Töchter begannen, die kostenlosen staatlichen Schulen um die Wette zu loben. Dort lernten Millionen von Kindern, und denen sei nie etwas Schlimmes widerfahren. Mama und ich war es so peinlich, daß wir nicht wußten, wohin wir den

Blick wenden sollten, und nur daran dachten, so schnell wie möglich aus diesem Haus zu verschwinden, in dem man das Geld nach Millionen zählte, aber nicht für einen Pfennig Menschlichkeit hatte.

Christine rettete uns aus der Not. Das, was am Tisch geschah, war der letzte Tropfen, der das Maß für diese Frau vollmachte, die sich ihrer amerikanischen Verwandtschaft nie hatte anpassen können. Christine wurde bleich, stand auf und sagte mit deutschem Akzent langsam und deutlich:

»Olga wird in eine Privatschule gehen! Wenn ihr keinen Dollar übrig habt, um ihren Unterricht zu bezahlen, dann werde ich, eine Außenstehende, dies übernehmen! Und damit meine Kinder nicht so werden wie ihr, werde ich sie zum Christentum übertreten lassen!«

Das schlug wie eine Bombe ein! Und dann ging es los. Geheul! Flüche! Sogar Ohnmachtsanfälle. Danach Tränen. Die ganze Familie schluchzte und umarmte Christines Söhne. Christine weinte auch und umarmte mich. Meine Mutter begann zu weinen. Nur ich beherrschte mich. Ich bebte vor Abscheu.

Meine Güte! Wieviel sauberer und anständiger meine Moskauer Verwandten sind. Sie haben keine Millionen. Mußten vieles erleiden. Aber wieviel Güte und Herzlichkeit sie besitzen. In diese Familie hätte Christine einheiraten sollen!

So kam ich in eine sehr teure Privatschule. Hier traf ich mit Kindern aus guten Familien zusammen. Das heißt, aus reichen Häusern. Von Rechtsanwälten, Ärzten, Geschäftsleuten. Nicht üble Kinder. Besser erzogen und mit größeren Kenntnissen. Sie werden auch Rechtsanwälte oder Ärzte werden. Genauso wie die schwarzen Jungen aus der staatlichen Schule mit der Zeit entweder im Gefängnis landen oder demütigende Arbeitslosenunterstützung bekommen werden.

In der Privatschule waren fast alle Kinder weiß. Es gab nur

einen einzigen schwarzen Jungen. Sein Vater hatte es zum Rechtsanwalt gebracht. Dieser Junge wurde wie ein Ausstellungsstück betrachtet, man ging mit ihm so höflich und entgegenkommend um, daß er sich unsicher fühlte und immer etwas kläglich lächelte. Auf unseren weißen Fratzen stand geschrieben: Da seht ihr, wie liberal wir sind. Wir sind keineswegs Rassisten, denn wir haben unseren Schwarzen, und wir behandeln ihn wie einen Gleichberechtigten.

Irgendwann fiel mir ein, daß ich in der privilegierten englischen Schule in Moskau die einzige Jüdin gewesen war. Jüdische Kinder wurden dort ums Verrecken nicht aufgenommen. Ebenso wie an der Moskauer Universität. Mich hatte man nur wegen der revolutionären Verdienste meines Urgroßvaters Lapidus akzeptiert. Eine können wir zulassen, hatte man an der Spitze entschieden, damit niemand uns des Antisemitismus' bezichtigt.

Nicht nur Juden, auch den Sohn unserer Fahrstuhlführerin nahm man nicht in diese Schule auf. Schwache Vorbereitung, hieß es. Doch die ganze Schwäche bestand im Beruf seiner Mutter. Und das im Sozialismus. Was soll man also von Kapitalisten erwarten?

Mir gefällt es in der Privatschule. Wunderbare Klassen, Lehrer mit großem Wissen. Dort werde ich eine gute Ausbildung und Erziehung erhalten, und alle Wege werden mir offenstehen. Aber wenn ich auf dem Flur dem einzigen schwarzen Jungen begegne, wird mir beklommen vor Schmerz um die Kinder, mit denen ich in die staatliche Schule ging, und um die jüdischen Kinder in Rußland. Die Welt ist ekelerregend. Was ist nötig, um sie zu verbessern? Noch eine Revolution? Noch einmal Unmengen von Blut? In Rußland ist das alles schon dagewesen. Und was ist dabei herausgekommen?

Auf dieser Welt wird es einem nie langweilig. Dauernd entdeckt man etwas Neues, und manchmal hat man nach so einer Entdeckung keine Lust mehr zu leben.

Vielleicht bin ich ein völlig verdorbener Mensch, keine Spur progressiv. Mir scheint, daß ich eine Rassistin bin. Ich verspüre keine große Sympathie für die Schwarzen und Halbschwarzen. Wenn ich nur von ihnen umgeben bin, fühle ich mich nicht wohl, suche mit den Augen irgendein weißes Gesicht und atme erleichtert auf, wenn ich es gefunden habe. Überhaupt hege ich einer nur sehr begrenzten Zahl von Zweibeinern gegenüber herzliche Gefühle. Wir wollen annehmen, daß ich sparsam mit meinen Gefühlen umgehe, sie nicht in den Wind streue, sondern für bessere Zeiten aufbewahre.

Ich versuche, mich von den Schwarzen fernzuhalten – verängstigt durch das Fernsehen, wo die meisten Verbrecher schwarze Gesichter haben, und auch durch die Warnungen der Erwachsenen, die es nur gut mit mir meinen.

Der einzige schwarze Junge, der in unsere Schule geht, brachte bei mir überhaupt keine Emotionen hervor, obwohl er recht hübsch und außerdem wohlerzogen war. Er weckte in mir nur Neugier, weil er der einzige war, und das ließ unwillkürlich an mangelnde Gleichberechtigung denken und daran, daß überhaupt alles in dieser besten aller Welten – dem letzten Bollwerk der Freiheit auf der Erde – von Vollkommenheit weit entfernt ist.

Wir begrüßten einander nicht einmal, wenn wir uns auf dem Flur begegneten, weil wir in verschiedenen Klassen waren und einander nicht mit Namen kannten. Seine Freunde waren weiße Jungen. Sie lernten gemeinsam in den Pausen – keine Spur von Diskriminierung.

Eines Tages nach dem Unterricht, als ich auf die Ecke zusteuerte, an der mich Papas homosexueller Freund/Freundin Joe gewöhnlich erwartet, um mich nach Hause zu begleiten, hielt mich dieser Junge an.

»Hallo«, sagte er. »Ich heiße Peter Lawton.«

»Hallo«, antwortete ich und nannte meinen Namen.

»Du bist aus Rußland?«

»Ja«, bestätigte ich. Ich hatte nicht vor, mich lange mit ihm aufzuhalten.

»Hör zu«, sagte er. »Kommst du mich besuchen? Ich habe heute Geburtstag. Ich lade dich ein.«

Ich weiß nicht, welcher Teufel mich ritt, aber ich willigte sofort ein, obwohl ich schon ganz genau wußte, daß ich Männern gegenüber unnahbar sein und nach Möglichkeit meinen Preis in die Höhe treiben mußte, um den weiblichen Ehrenkodex nicht zu brechen. Ich mußte nur meinen Begleiter Joe loswerden, der an der Ecke wartete, und außerdem Mama alles telefonisch erklären, damit sie keinen Herzanfall erlitt.

Ich bat Peter, an Ort und Stelle auf mich zu warten, und lief an die Ecke zu Joe. Wer weiß, wie ein weißer hundertprozentiger Yankee, dem man mich anvertraut hat, reagieren würde, wenn er sähe, wen ich besuchen wollte. Zu meiner Freude quälte Joe mich nicht mit Fragen (wahrscheinlich war er selbst in Eile), nahm mir nur das Versprechen ab, Mama anzurufen, und ließ mich in Frieden ziehen.

Peter und ich rannten, ohne jeden Grund dumm kichernd, in die U-Bahn; unsere mit Büchern vollgestopften Taschen schleppten wir mit. Der Zug, in den wir uns setzten, war fast vollkommen schwarz. Das heißt, nicht der Zug selbst, sondern die Passagiere. Diese Linie führte nach Harlem, und nach jeder neuen Station blieben immer weniger weiße Gesichter zurück. Dann war ich ganz allein.

Ach, was für ein unheimliches Gefühl, in der absoluten Minderheit zu sein! Nicht nur ich spürte es, sondern alle im

Wagen. Man betrachtete mich verwundert, höhnisch und sogar herausfordernd.

Peter, klug wie er ist, nahm mich an der Hand und zeigte dadurch ganz offen, daß ich mit ihm zusammen war und niemandem gestatten würde, mich zu beleidigen.

Der Wagen donnerte, schaukelte. Manchmal erlosch das Licht und flackerte dann wieder auf. Bei jedem Stoß legten sich irgendwelche Körper mit ihrem ganzen Gewicht auf mich. Peter stieß sie von mir fort, als sei ich aus Glas, und schützte mich mit seinem eigenen Körper.

Wir kamen wohlbehalten ohne Zwischenfälle an. Die Lawtons wohnten genau im Herzen Harlems, in einem recht anständigen Gebäude, um das herum sich schlechtere Häuser oder ganz einfach Slums drängten. Die Bürgersteige waren überhäuft von Abfallsäcken. Man kann nicht behaupten, daß New York vor Sauberkeit glänzt, aber hier war es besonders schmutzig. Es schien, daß die Bewohner dieser Gegend alles ringsum absichtlich beschmutzten, daß sie mit ihrem Dreck und ihrer Armut auftrumpften, um das Gewissen Amerikas ständig mit ihrer noch nicht lange zurückliegenden Versklavung zu rühren.

Die Lawtons hatten eine große Wohnung, mit ungefähr sechs Zimmern. Gut und geschmackvoll eingerichtet. Peters Vater war wirklich Anwalt, und seine Mutter Chemikerin. Beide hatten die Universität besucht. Sie hätten es sich leisten können, eine Wohnung in einer guten weißen Gegend zu mieten, was fast alle Neger tun, die es zu etwas gebracht haben, aber sie zogen es vor, hier unter ihren armen Mitmenschen zu leben. Wie mir Peter nicht ohne Ironie erklärte, hatte der Rechtsanwalt Lawton eine politische Karriere eingeschlagen, vertrat die Schwarzen vor Gericht, verlor dabei an Honorar, gewann jedoch an Stimmen, die er bei Wahlen benötigte. Alles genauso wie bei den Weißen. Und wie in

Moskau. Reinste Demagogie. Ohne Unterschied der Rassen und der Hautfarbe.

Peters Vater und Mutter, obwohl Schwarze mit sehr dunkler Haut, hatten aus irgendeinem Grunde europäische Gesichtszüge. Ohne die dicken Lippen und breiten Nasen der Neger. Normale intelligente Menschen. Sie hatten zwei Kinder, wie es in intelligenten Familien üblich ist, nicht ein Dutzend zukünftiger Verbrecher, wie sie arme Neger der ganzen Welt zum Trotz zeugen.

Ich wurde freundlich empfangen. Ohne Ziererei und Getue, ohne das maskenhafte Einheitslächeln, das mich schon seit dem ersten Tag in Amerika ankotzt. Mir gefiel es hier sofort. Sowohl die große Bücherei in Peters Zimmer wie das Aquarium seiner jüngeren Schwester. Im Wohnzimmer deckte Peters Mutter – sie ähnelt sehr einer schwarzen Schauspielerin, an deren Namen ich mich trotz aller Anstrengung nicht erinnern konnte – den Tisch. Ich bot an, ihr zu helfen, und sie willigte ohne Ziererei ein, wobei sie lächelnd die weißen Zähne zeigte – ein strahlendes Lächeln, das blendete wie ein Lichtblitz.

Die Gäste trafen kurz nach uns ein. Es waren alles schwarze Jungen und Mädchen aus demselben Haus. Keiner von Peters weißen Schulfreunden tauchte auf. Vielleicht hatte er selbst keinen eingeladen. Aber vielleicht. . . Ich dachte den Gedanken nicht zu Ende, um mir nicht die Laune zu verderben. Mir gefiel es hier. Meine Neugier war bis aufs äußerste gereizt: zum ersten Mal sah ich Schwarze nicht auf der Straße oder in der U-Bahn, sondern bei sich zu Hause, in der Familie, und es war für mich sehr interessant zu erfahren, was für Menschen sie sind, weil mir ein Leben an ihrer Seite bevorsteht und weil man wenigstens ein bißchen über die Menschen wissen sollte, mit denen man in nähere Berührung kommt.

Peters Freunde waren zuerst gehemmt, genierten sich meinetwegen, aber dann kamen sie in Fahrt, und wir begannen, am Tisch im Chor zu grölen und viel zuviel von allen möglichen leckeren Sachen zu essen, die die Mutter des Geburtstagskindes herrlich zubereitet hatte.

Mama war natürlich außer sich, als ich anrief und ihr sagte, wo ich war. Sie antwortete, daß sie mich sofort abholen werde, und ich solle nicht wagen, vor ihrer Ankunft auf die Straße zu gehen. Ich bat sie, irgend etwas als Geschenk für Peter mitzubringen, und Mama erwiderte giftig, daß ich früher an Geschenke hätte denken sollen. Jetzt sei es schon spät, und die Geschäfte seien geschlossen.

Mein liebes Mamachen! Sie brachte Peter natürlich ein Geschenk mit, das alle zu kindischer Freude trieb. Einen bemalten russischen Holzlöffel und einen Spielzeugsamowar aus Messing, die wir als Souvenirs aus Moskau mitgenommen hatten.

Mama wurde aufgefordert, am Tisch Platz zu nehmen; sie trank einen Schluck zur Begrüßung, gewöhnte sich rasch ein, schwatzte was das Zeug hielt mit Peters Eltern, ohne die Regeln der Grammatik zu beachten und mit gräßlichem russischen Akzent. Wir Kinder spielten in anderen Zimmern, aber ich lief dauernd ins Wohnzimmer, um nachzusehen, wie mein Mamachen zurechtkam.

Am Tisch entwickelte sich ein so interessantes Gespräch, daß mir die Lust zum Spielen verging und ich mich zu den Erwachsenen setzte, um zuzuhören. Peters Mutter erzählte, wie sie vor fünfzehn Jahren mit dem Diplom eines Chemieingenieurs nach New York gekommen war und Arbeit suchte. Sie rief auf ein Zeitungsinserat hin bei einer Firma an, und dort sagte man ihr, daß man froh wäre, ihre Bekanntschaft zu machen, denn ein Spezialist genau ihrer Fachrichtung werde benötigt.

Sie füllte die Formulare aus, schickte sie ab und wurde zu

einem Gespräch eingeladen. Am Telefon beteuerte man ihr von neuem, daß die Firma sehr interessiert an ihr sei.

Aus dem Telefongespräch und dem Brief hatte man dort natürlich nicht auf ihre Hautfarbe schließen können, und als sie eintraf, machten alle saure Mienen, obwohl sie sich anstrengten, zu lächeln und höflich zu sein.

»Sie haben ausgezeichnete Unterlagen«, sagte die Dame, die das Gespräch führte und sich den Fragebogen nur oberflächlich angesehen hatte. »Aber wir benötigen Spezialisten, die wenigstens ein paar Jahre praktische Erfahrung haben.«

»Wenn Sie sich die Mühe machen, in meinem Fragebogen ein paar Zeilen weiterzugehen«, sagte Peters Mutter, die damals noch gar nicht verheiratet war, ruhig, »dann werden Sie sehen, daß ich zwei Jahre gearbeitet habe.«

»Ach ja. Ganz richtig. Das ist schön. . . Und wir würden Sie gern einstellen, wenn unter den Fächern, die Sie studiert haben, das wäre, das unsere Firma am meisten interessiert.« Sie nannte das Fach.

»Wenn Sie sich die Mühe machen, noch ein paar Zeilen weiterzugehen«, antwortete Peters Mutter wiederum ruhig, »dann werden Sie sehen, daß ich mein Examen in diesem Fach abgelegt habe.«

»Ach ja. . . Ganz richtig. . . Aber ich muß Sie enttäuschen. . . Vor genau einer Stunde haben wir jemand anderen für diesen Posten eingestellt.«

»Sie haben mich nicht enttäuscht«, sagte Peters Mutter und stand auf. »Ich würde sowieso nicht bei Ihnen arbeiten, sogar wenn die Stelle noch frei wäre, und ich bin überzeugt, daß sie noch nicht besetzt ist. Ich halte nichts von Rassisten.«

Mama klatschte in die Hände und erzählte ganz aufgeregt, daß ihr genau das gleiche in Moskau passiert war, als sie Arbeit suchte. Am Telefon war alles in Ordnung, und man lud sie ein, sich vorzustellen und einen Fragebogen auszufüllen, da Spezialistinnen wie sie unbedingt benötigt würden. Aber kaum war sie dort erschienen und hatte ihre jüdische Physiognomie gezeigt, als sich alles wie durch Zauberei änderte. Man schaute ihr schon nicht mehr in die Augen, antwortete nur äußerst unfreundlich und gab ihr ihre Unterlagen zurück, ohne auch nur einen Blick hineingeworfen zu haben. Leider, sagte man ihr und wandte den Blick ab, sei die Stelle schon besetzt.

Am Tisch entbrannte ein lautstarkes Gespräch über die Diskriminierung der Neger in Amerika und der Juden in der UdSSR. Die Neger klagten Mama ihr Leid, und Mama ihnen. Dann kamen sie zu dem Schluß, daß die Diskriminierung in Amerika mit jedem Jahr schwächer wird, während sie sich in Rußland, ganz im Gegenteil, immer mehr verschärft, und wer weiß, vielleicht könne dort schon bald jüdisches Blut vergossen werden.

Peters Vater und Peter selbst brachten uns nach Hause. Sie hatten ein teures neues Auto. Die beiden saßen auf den Vordersitzen, Mama und ich nahmen hinten Platz. Peter fing im Spiegel vor der Windschutzscheibe meinen Blick auf und zwinkerte mir zu.

Diese Familie hatte Mama gefallen, und sie sagte mir auf russisch, daß sie mir erlaube, mit Peter Freundschaft zu schließen, daß ich ihn zu uns einladen dürfe.

»Wunderbare Menschen«, begeisterte Mama sich leise. »Intelligent, klug. Und keine satten Snobs wie andere Amerikaner. Die wissen, was es heißt zu leiden. Mit denen können wir leicht eine gemeinsame Sprache finden! So eine sympathische Familie.«

Da hielt ich es nicht mehr aus und stichelte: »Und was würdest du sagen, Mamachen, wenn mir einfiele, jemanden wie Peter zu heiraten?«

Mama drehte sich zu mir und zog die Brauen zusammen.

»Spar dir die Provokation. Ich bin keine Rassistin. Aber weshalb gerade ihn?«

»Also lieber einen Juden?«

»Einen Juden oder einen Türken – das ist deine Sache. Gibt's denn auf der Welt nur Juden und Schwarze?«

»Das heißt, du ziehst trotzdem einen weißen Schwiegersohn vor?«

Mama schwieg eine Weile und flüsterte mir dann zu: »Ich würde es vorziehen, dich mit dem Riemen zu versohlen, weil du so mit deiner Mutter sprichst.«

Als B. S. und ich New York in seinem alten, spottbillig gekauften »Buick« verließen, spürte ich, wer weiß, warum, daß uns beiden Abenteuer bevorstanden. Wir fuhren allein, ohne Mama. Sie war krank geworden. Am Morgen war sie mit Fieber und Kopfschmerzen aufgewacht, nicht zur Arbeit gegangen und hatte auf die Reise verzichten müssen, die schon nicht mehr verschoben werden konnte. B. S. war von einem amerikanischen Zahnarzt mit weitreichenden Verbindungen in der medizinischen Welt eingeladen worden. Seinetwegen hatten der Zahnarzt und seine Frau sich diesen Abend frei gelassen und in ihrem Haus vor der Stadt ein Essen vorbereitet. Sie zu versetzen, die Verabredung nicht einzuhalten wäre gleichbedeutend mit einem Abbruch der Beziehungen gewesen, auf die nicht der Hausherr, sondern der Gast angewiesen war.

Es endete damit, daß Mama Aspirin schluckte und zu Hause blieb und ich als Damenbegleitung mit B. S. fuhr – er war nämlich zusammen mit einer Dame eingeladen worden. Vor Freude wollte ich mir sogar ein wenig die Augenbrauen nachziehen und die Wangen schminken, aber Mama schlug mir auf die Hände und warnte mich streng, daß es mir blühen könnte, überhaupt nirgendwohin zu fahren und mich zu Hause um meine kranke Mutter zu kümmern, wie es sich für eine gute Tochter gehört. Ich mußte Mamas Gesicht mit feuchten Küssen bedecken, um sie gütig zu stimmen und die Erlaubnis zur Reise zu erhalten.

Natürlich fuhr ich nicht als B. S.' Dame, sondern nur als Tochter seiner Herzensdame. Davon wurden die Gastgeber telefonisch unterrichtet. Sie fragten B. S. nur – wohl in der Annahme, daß ich älter, sei, als ich es tatsächlich bin –, was die junge Person trinke, worauf B. S. kurz antwortete: »Milch.«

Und trotzdem fühlte ich mich wie Natascha Rostowa aus »Krieg und Frieden«, als sie sich zu ihrem ersten Ball begab. Ich war früher schon auf anderen Empfängen gewesen. Aber nun fuhr ich zum ersten Mal ohne Mama, allein, und begleitete den besten aller Männer auf der Welt, von dem ein Blick genügte, um meine Knie zittern zu lassen.

Während wir uns aus der Stadt zur George Washington Bridge über den Hudson vorarbeiteten, informierte B. S. mich wie eine Erwachsene über die Leute, zu denen wir fuhren. Damit ich es mir hinter die Ohren schrieb und wußte, wie ich mich verhalten sollte. Der gute B. S.! Nur bei ihm fühlte ich mich nicht als Kind, sondern als erwachsene Frau, und unausgesprochene Freude rief in mir einen süßen Schmerz hervor.

Der Zahnarzt hieß Mr. Kratzer, und seine Frau also Mrs. Kratzer. Es waren alte oder, wie B. S. sich ausdrückte, bejahrte Leute. Das heißt, zehn bis fünfzehn Jahre älter als er. Er selbst aber ist schon fünfzig.

B. S. hält nicht viel von ihnen. Das verhehlt er mir nicht. Aber er braucht sie, denn sie haben Beziehungen. Ohne diese Beziehungen würde er große Schwierigkeiten haben. Sogar wenn er das Examen bestanden hat und eine Stelle sucht. Er kann dieses Wort »Beziehungen« nicht ausstehen. Aber so ist das Leben. Besonders hier. Und er darf die Gesetze dieses Lebens nicht brechen, wenn er nicht zermalmt werden will. Scheußlich, aber man muß eben trocken hinunterschlucken.

Mr. Kratzer ist nach Moskauer und Leningrader Maßstäben ein ungebildeter Mann, dem auch das Zahnarztdiplom keinen kulturellen Glanz verliehen hat. B. S. verbürgt sich nicht dafür, daß er mehr als zwei Bücher gelesen hat. Sein ganzes Leben hindurch hat er Geld verdient. Auf jede mögliche Art. Sowohl an den Zahnschmerzen seiner Patienten als auch mit Grundstücksspekulationen. Er hat sich ein großes Haus außerhalb der Stadt gebaut, ist in Pension gegangen und hat sich dort niedergelassen. Er hat drei Söhne. Erwachsene. Die leben für sich und erfreuen das väterliche Herz nicht.

Mr. Kratzer gibt sich die allergrößte Mühe, um sich als überaus erfolgreichen Menschen, als einflußreiche Person darzustellen, und man muß ihn mit Nachsicht behandeln, seiner krankhaften Eitelkeit des armen Kleinstadtjuden schmeicheln, der es zu Reichtum gebracht hat. Er hat B. S. nicht unter seine Fittiche genommen, weil er ein gutes Herz hat, sondern um seinen Einfluß in der medizinischen Welt zu zeigen.

»Zirkus.« B. S. lächelte bitter. »Also, Mädchen, nimm's mir nicht krumm, wenn du siehst, daß auch ich Komödie spiele. Du bist ja klug genug. Halt dich an mein Beispiel.«

Ich liebe die George Washington Bridge, diesen schwebenden Eisenkoloß, auf dessen Scheitel rote Signallampen brennen, damit vorbeifliegende Flugzeuge sich nicht an der Brücke verhaken. Der Fluß ist hier breit, mit felsigen Ufern. Die Brücke schwebt ganz hoch über dem Wasser, und die Schiffe unter einem sehen aus wie aufziehbare Spielzeuge.

Als wir uns der Brücke näherten, war es noch Tag, aber es war trübe, neblig, und die Scheinwerfer der Autos waren eingeschaltet. Zwei breite Lichterströme bewegten sich in zwei Richtungen über die Brücke: der eine bestand ausnahmslos aus weißen Lichtern, der andere aus roten. Tausende sich bewegender Lichter. Toller als jede Festbeleuchtung.

Wir schlossen uns diesen Lichtern an und fügten ihnen zwei rubinrote Sternchen hinzu.

Danach kamen kahle Wälder, die sich mit den Wurzeln an Stein klammerten, und Häuser, Häuser, Häuser. Es scheint in Amerika keine leeren Stellen zu geben: alles ist besiedelt und bebaut. Häuser stehen an der Straße und im Wald. Überall Häuser. Fast einförmig. Gleichartige Autos stehen wie Hofhunde vor der Schwelle. Und an fast allen Häusern ist je ein grüner Kranz mit Bändchen aufgehängt, als liege das ganze Land in Trauer.

Ganz und gar nicht! Die Weihnachtszeit ist da, und die Kränze zeigen nicht Trauer an, sondern künden im Gegenteil von den Feiertagen. Nur an den jüdischen Häusern sind keine Kränze. Die Juden haben kein Weihnachten, keine Neujahrstannen und keinen Weihnachtsmann mit Geschenken, der hier Santa Claus heißt. Aber die Juden haben in dieser Zeit auch ein Fest, Chanukka genannt, und in den Fenstern der jüdischen Häuser brennen sieben bunte Glühbirnen, in einem siebenarmigen Leuchter, der Menora. Wenn es in Amerika zu einem Pogrom käme, ließe sich kein besserer Zeitpunkt denken, denn man könnte ohne besondere Mühe herausfinden, wo die Juden wohnen.

Vor den Häusern ist ein weiß gestrichenes Wagenrad aufgestellt. Das Rad eines gewöhnlichen Fuhrwerks, von einem Pferd gezogen, wie man es noch sehr häufig auf den Straßen Rußlands antreffen kann, aber nicht in Amerika. Kein einziges Mal habe ich in Amerika ein Fuhrwerk gesehen. Und lebendige Pferde nur einmal, als die tüchtigen Burschen von der berittenen Polizei in Manhattan auftauchten, und das war eher wie ein Kostümfest. Die Wagenräder sind so aufdringlich vor den Häusern aufgestellt, daß man sofort begreift: Dies müssen Symbole für etwas sein, auf das die Bewohner des Hauses sehr stolz sind.

B. S. lobte meine Beobachtungsgabe und erklärte mir, daß ein vor dem Haus aufgestelltes Rad das Symbol der amerikanischen Pioniere sei, die dieses Land erschlossen hätten, und bezeugen solle, daß in diesem Haus Nachkommen jener Männer wohnten, die auf ihren Fuhrwerken Amerika von den Indianern erobert hätten.

»Aber warum so viele Räder?« fragte ich erstaunt. »Fast vor jedem Haus. Sind das alles Nachkommen der Pioniere?«

»Kaum«, lachte B. S. »Aber alle möchten gern hundertprozentige Yankees sein.«

»Soviel ich weiß, fingen die Juden erst an, nach Amerika auszuwandern, als schon die Urenkel der Pioniere herangewachsen waren. Warum sind auch bei ihnen solche Räder aufgestellt?« Ich blickte zu den Häusern hinüber, in deren Fenstern siebenarmige Leuchter brannten und vor deren Eingang weiße Wagenräder schimmerten wie vor den christlichen Häusern.

»Und welchen Nachteil haben die Juden davon?« sagte B. S. lächelnd. »Sie wollen auch hundertprozentig wirken. Ein Wagenrad ist nicht teuer. Außerdem haben manche Juden sogar größere Berechtigung dazu. Ihre gar nicht so fernen Vorfahren in Rußland oder Polen waren Balagulen, Lastfuhrleute. Sie besaßen Fuhrwerke, und Fuhrwerke stehen bekanntlich auf Rädern. Deshalb täuscht ein amerikanischer Jude, der vor seinem Haus ein Wagenrad als Zeichen seiner edlen Herkunft aufstellt, praktisch niemanden. Nur sich selbst.«

Wir näherten uns schon dem Besitz von Mr. Kratzer. Ein verschneiter Hügel, mit Wald bewachsen, ein großer, nicht zugefrorener See, links und rechts Wald ohne ein einziges Gebäude – das alles gehörte einem Mann. Der New Yorker Zahnarzt hatte dieses Land vor vielen Jahren zu einem Schleuderpreis gekauft, und nun stellte es ein gewaltiges Vermögen dar. Am Rand seiner Besitzungen hatte Mr. Kratzer kleine Grundstücke abgetrennt und zum Verkauf angeboten, doch den wesentlichen Teil des Geländes rührte er nicht an, hortete es, bis die Preise noch weiter steigen würden. Durch sein Land war ein privater Asphaltweg verlegt, der zum Gipfel des Hügels führte. Der Hügel wurde von einem dreistöckigen Haus gekrönt, das wie ein mittelalterliches Schloß aus ungeschlachten Steinen zusammengefügt war.

Als wir den Hügel hinauffuhren, ereilte uns ein Mißgeschick, das sich später als unerwartetes Glück für mich erwies: B. S. und ich mußten hierbleiben, um in diesem schloßartigen Haus zu übernachten. B. S.' Auto, eine billige Klapperkiste, soff beim Anstieg nämlich ab. Er zog die Bremse an und wühlte ungefähr eine halbe Stunde unter der hochgestellten Motorhaube. Ich ging um das Auto herum, starrte zu dem kahlen Wald an beiden Seiten hinüber und war bald ganz durchgefroren. B. S. fluchte, beschmierte sich mit Maschinenöl, konnte diesen Leichnam aber nicht wiederbeleben. Wütend knallte er die Motorhaube zu, rief mich, und wir gingen zu Fuß über den gewundenen Asphaltweg auf das Haus zu.

Mr. Kratzer rief telefonisch einen Mechaniker aus der Reparaturwerkstatt herbei. Der kam angefahren, als es schon ganz dunkel geworden war, warf einen Blick unter die Motorhaube und sagte, daß hier viel zu tun sei und unser Auto zur Werkstatt abgeschleppt werden müsse. Früher als am nächsten Tag würden wir es auf keinen Fall wiederbekommen.

B. S. erkundigte sich vorsichtig nach dem Preis, der Mechaniker überlegte und erwiderte dann, daß die Reparatur etwa hundert Dollar kosten werde. B. S. seufzte nur traurig, denn diese unvorhergesehene Ausgabe war eine wahre Katastrophe für ihn.

»Siehst du, Oletschka«, sagte er und klopfte mir auf die Schulter, »da bestätigt sich die Volksweisheit: ›Wir sind nicht so reich, daß wir uns billige Sachen leisten könnten.‹«

Die Gastgeber boten uns an, bei ihnen zu übernachten. Wir riefen Mama an und erklärten ihr, was geschehen war. Sie war zuerst mißmutig, beruhigte sich dann aber und bat B. S. nur, darauf zu achten, daß mir auch ein warmes Zimmer gegeben wurde, damit ich mich nicht erkältete.

Wir blieben in diesem gewaltigen, leeren Haus, in dem nur das Zischen der Dampfheizung die Friedhofsruhe störte. In der Küche machte sich eine Zugehfrau zu schaffen: eine dicke Negerin mit weißer Schürze. Mr. Kratzer erwähnte wie nebenbei, daß er ihr, wenn er ihre Hilfe im Haus beanspruche, acht Dollar pro Stunde bezahle – mehr, als manche Leute mit Universitätsabschluß verdienen. So seien eben die Zeiten.

Vor dem Haus stand ein weißer Sportwagen, der »Corvette« dieser Zugehfrau, und nachdem sie bei Tisch serviert hatte, band sie ihre Schürze ab, hüllte sich in einen Pelzmantel, für den die Modepuppen in Moskau ihr Leben gelassen hätten, und rollte in ihrem »Corvette« davon. Das ist Rassendiskriminierung auf amerikanisch. Gott gebe, daß in der UdSSR und auch in Europa möglichst viele Weiße so leben wie die Neger in Amerika! Von Afrika gar nicht zu reden. Aber wenn man die Sache anders betrachtet, so bediente die schwarze Zugehfrau, die in ihrem sportlichen »Corvette« umherfuhr, schließlich doch einen Weißen, nämlich Mr. Kratzer. Aus irgendeinem Grunde habe ich nie beobachtet oder gehört, daß eine weiße Angestellte bei einem schwarzen Hausherrn aufräumt. Auch in der Wohnung meines Schulfreundes Peter Lawton, des einzigen Schwarzen in der Schule, war keine weiße Angestellte, obwohl Peters Vater Rechtsanwalt ist.

Mr. Kratzer, der Hausherr, war ein kleiner, alter Jude. Seine Frau war hochgewachsen und mager und glich eher einer Amerikanerin als einer Jüdin. Sie hatte helles, geradezu gelbes Haar. Wahrscheinlich gefärbtes Grau. Und einen unerträglich funkelnden Brillantanhänger an ihrem mageren Hals. Im Haus war noch ein drittes Wesen: eine häßliche, krummbeinige und sehr alte Hündin namens Jerry. Irgendeine Mischung zwischen einer Bulldogge und einem Dackel. Ihr Hängebauch mit den großen Zitzen schleifte fast über den Fußboden, und ihr Hintern mit dem gestutzten Schwanz wackelte beim Gehen von einer Seite zur anderen, wie bei einer dicken Frau. Jerry war zwar eine Hündin, doch ihr Name war zweifellos männlich. Bei uns in der Schule ist ein Junge, der Jerry heißt. Vielleicht gibt es auch Mädchen mit diesem Namen. Ich bin nie einem begegnet.

Jerry war Mr. Kratzer erstaunlich ähnlich. Der gleiche runde Schädel mit kahlen Stellen und abstehenden runden Öhrchen, die gleichen brauenlosen und vor Alter schläfrigen Augen. Und weiche Lippen, die herunterhingen und an den Winkeln feucht waren. Ich staunte, als ich diese Ähnlichkeit feststellte. Doch mir fiel gleich ein, daß ich nichts Neues entdeckt hatte. Hunde, die viele Jahre mit ihren Besitzern verbracht haben, werden ihnen ähnlich. Oder umgekehrt, die Besitzer nehmen die Züge des Hundes an. In Moskau kannte ich einen Jungen, der einen Hund hatte. Und sein Vater war das Ebenbild des Hundes.

Aber wozu brauche ich ein Beispiel aus der Ferne? Bobik, dieses listige Fuchsschnäuzchen, der freche Hund meines Großvaters Sjoma, ähnelte Großvater selbst zwar nicht, glich aber dessen Frau, Großmutter Sima, wie ein Ei dem anderen. Das gleiche kluge, lebhafte Gesicht. Und Härchen auf der Oberlippe.

Jerry hatte eine geradezu unanständige Ähnlichkeit mit Mr.

Kratzer, und wenn Mr. Kratzer plötzlich träge geknurrt und gebellt, Jerry aber mit jüdischem Akzent Englisch gesprochen hätte, wäre ich nicht verwundert gewesen.

Der Hund und sein Besitzer waren mir sofort unsympathisch. Von dem Hund ging ein starker Geruch aus, er konnte kaum noch watscheln auf seinen krummen, kurzen Beinen, er schnaufte, und von seinen hängenden Lippen lief der Geifer. Es zeugt von sehr schlechtem Geschmack, einen solchen Hund im Haus zu halten. Er gibt Grabesgeruch von sich. Und gegen den Hausherrn brachte mich auf, daß er sich überschlug bei seinen vergeblichen Bemühungen, seine Bedeutung in dieser Welt zu beweisen. Sogar vor mir. Einem kleinen Mädchen, dessen Meinung niemanden interessiert. Auch mir wollte er blauen Dunst vormachen, sich vor mir aufspielen, Verblüffung und Neid auf seinen Erfolg im Leben hervorrufen. Wahrscheinlich hat dieser Mann lange bis zu den Ohren in der Scheiße gesteckt, wenn ihm sogar mein Lob so wichtig ist.

Ich hasse triumphierende Gemeinheit, rülpsende Sattheit, während so viele auf der Welt hungern, ich hasse alle Bemühungen, den anderen zu zeigen, daß sie im Vergleich mit dem bedeutenden Soundso nichts sind, weil Soundso viel Geld hat, während sie, die anderen, nicht soviel haben anhäufen können.

In dem zwei Stockwerke hohen Wohnzimmer waren riesige, die ganze Wand einnehmende Fenster aus reinem Glas, hinter denen der kahle Wald mit Schneeflecken auf den Lichtungen steil am Hügel abfiel. Aus gewaltiger Höhe, von dunklen Balken an der Decke, hing an einer schmiedeeisernen Kette ein massiger, ebenfalls schmiedeeiserner Lüster herab, der völlig aus eisernen Blättern und Schnörkeln mit elektrischen Birnen darauf bestand. Den Fenstern gegenüber war ein ungeheuer großer Kamin aus grobem Gestein, innen mit gußeisernen Fliesen ausgelegt, auf denen Basreliefs eingeprägt waren. Ritter mit gefällter Lanze, die Wildschweine, jagten. In diesem Kamin stand auf einem Dreifuß ein großer verräucherter Kessel aus Gußeisen, in dem ein Eber in Naturgröße Platz gehabt hätte.

B. S. und Mrs. Kratzer ließen sich an der Bar auf hohen Schemeln nieder und schlürften vor dem Abendessen, wie in Amerika üblich, Gin mit Tonic und Eisstückchen. Mr. Kratzer trank keinen Alkohol. Mit seinem Magensäuregehalt stimmte etwas nicht. Er war entweder zu hoch oder zu niedrig. Ich wurde gar nicht gefragt. Man gab mir ein Glas Coca-Cola. Auch mit Eis. Und mit dem Glas in der Hand folgte ich wie ein Hündchen Mr. Kratzer, der mich aufgefordert hatte, das Haus zu besichtigen. So sehr drängte es ihn, sich zu brüsten.

»Warst du schon einmal in einem Haus wie diesem?« fragte mich Mr. Kratzer und sah mich an wie eine dumme Provinzlerin aus einem unterentwickelten Land.

Ich erwiderte, daß ich in genau so einem Haus noch nie gewesen sei. Was der Wahrheit entsprach. Ich war in schöneren und interessanteren und auch in schlechteren Häusern gewesen. Aber noch nie in genau so einem wie diesem. Meine Antwort befriedigte Mr. Kratzer.

»Also, Kindchen«, fuhr er fort und sah mich geheimnisvoll an – wie ein Zauberer, der mir nie gesehene Wunder zeigen wollte, »guck dir diesen Kamin an und sag mir, ungefähr zumindest, wie alt er ist. Na?«

Ich zuckte die Schultern. Es war vollkommen uninteressant für mich, seine Rätsel zu erraten, und um ihn abzuspeisen, knurrte ich: »Hundert Jahre.«

Mr. Kratzer brach in freudiges Gelächter aus. »Wenig Phantasie! Mein liebes Kind, in diesem Kamin haben Ritter ihr Fleisch zu Zeiten gebraten, die in dem Roman dieses. . . wie heißt er noch, dieses Schriftstellers. . . beschrieben werden . . . Verfluchte Verkalkung.«

»Walter Scott«, sagte ich aufs Geratewohl.

»Stimmt genau. Kluges Mädchen. Walter Scott.«

»In dem Roman ›Ivanhoe‹?« fragte ich.

»Kann sein, kann sein. . . Kann man sich denn an alles erinnern?«

Was mir bewies, daß er den Roman nicht kannte und nur die Verkäufer des Kamins mit Walter Scott aufgetrumpft hatten.

»Dieser Kamin stammt aus einem Schloß des 12. Jahrhunderts. Ich habe ihn in England gekauft. Dort hat man ihn auseinandergenommen, verpackt, und hier ist er dann wie früher zusammengesetzt worden.«

Mr. Kratzer strahlte vor Freude und musterte mich immer noch, um zu prüfen, wie tief beeindruckt ich war. Ich mimte Entzücken, so gut ich konnte.

»Und das?« Mr. Kratzer konnte sich nicht beruhigen. »Du hast wahrscheinlich bemerkt, was für Stufen zum Haus führen. Schwarzer Granit. Aus einem Stück. Nicht zersplittert. Weißt du, woher? Aus Colorado. Hast du von den Rocky Mountains gehört? Da machten manche früher einmal ein Vermögen mit Gold. Wurden ganz reiche Leute. Also, ein Goldsucher, der märchenhaft reich geworden war, baute sich einen Palast. Von unvergleichlicher Schönheit! Diese Granitstufen stammen aus seinem Palast!«

B. S. bat um Wodka statt dieser Cocktails, die zur Hälfte mit Tonic und sich auflösendem Eis verwässert waren. Da machte sich der Seemann bemerkbar.

»Oh, Wodka?« rief Mr. Kratzer. »Bitte sehr! Ich kann Ihnen russischen Wodka bieten, aus Moskau. Stolitschnaja!« Er sprach das russische Wort genußvoll und jede Silbe betonend aus.

»Genau das Richtige!« freute sich B. S. und nahm aus seinen Händen eine vor Kälte schwitzende Flasche »Stolitschnaja« entgegen. »Schlückchenweise Gin mit Tonic – das ist mir zu langweilig. Taugt höchstens für Frauen oder chronische Alkoholiker. Ich mach's am liebsten auf russische Art: trinken, wie es sich gehört, und nicht herumtrödeln. Geben Sie mir ein Glas. Und, wenn es aufzutreiben ist, ein bißchen Tomatensaft.«

Gläser und Tomatensaft wurden aufgetrieben. B. S. füllte das eine Glas bis zum Rand mit Wodka, goß etwas Tomatensaft in das andere, sagte allen »Zur Gesundheit!« und kippte das ganze Glas Wodka mit einem Zug hinunter. Dann trank er aus dem anderen Glas einen Schluck Tomatensaft und holte tief Luft.

Die Gastgeber waren verdutzt. Doch ich errötete vor Begeisterung. Ein echter Mann! Ein Seemann!

»Ich hoffe, daß. . . reicht Ihnen?« fragte Mr. Kratzer schüchtern und streckte die Hand nach der Flasche aus, um sie vor weiterem Schaden zu bewahren.

»Nein, nein.« B. S. schob seine Hand zur Seite. »Lassen Sie nur. Ich komme doch gerade erst auf den Geschmack.«

Um den Hausherrn abzulenken, fragte ich, woher der riesige Lüster stammte, der im Wohnzimmer hing.

»Aus Holland«, entgegnete Mr. Kratzer vergnügt. »Habe ihn in Amsterdam gekauft. Er ist zweihundert oder dreihundert Jahre alt. Mußte ein bißchen restauriert werden.«

Er nahm mich bei der Hand, führte mich die Treppe empor, riß eine Tür nach der anderen auf und demonstrierte mir die Schätze dieses Hauses. Obwohl die Zimmer und Dielen mit Sachen verschiedener Stilarten – aber stets teuer – vollgestopft waren, schien das Haus leer und lieblos. Es wirkte wie eine Gruft, in der Theaterrequisiten mit künstlicher Vergoldung aufgetürmt waren.

»Na, was meinst du?« fragte Mr. Kratzer ungeduldig, da er sah, daß ich nicht das erwartete Entzücken zeigte. »Möchtest du in einem solchen Haus wohnen?«

Da ritt mich der Teufel.

»Nein!« sagte ich abrupt. »Um nichts auf der Welt!«

»Wieso nicht?« Mr. Kratzer lachte großmütig.

»Weil es kein Haus ist, sondern ein Mausoleum. Ich möchte nicht in einer Grabkammer wohnen. Hier können nur Gespenster leben.«

Er geriet aus der Fassung und kicherte sogar dumm vor Erstaunen.

»Du bist ein freches und schlechterzogenes Mädchen!« sagte er im Tonfall eines beleidigten Kindes und entfernte sich mit kurzen Trippelschritten von mir. Die Hündin Jerry, die sich ihm angeschlossen hatte, humpelte auch davon und wakkelte mit ihrem nackten schwanzlosen Hintern.

Ich bedauerte sofort, daß ich unüberlegt damit herausgeplatzt war. Vor allem hatte ich B. S. aufsitzen lassen. Ihm stand ein geschäftliches Gespräch mit dem Hausherrn bevor, doch ich hatte Mr. Kratzer tödlich beleidigt. Nun würde er seine Wut an dem völlig unschuldigen B. S. auslassen, und dann wäre die ganze Reise, die wegen der Autopanne schon hundert Dollar gekostet hatte, vergeblich gewesen. B. S. war mit Geld sehr knapp, es reichte kaum bis zu den Prüfungen. Herrgott, was hatte ich angerichtet!

Mr. Kratzer, schnaufend vor Entrüstung, verpetzte mich natürlich auf der Stelle bei B. S. Der schaute finster drein und hörte sich den Vortrag über mein freches Benehmen und das Leid an, das der gastfreundlichen Seele des Hausherrn widerfahren war.

»Ausgezeichnet!« sagte B. S. streng. »Ich verprügele sie! Haben Sie einen Riemen, möglichst hart?«

Mr. Kratzer kicherte und gab zu verstehen, daß er diese Worte für einen Scherz hielt.

»Lachen Sie nicht! Ich meine es ernst! Kindern muß man Takt beibringen! Besonders gegenüber solchen Menschen, die jede Achtung verdient haben. Holen Sie einen Riemen!«

Ich hatte zuerst geglaubt, daß er mich tatsächlich mit dem Riemen verprügeln wollte, aber die Worte »Menschen, die jede Achtung verdient haben« waren von so giftiger Ironie erfüllt, daß ich mir um die Unversehrtheit meines Popos keine Sorgen mehr machte.

Beim Essen saß ich da, ohne ein einziges Wort zu sagen. Der beleidigte Mr. Kratzer würdigte mich nicht einmal eines Blickes. B. S. war in ein Gespräch mit ihm vertieft, und Mrs. Kratzer wandte den Kopf wie ein Vogel mal zu dem einen, mal zu dem anderen und nahm so auch am Tischgespräch teil.

Vor dem Abendessen hatte B. S. noch ein halbes Glas Wodka gekippt, und bei Tisch war er etwas mitgenommen. Statt von meiner Frechheit abzulenken, das Gespräch höflich auf das konkrete Anliegen zu bringen, dessentwegen er hierher gekommen war, wurde B. S. ausfallend. Aus welchem Anlaß? Natürlich ging es um Israel.

Ich hatte schon gemerkt, daß immer dann, wenn sich mehr als drei Juden zusammenfinden, das Gespräch unweigerlich auf Israel kommt und einen Streit hervorruft. Ein wunder Punkt. Mr. Kratzer, über mich verärgert, machte B. S. seinen Mißmut über die russischen Juden klar, die nicht nach Israel, sondern nach Amerika zögen und die Fürsorge der amerikanischen Juden mit böser Undankbarkeit beantworteten.

»Wir geben für sie Geld aus! Setzen uns bei Konferenzen für sie ein!« ereiferte sich Mr. Kratzer. »Und sie? Kommen hierher, um Millionäre zu werden! Und wer soll Israel verteidigen?«

»Sie«, sagte B. S. mit kindlicher Direktheit und lächelte so wohlwollend wie möglich.

»Ich? Ich bin schon alt.«

»Dann eben Ihre drei Söhne.«

»Was meine Söhne tun sollen, kann ich auch ohne Ihren Rat entscheiden.«

»Was haben Sie gegen einen freundschaftlichen Ratschlag?« B. S. lächelte weiterhin. »Es wäre doch besser für Ihre Söhne, mit einem Gewehr auf den Golanhöhen zu stehen, als Rauschgift zu fressen und Marihuana zu rauchen. Zumindest würden sie Juden bleiben und ihre Gesundheit schonen.«

»Das dürfte mir jeder sagen, bloß nicht Sie«, parierte der Hausherr. »Sie sind schließlich. . . wie kann ich es behutsam ausdrücken? Sie sind schließlich aus Israel desertiert.«

»Ich habe meinen Dienst abgeleistet.« B. S. zuckte die Achseln. »Jetzt sollen es andere tun.«

»Wir geben unser Geld. Ohne dieses Geld könnte Israel nicht standhalten.«

»Heucheln Sie nicht! Sie geben nicht Ihr Geld. Das, was Sie Israel geben, setzen Sie danach von der Steuer ab und verlieren nichts. Wenn Sie Ihr eigenes Geld springen lassen müßten, hätte Israel schon längst die Beine von sich gestreckt.«

»Ich bin also ein schlechter Jude, und Sie ein guter?«

»Ich winsele wenigstens nicht scheinheilig an allen Ecken über meine Liebe zu Israel, während ich ruhig in New York sitze. Ich bin deshalb ausgereist, weil mir Israel so, wie es ist, nicht gefällt. Und es zu ändern, steht nicht in meiner Kraft. Ich will keinen Sozialismus in Israel aufbauen. Davon habe ich schon genug in Rußland aufgebaut. . . und dabei mein eigenes Gefängnis errichtet.«

Mrs. Kratzer brach plötzlich in Tränen aus, und das setzte der hitzigen Diskussion ein Ende.

»Ach, wenn unsere Söhne Ihren guten Ratschlag gehört hätten«, schniefte sie. »Dann würden sie sich nicht mit wer weiß wem herumtreiben, sondern in Israel jüdische Bräute finden.«

Das Gespräch wandte sich einem anderen Thema zu. Dem Sittenverfall, der niedrigen Moral. Von ihren Söhnen war nicht mehr die Rede, aber man spürte, daß dies alles ihretwegen gesagt wurde. Weil es den Eltern in der Seele weh tat um ihre auf Abwege geratenen Nachkommen.

Als Mr. Kratzer mich durchs Haus führte, hatte ich an den Wänden die Porträts von drei Jungen gesehen: im jüngsten Alter und dann schon fast erwachsen. Nichts Besonderes. Gewöhnliche jüdisch-amerikanische Jungen. Sogar mit Scheitelkäppchen. Doch daß sie rauschgiftsüchtig wurden, muß wohl seine Gründe haben. Auch ich hätte alles mögliche gefressen, sogar Rauschgift, wenn ich in einer solchen Familie zur Welt gekommen wäre. Was konnte der Zahnarzt Kratzer seinen Kindern – außer Geld – denn geben? Welche Ideen? Welche Ideale?

Im Wohnzimmer hing ein Farbfoto, das den vor Glück strahlenden Mr. Kratzer in Shorts und Sportmütze neben einem an Tauen hochgezogenen riesigen Fisch zeigte, der größer war als der Angler selbst. Das Bild war auf einer Yacht auf dem Meer geknipst worden. Wahrscheinlich an der Küste Floridas. Diese Fototrophäe prunkte neben dem Zahnarztdiplom und war offenbar die Ursache beträchtlichen Stolzes.

In vielen Häusern wohlhabender Amerikaner habe ich ähnliche Fotografien an den Wänden gesehen. Der Hausherr in Shorts und Schirmmütze, neben ihm unweigerlich ein großer Fisch, der auf den Schwanz gestellt ist. Das Meer. Eine Yacht. Das ist zweifellos ein Zeichen, ein Zeugnis für die im Leben eroberte Stellung. Wie die Sternchen auf den Achselklappen von Militärs. Sogar bei dem Vater von Peter Lawton hing ein Foto mit einem großen Fisch. Der einzige Unterschied bestand in der Farbe des Anglers.

Womit hätte Mr. Kratzer das Interesse seiner Söhne wekken können? Womit hätte er sie begeistern können? Mit der Aussicht darauf, neben einem großen Fisch fotografiert zu werden, dann dieses Bild neben ein eingerahmtes Juristen- oder Arztdiplom zu hängen und Geld zu scheffeln?

Kein Wunder, daß sie sich Rauschgiften und Ausschweifungen zuwandten. Was blieb ihnen denn anderes übrig? In die Fußstapfen ihres Vaters zu treten? Dafür waren sie zu belesen. Nach Israel zu fliegen? Vielleicht als Touristen, mehr nicht. Wie ihr Vater.

Ich hörte den Klagen von Mrs. Kratzer zu, sah das verstörte und jammervolle Gesicht ihres Mannes und dachte daran, wie schrecklich einsam, wie mutterseelenallein sie sich mit der gebrechlichen Hündin Jerry fühlen mußten, während sie ihr Leben mitten in einem kahlen Wald in diesem öden und ungemütlichen, an ein Grabgewölbe erinnernden Haus beschlossen. Ich erinnerte mich an meine Großväter und Großmütter, und mir wurde klar, daß sie ihr Leben besser verbracht hatten. Wenigstens gab es etwas, für das sie sich begeistern und an das sie inbrünstig glauben konnten.

»Können Sie mir eine Frage beantworten. Mr. Kratzer?« sagte ich höflich und respektvoll zu dem Hausherrn, denn ich hatte den ehrlichen Wunsch, ihn von seinen bedrückenden Gedanken abzulenken. »Könnten Sie, wenn Sie fast verhungert wären, einen ganzen Zug mit Brot heranschaffen, ohne ein Krümelchen davon zu essen?«

Mr. Kratzer verstand überhaupt nichts und schüttelte den Kopf, als wolle er eine Sinnestäuschung verscheuchen, und Mrs. Kratzer legte mir beunruhigt die Hand auf die Stirn und sagte: »Es ist viel zu spät für das Kind. Sie gehört ins Bett.«

Ich lag mit geschlossenen Augen da, und um schneller einzuschlafen, stellte ich mir vor, in meinem Zimmer in New York zu liegen und hinter der dünnen Wand des Kleiderschranks den Atem meiner schlafenden Mutter zu hören. Doch anstelle von Mamas leichtem Atem drang das entsetzliche Schnarchen des Hundes aus dem Wohnzimmer wie das Geräusch einer kreischenden Säge an mein Ohr. Ich hatte nicht geglaubt, daß Hunde so schnarchen können. Lauter als Großvater Stepan, wenn er kräftig getrunken hatte. Aber vielleicht mußte ein fettes, altes, krummbeiniges Ungeheuer wie diese Hündin Jerry genauso schnarchen und nicht anders.

Mir war klar, daß ich nicht einschlafen würde, und um mich abzulenken, dachte ich an B. S. Er war im übernächsten Zimmer. Und die Gastgeber schliefen auf der anderen Seite des Hauses. Zu ihnen drang vermutlich nicht einmal das gräßliche Schnarchen des Hundes. Sie würden nicht einmal hören, wenn B. S. und ich auf unserer Seite mit Pistolen aufeinander feuerten. Nein, natürlich nicht aufeinander, sondern wir würden unsere Pistolen einträchtig auf diese Mischung aus fettem Fleisch entleeren, die in scheckige und vor Alter nackte Haut gehüllt war – eine Mischung, die wie wackelnde Sülze auf dem Fußboden vor dem Kamin zerfließen würde.

Wenn die Gastgeber uns also nicht hörten, weshalb nutzte ich dann die glückliche Fügung nicht, daß B. S. und ich ohne Mama eine ganze Nacht in diesem seltsamen, leeren Haus verbrachten, das einem Museum glich, umgeben von Schnee und kahlem Wald? Es war unsere Nacht. Vom Schicksal beschert. Wer weiß, ob es eine solche Nacht je wieder geben wird. Und ich Dummchen liege hier mutterseelenallein in der Dunkelheit in einem fremden knarrenden Bett, während in der Nähe, ganz in der Nähe der mir teuerste Mann in sehnsüchtiger Einsamkeit schmachtet, vielleicht im Dunkeln meinen Namen flüstert und micht ruft. Mir wurde ganz heiß bei diesem Gedanken. Aber dann lachte ich innerlich. Als ob er meinen Namen flüstern würde! Braucht er mich denn? Ich bin eine unvernünftige Gans. Da denke ich mir wer weiß was aus und rede mir ein, daß es stimmt.

Er liegt in seinem Zimmer wie ein Gigant auf dem Bett, läßt

seine gewaltigen, blau tätowierten Pranken auf den Fußboden hängen und schnarcht im Duett mit Jerry. Er schnarcht so, daß die Kristalleuchter beben. Alle Männer schnarchen, hat Mama einmal gesagt. Ich würde hinzusetzen: außer Homosexuellen. Mein Papa schnarcht nicht. Ich habe einmal mit ihm in einem Zimmer geschlafen. Er atmet gleichmäßig und ruhig. Wie ein Kind. Allerdings spricht er im Schlaf. Das, was er tagsüber aus Schüchternheit nicht gesagt hat, bringt er nachts mutig hervor und schleudert es seinem Gesprächspartner ins Gesicht. Ach, wie kampflustig er im Schlaf ist, mein Papa!

Meine Gedanken kehrten wieder zu B. S. zurück. Er würde doch begreifen (wenn er nicht schlief), daß uns beiden eine seltene Gelegenheit in den Schoß gefallen war, die Nacht zusammen zu verbringen, ohne Mamas mißtrauischen und eifersüchtigen Blick. Wir konnten tun, was uns einfiel. Aber was würden wir tun? Das wäre die lächerliche Frage eines unreifen, rotznasigen Mädchens. Wir würden das tun, was die ganze Welt seit Menschengedenken tut, wenn ein Mann und eine Frau allein bleiben. Das heißt natürlich, wenn ein Gefühl sie verbindet. Das könnte sogar ein Säugling begreifen. Ich brauche B. S. keine Vernunft beizubringen. Schließlich könnte er nicht nur mein Vater, sonder sogar mein Großvater sein. Eine frühe sexuelle Entwicklung vorausgesetzt. Wie meine zum Beispiel.

»Genug gequatscht«, sagte ich mir. »Zeit zu handeln!« Wie es in dem sowjetischen Lied heißt: Den Kühnen fürchtet die Kugel, den Kühnen meidet das Bajonett. Komische Texte fallen einem in solchen Momenten ein. Wohl aus Nervosität.

Ich werde zu ihm gehen. Was dann passiert, daran will ich nicht denken. Schon zittern mir die Knie vor Aufregung. Ich muß mich zusammenreißen. Mich wie eine Erwachsene benehmen. Er wird nicht über mich lachen. Er wird alles verstehen.

Ich kann ja doch nicht einschlafen. Und außerdem ist mir kalt. Ich könnte mich erkälten und krank werden. Dann hätte er meinetwegen Scherereien. Aber neben ihm wäre mir wärmer. Ich schmiege mich ganz fest an seine muskulöse, behaarte Brust, wühle das Gesicht in seinen rauhen, gekräuselten Bart und. . . schlafe ein. So süß, so süß. Atme den bitteren Geruch von Pfeifentabak, von dem sein ganzer Körper durchtränkt ist.

Und wenn er mich fortjagt? Das ist schließlich auch möglich, wenn man das manchmal etwas schroffe Wesen dieses Mannsbilds bedenkt. Er packt mich mit seiner Tatze am Kragen und wirft mich wie ein freches Kätzchen aus seinem Schlafzimmer.

Und wenn schon! Um so schlimmer für ihn. Das heißt, daß er mein Gefühl nicht verdient hat. Ich werde diesen Schlag irgendwie verwinden. Wir Frauen sind widerstandsfähig wie Katzen. Ich habe irgendwo gelesen, daß zur Zeit der Blockade in Leningrad, als täglich 125 Gramm Brot pro Person ausgegeben wurden, die Männer als erste verhungerten. Die Frauen schafften es, alles zu erdulden und sogar zu überleben. Auch ich werde überleben. Allein mit meinem Kummer. Niemand wird meine Tränen sehen. Und er, der Schurke, wird noch begreifen, daß er den vielleicht besten Moment seines Lebens verpaßt hat, die letzte Chance, im Alter zu lieben und geliebt zu werden. Und wenn er stirbt, wird er bittere, karge Männertränen vergießen und schon in der Agonie, im Wahn vor dem Tode, kaum hörbar meinen Namen wiederholen. Und die Menschen um ihn herum werden mit den Schultern zucken und sich wundern, wer diese rätselhafte Frau sein kann, deren Namen der sterbende B. S. andächtig flüstert.

Wie albern ich bin! Da habe ich den völlig unschuldigen B. S. sogar schon begraben. So ist es immer! Statt rasch und entschlossen zu handeln, beginne ich zu phantasieren, mich zu verzetteln, und mit einem Mal weiß ich nicht mehr, wieso mir das alles eingefallen ist. Typisch intellektuelle Schnörkel. Wie B. S. sagt.

Los.

Ich schob die Beine unter der Steppdecke hervor und spürte mit den Zehen das weiche Teppichhaar. Wie sollte ich zu ihm gehen? Ich hatte kein Nachthemd mitgebracht. Keine Hausschuhe. Keinen Morgenrock. Ich war völlig nackt. Trug nur ein dünnes Höschen. Um so besser. Man muß sich von der besten Seite zeigen, wie Großvater Sjoma sagt. Er soll sehen, was er an mir hat. Ich werde meine Brüstchen nicht einmal mit den Händen bedecken. Sie sind hübsch, sehr hübsch. Ich brauche mich nicht zu schämen. Außerdem ist B. S. Arzt, und vor einem Arzt schämen sich nur erbärmliche Hinterwäldlerinnen.

Als ich geräuschlos die Tür öffnete und aus meinem Zimmer hinausschaute, verstärkte sich das Schnarchen der gräßlichen Hündin Jerry, und in der ägyptischen Finsternis des Wohnzimmers schimmerten rötlich die letzten Kohlereste in dem erloschenen Kamin. Das half mir, mich zu orientieren, und ich ging auf Zehenspitzen über den Teppich, der jeden Laut schluckte, ließ eine Tür aus und blieb vor der nächsten stehen. Das Zimmerfenster war mit einem dichten Vorhang zugezogen, und ich konnte nicht erkennen, wo das Bett stand. Er schnarchte nicht und gab überhaupt kein Lebenszeichen von sich. Also schlief er nicht und konnte mich sehen, weil sich seine Augen an die Dunkelheit gewöhnt hatten. Der kräftige Geruch von Pfeifentabak kitzelte meine Nase – ein sicheres Zeichen dafür, daß er hier, in diesem Zimmer, war und ich mich nicht in der Tür geirrt hatte.

»Olga?« erklang seine tiefe Stimme irgendwoher von links.

»Ja, B. S., ich bin's«, flüsterte ich nur mit den Lippen, und mir wurde die Kehle sofort trocken.

»Warum schläfst du nicht?« Er rührte sich im Bett, und es knarrte unter ihm.

»Ich. . . ich. . . bin zu Ihnen gekommen. . . Kann nicht schlafen.«

»Was sind das für nächtliche Besuche?« fragte er überhaupt nicht streng. »Du brauchst Schlaf.«

»Sie reden wie ein kleines Kind. . . Du brauchst Schlaf. Und wenn ich nicht schlafen kann?«

Er lachte, unsichtbar in der Dunkelheit. »Schließ die Tür. Dieser entsetzliche Köter macht mich wild mit seinem Geschnarche.«

Ich lehnte die Tür an, was das Schnarchen des Hundes sofort leiser werden ließ.

»Was sollen wir tun?« fragte B. S.

»Kann ich vielleicht bei Ihnen bleiben? Ich brauche nicht viel Platz. Bin ja noch klein.«

»Na, dann komm her, Kleine.«

Mir hüpfte das Herz in der Brust wie eine Heuschrecke. Ich ging blindlings weiter und stieß mit den Knien an den Bettrand.

»Warte, ich mache das Licht an.«

»Lieber nicht! Ich bin ausgezogen.«

»Als wenn ich das noch nie gesehen hätte.«

Er schien in der Dunkelheit zu lächeln, machte das Licht aber nicht an. Er streckte die Hand aus und ertastete meine Schulter. Ich setzte mich auf das Bett. B. S. hob die Decke, und ich schlüpfte hinein in die Wärme, verkroch mich in Haaren und weichen Muskeln. Er schlief auch ohne Pyjama. Als wir hierher kamen, hatten wir schließlich nichts von einer Übernachtung geahnt und deshalb nichts mitgebracht, und den Gastgebern war nicht eingefallen, uns irgend etwas aus ihrer eigenen Garderobe anzubieten. Allerdings, wenn sie es getan hätten, wäre Mr. Kratzers Pyjama kaum groß genug für

B. S.' Nase gewesen. Wie Großmutter Sima in solchen Fällen gern sagte.

Aber er war nicht ganz nackt. Sonst wäre ich vor Schreck gestorben. Genau wie ich trug er einen Slip. Das spürte ich mit den Knien.

B. S. umarmte mich, und ich versank in seinen muskulösen Armen. Fast wäre ich erstickt, so heiß und eng wurde mir.

»Also, Kleine, hat dein Herz jetzt, was es begehrt?«

»Mhm«, machte ich.

»Ist dir warm?«

»Mhm.«

»Nicht zu eng?«

»Nein.«

Ich hörte, wie B. S.' Herz schlug. Bum! Bum! Wie Hammerschläge. Auch er war aufgeregt. Mein Gott! Also bin ich ihm nicht gleichgültig. Also kann ich ihn in Erregung bringen.

Es konnte keinen Zweifel geben. Ich spürte es mit den Knien. Und meine Knie taten weh, als wären sie verbrannt.

»Und wenn du dich aufgewärmt hast, könntest du vielleicht zurück in dein Zimmer gehen?«

»Nei-ein. Lieber, guter B. S., jagen Sie mich nicht fort. Lassen Sie mich hierbleiben. Ich werde ganz still liegen. Ich störe Sie nicht.«

Sein Bart legte sich auf meinen Kopf und verhedderte sich in meinem Haar. B. S. roch nach Männerschweiß. Ein herber und köstlicher Geruch. Wie nur sehr starke und gesunde Männer ihn haben. Ich hatte einmal gehört, wie Mama B. S. im Schlafzimmer zuflüsterte, daß der Geruch seines Körpers ihr angenehmer sei als das teuerste Parfüm. Wir haben den gleichen Geschmack. Dafür sind die Gene verantwortlich!

»Weißt du, mein Kind, daß dies schon kein Spiel mehr ist?«

»Ich spiele nicht. Ich liebe Sie.«

Ich sprach es aus und stockte. Wenn er mir nun plötzlich das

Knie unter den Hintern schiebt und mich aus dem Bett hinausstößt: Marsch in dein Zimmer, freche Göre!

Nein. Er lag ganz still. Nur sein Herz war zu hören: Bum! Bum!

»Ist es nicht etwas früh, Oletschka?« fragte er plötzlich mit heiser gewordener Stimme.

»Genau richtig«, flüsterte ich mit trockenen Lippen. »Julia verliebte sich in meinem Alter in Romeo.«

»Was bin ich denn für ein Romeo? Sein Vater wäre ich, mindestens.«

Ich faßte ein paar gekräuselte Haare auf seiner Brust mit den Lippen und preßte sie zusammen.

»Meine liebe Not habe ich mit dir«, seufzte B. S. »Weißt du denn, wie sich das im juristischen Sprachgebrauch nennt?«

»Was?«

»Das, was du mir anbietest. Das heißt Verführung Minderjähriger und wird sehr streng bestraft. Machst du dir eigentlich klar, wozu du mich treibst?«

»Haben Sie etwa Angst?«

»Tja, ein Hasenfuß bin ich nicht. . . Aber begreif doch. . .«

»Was gibt's da zu begreifen? Sind Sie ein Feigling? Haben Sie Angst, für das geliebte Wesen ein Risiko einzugehen? Sie fürchten sich vor dem Gefängnis. In früheren Jahrhunderten fochten die Ritter Duelle für ihre Herzensdame und kamen um. . . aber Sie. . .«

»Moment, Moment. . . Ereifere dich nicht. . . Wer ist denn meine Herzensdame? Du? Ein faules Mädchen, das seiner Mutter im Haushalt nicht hilft und schlechte Zensuren aus der Schule mitbringt? Wenn ich dein Vater wäre, würde ich einen Riemen nehmen und diesen Popo verdreschen.«

Seine Hand legte sich auf mein Gesäß und umfaßte es ganz. Er drückte so fest zu, daß von meiner Nasenwurzel ein süßer Schmerz aufstieg. Ich schmiegte mich mit beiden Brüsten an seinen Bauch und hörte wieder, wie das Blut durch sein Herz pumpte.

»Jetzt verprügele ich dich.«

»Bitte sehr. Machen Sie mit mir, was Sie wollen. Ich gehöre Ihnen.«

»Weißt du, daß das, was du mir vorschlägst, dir am Anfang nur weh tut?«

»Ja. Hab's gelesen.«

»Lesen – das ist eine Sache.«

»Ich habe keine Angst.«

»Dafür habe ich Angst. Als Arzt. Du bist noch nicht voll entwickelt. Hast noch keine Menstruation gehabt. Oder?«

»Na und?«

»Vor der Menstruation ist die Beziehung zu einem Mann einfach gefährlich für deine Gesundheit. Dir wird nicht wiedergutzumachender Schaden angetan, mit sehr schweren Folgen. Oletschka, Liebste, deinetwegen und um deiner Gesundheit willen werde ich deine vorübergehende Schwäche nicht ausnutzen. Obwohl – ich geb's ehrlich zu – mir deine Leidenschaft für mich sehr schmeichelt, und es fällt mir nicht leicht, mich zu beherrschen.«

»Feigling! Elender Feigling. Seemann oder nicht. Ich hasse alle, die so besonnen und vernünftig sind. Alles bildet ihr euch ein zu wissen! Was gut und was schlecht ist! Was man darf und was man nicht darf! Na und? Seid ihr dadurch auch nur ein bißchen glücklicher geworden?«

Er schwieg. Ich hatte wohl irgendeine verborgene Saite in seiner Seele angerührt.

»B. S., verzeihen Sie mir, mein Guter. Ich bin dumm. Aber Sie sind ein kluger Mann. Also sagen Sie mir, wie lange ich noch warten muß? Bis zur ersten Blutung?«

»Das ist auch zu früh. Ich rate ab. Du mußt erst kräftiger werden. Deine Knochen sind noch schwach. Wie bei einem Nestling.«

»Also, wann denn? Wenn ich voll entwickelt bin? In einem Jahr? In drei Jahren?«

»Wenn dir ein Weisheitszahn wächst.«

»Wann ist das?« fragte ich in schleppendem Ton.

»Ehe du dich's versiehst.«

»Aber dann wird alles anders sein. Dann bin ich weise und zynisch. Ich werde keine frischen Gefühle mehr haben, wie jetzt, wo ich noch ganz dumm bin, mein Kopf aber frei von gemeinen Gedanken ist. Und werden Sie mich dann nicht zurückweisen?«

»Wenn ich noch am Leben bin.« Er lächelte, wodurch sein Bart auf meinem Scheitel raschelte. »Aber dann brauchst du mich nicht mehr. Was meinst du, wie viele Jungen dich umschwärmen werden! Und du wirst ihnen den Kopf verdrehen. . .«

»An denen werde ich mich für Ihre Besonnenheit rächen.«

»Gut, abgemacht. Laß uns schlafen.«

Ich wandte ihm den Rücken zu und rollte mich zusammen. Mir war warm und wohl. Glücklich schlief ich ein.

Aber irgend etwas störte mich im Schlaf. Ach so, B. S. schnarchte. Und wie laut! Genauso wie die Hündin Jerry.

Ich öffnete die Augen. Herrgott, wo bin ich?

Hinter den großen Fenstern des Wohnzimmers schimmerte blau die Morgendämmerung. Und sogar die schwarzen Silhouetten kahler Bäume waren zu erkennen.

Irgend jemand schnaufte und gluckerte unter meinem Ohr. So stark, daß einem übel werden konnte, roch es nach Hund.

Jerry, die fette, plumpe Hündin, hatte mir die Pfote auf die Schulter gelegt, und ich hatte den Kopf in ihren weichen Hängebauch gegraben. Ich lag vor dem Kamin auf dem Teppich und hatte mich die halbe Nacht lang an diesen scheußlichen, krummbeinigen Hund mit der feuchten, speicheltriefenden Schnauze geschmiegt.

Dahin hatte es mich Mondsüchtige verschlagen!

Ich sprang zitternd vor Kälte auf, lief in mein Zimmer und verkroch mich mit dem Kopf unter der Decke.

Als ich am nächsten Morgen mit B. S. abfuhr, der nicht ahnte, wie ich ihn in der Nacht hatte verführen wollen, schaltete er die Heizung im Auto an, und rümpfte die Nase, runzelte die Stirn und sagte: »In diesem Haus hat alles nach Hund gestunken. Sogar du stinkst danach. Wenn wir zu Hause sind, mußt du sofort duschen.«

Auf unserer U-Bahnlinie fahren alte, vorsintflutliche Wagen – abgewetzte Kästen mit Eisenbänken –, und ihr Donnern ist so laut, daß die Passagiere beim Gespräch aus vollem Hals brüllen müssen. Meinen Trommelfellen wird übel mitgespielt, und ich höre fast nichts von dem, was mir Papa sagt, der neben mir sitzt und mich in die Schule begleitet.

Er spricht, aber ich kann nichts hören und versuche nicht einmal, irgend etwas mitzubekommen. Doch ich nicke. Das stellt ihn zufrieden, und er verstummt während der ganzen Strecke nicht. So etwas nennt er Gedankenaustausch, Kontaktaufnahme mit dem Kind. Und er hält mir langweilige Predigten darüber, wie man leben soll. Gibt sozusagen Körnchen seiner wertvollen Lebenserfahrung weiter.

Wenn wir uns an der Schule trennen, zieht er selbstgefällig die Bilanz seines Vortrags: »Siehst du, du hast etwas Neues erfahren, bist ein wenig weiser geworden.«

Ein glücklicher Mensch. Ihm ist kein einziges Mal der Gedanke gekommen, daß ich nichts höre und er vergeblich die überhitzte, stickige Luft des U-Bahnwagens in Wallung bringt.

Wir fahren, gemeinsam im Rhythmus der pochenden Wagenräder hin und her schaukelnd. Seine Stimme rauscht an meinem Ohr vorbei: Bla, bla, bla. Doch meine Gedanken sind weit entfernt, und meine Augen irren über die Passagiere hinweg. Vor allem über die Frauen. Sie sind erst vor kurzem aus dem Bett gekrochen. Haben zerknitterte, leicht geschwollene Gesichter, zerzaustes Haar. Frauen sind morgens, bevor sie eine dicke Schminkeschicht aufgelegt haben, Hexen ähnlich. Das habe ich in unserem Haus beobachtet. Meine Mama schläft wenigstens von B. S. getrennt. In einem anderen Zimmer. Und sie erscheint ohne jede Spur nächtlicher Alpträume unter Menschen, vor den lichten Augen ihres Geliebten. Ihr Gesicht ist geschminkt, die Wimpern sind getuscht, die Haare geordnet. Mit diesem Äußeren ist sie durchaus appetitlich.

Aber die Frauen, die mit mir fahren, jeden Tag ein und dieselben, schlafen wahrscheinlich in einem Bett mit ihrem Mann oder Liebhaber und verursachen ihm morgens Übelkeit durch ihren Anblick und ihren Mundgeruch. Das sind hirnlose Weiber! Sie graben sich ihr eigenes Grab. Es ist nicht überall so, aber in Amerika kann sich auch der ärmste Mensch leisten, in seinem eigenen Zimmer zu schlafen, doch sie sind, sogar wenn sie viel Geld haben, darauf erpicht, sich die ganze Nacht mit einem Mann in einem Bett zu drängen, als fürchteten sie, ihn in der nächtlichen Dunkelheit zu verlieren, und dadurch werden sie ihm zur Plage.

»Bla, bla, bla«, leiert mein Vater über meinem Ohr. Ich höre ihm einen Moment lang zu und fange ein paar Worte auf, so etwas wie »Selbständigkeit«, »Respekt vor den Älteren«.

Du lieber Gott! Er hofft immer noch, meinen Respekt zu erringen. Unüberwindliche Naivität. Ich betrachte ihn von unten, aus dem Augenwinkel.

Er hat ein zartes, sogar schönes Gesicht. Etwas weiblich. Und er ist geschmackvoll angezogen. Die Frauen in unserem Wagen schauen ihn mit Interesse an, machen ihm sogar schöne Augen und lächeln vertraulich.

Die Passagiere, die morgens zur selben Zeit fahren, kennen einander dem Ansehen nach. Mein Vater hat im Wagen mehrere Verehrerinnen. Man müßte sie irgendwie verblüffen und ihnen zuflüstern, daß er homosexuell ist.

Ich beobachte die Gesichter der Frauen. Die einen sind nachdenklich, können aus dem Kreis ihrer eigenen Sorgen nicht ausbrechen. Sie bewegen sogar die Lippen und setzen einen unterbrochenen Streit fort. Die anderen bemühen sich vergeblich, hübscher auszusehen, als sie sind. Sie versuchen, ihre Nachbarn unbeteiligt anzuschauen. Und dann gibt es noch die Koketten, die ihre vom Leben verbrauchten, nicht mehr jugendfrischen Gesichter wie Reklameschilder tragen, als wollten sie jeden einladen, sich nach dem Preis zu erkundigen.

»Bla, bla, bla«, leiert mein Vater ohne Unterlaß über meinem Ohr, und ich schnappe das Ende eines Satzes auf: ». . .so zu handeln, daß die Umgebung dich achtet.«

Die Umgebung, zumindest in diesem U-Bahnwagen, ist mir gründlich zuwider, und ihre Achtung interessiert mich nicht mehr als der Schnee vom vergangenen Jahr. Genausowenig wie Papas Predigten. Aber er ist schließlich Lektor von Beruf. Soll er doch die Luft in Wallung bringen, er übt eben. Wenn er wenigstens auf englisch vor sich hin murmelte. Ein Vortrag in russischer Sprache, das ist keine gängige Ware in Amerika.

Das schrille, aufreizende Klappern von Münzen in einer Blechdose dringt an mein Ohr. Ich kann den Bettler mit den Münzen in der leeren Bierdose, der in den Wagen eingestiegen ist, hinter den Rücken der Passagiere noch nicht sehen, aber ich versuche zu erraten, welcher heute unsere Linie »bedient«. Hier gibt es mehrere Bettler, die abwechselnd mit einer klappernden Blechbüchse in der ausgestreckten Hand ihre Runde durch die Wagen machen. Der eine ist ein Schwarzer, dick bis zur Unförmigkeit, mit Elefantenkrankheit und wohl schwachsinnig, nach seinen feuchten Lippen zu urteilen. Der zweite ist ein versoffener Weißer, der ein Bein nachzieht. In einem zerrissenen Mantel. Wahrscheinlich mit Absicht aufgerissen, denn in New York werden neuere und weniger beschädigte Sachen auf den Müll geworfen. Und niemand sammelt sie auf, außer den Müllkutschern.

Heute ist der dritte an der Reihe: ein Blinder. Ob er wirklich blind ist oder es nur vortäuscht, konnte ich noch nicht feststellen, aber ein träger und gleichgültiger Blindenhund mit gesteppter Weste drückt sich um seine Beine. Wenn er einen Hund bekommen hat, kann es kein Betrug sein, dann ist er tatsächlich blind. Auf Brust und Rücken hängen ihm Pappschilder mit Aufschriften, die dem Spender im voraus danken und Gottes Segen auf sein mitleidiges Haupt herabbeschwören.

Der Blinde verläßt sich nicht ganz auf diese Aufschriften, versucht, das Gewissen der Passagiere mit gellenden, fordernden Schreien zu rühren und schiebt ihnen die klappernde Büchse direkt ins Gesicht. Manche werfen zehn oder fünfundzwanzig Cent hinein. Papa tut nichts in die Büchse. Er ist damit beschäftigt, mir einen erzieherischen Vortrag zu halten, und runzelt nur die Stirn, als ihm die Dose klirrend unter die Nase gehalten wird.

Mir fällt plötzlich etwas Lustiges ein. Was wäre, wenn ich mit genauso einer Büchse durch die Wagen ginge und die Passagiere mit der ganz ungewöhnlichen Tirade verblüffte: »Ein Almosen für die Tochter eines Homosexuellen!«

Da würden sie in Bewegung geraten und in die Taschen greifen. In Amerika bezahlt man für eine gelungene Idee, läßt sich nicht lumpen.

Wieder schiele ich zu meinem Vater hinauf: Ob er meine Gedanken gelesen hat? Nein. Wie ein balzender Birkhahn setzt er seine Litanei fort. Ich nicke ihm aufmunternd zu. Das gibt ihm Kraft und Inspiration. »Für sich selbst einstehen können. . .«, »anderen gegenüber aufmerksam und sich selbst gegenüber anspruchsvoll sein«. . .

Papa hat sich schon in Moskau von Mama scheiden lassen, und bei der Abreise hinterließ er uns anstelle von Alimenten für meinen Unterhalt den ihm zustehenden Teil des Vermögens. Offiziell ist er frei von finanziellen Verpflichtungen. Trotzdem steckt er uns regelmäßig zweihundert Dollar im Monat zu. Das ist nicht sehr viel, aber als Ergänzung zu Mamas sehr bescheidenem Gehalt hilft es uns doch. Papa tut das freiwillig, ohne jeden Zwang und ist sehr stolz auf diese Äußerung von Edelmut. So sehr, daß er es bei jeder Gelegenheit erwähnt. Und dadurch bei mir alles andere als Dankbarkeit weckt.

Für mich ist es ein Rätsel, wann er homosexuell wurde. Schon in Moskau? Oder hier? Nachdem er nach Herzenslust Freiheit und westliche Kultur gekostet hatte?

Mit Mama darüber zu sprechen wäre mir irgendwie peinlich. Ich selbst habe meiner jungen Jahre wegen nicht darauf geachtet. Wenn ich älter bin, werde ich es erfahren.

Mich interessiert mehr, weshalb er homosexuell wurde. Denn die meisten Männer bleiben ja schließlich Männer. Er heiratete Mama aus Liebe, und wie Großmutter Sonja, Mamas Mutter, häufig voll Stolz prahlte, hatte er ihr lange den Hof gemacht und sie fast auf Knien angefleht, ihn zu heiraten.

Aus den Gesprächen der Erwachsenen habe ich einiges aufgeschnappt. Den Rest kann ich mir mit meinem analytischen Geist zusammenreimen.

Er wuchs in seiner Familie als einziges Kind auf. Seine Mutter, Großmutter Ljuba, war eine Frau mit eisernem Charakter, und eigentlich hätte sie Artilleriehauptmann werden müssen, nicht der stille, schüchterne Großvater Ljowa.

Er war also von klein auf unter der Fuchtel einer übermächtigen Frau, die ihn nicht wie einen lebendigen Menschen, sondern wie eine Puppe behandelte. Sie hatte sich ein Mädchen erträumt, und als ein Junge geboren wurde, nahm ihre Sehnsucht nach einer Tochter äußerst interessante Formen an: Bis zum Alter von drei Jahren zog sie ihrem Sohn Kleider und Röcke an, ließ ihm lange Haare wachsen und band ihm Schleifen hinein.

Allein das hätte ausgereicht, um irgend etwas in der Psyche eines Jungen zu verrücken.

Aber der Hauptgrund war ein anderer. Er wuchs fast ohne jeden männlichen Einfluß auf. Sein Vater verbrachte vier Jahre im Krieg, und während dieser vier Jahre war der Junge nur von Frauen umgeben. Dann kehrte der Vater, der eine Hand verloren hatte, zurück und geriet völlig unter den Pantoffel seiner Frau. Seine Stimme war im Haus gar nicht zu hören. Und überhaupt war das Haus – eine Kommunalwohnung mit sieben Zimmern, in denen sieben Familien in drangvoller Enge lebten – ein Weiberreich, wie Großmutter Ljuba sich ausdrückte. Außer dem versehrten Großvater Ljowa kehrte kein einziger Mann aus dem Krieg in diese Wohnung zurück. Nun lebten dort sechs Witwen mit ihren Kindern. Und Papa wuchs in dieser Umgebung auf.

Da liegt der Hund begraben.

Soweit ich mich erinnere, war er nie ein Mann im vollen Sinne dieses Wortes. Wie B. S., zum Beispiel. Sondern er war immer zart und fraulich, was von vielen als Zeichen hoher Intelligenz angesehen wurde. Bei jeder Gelegenheit versuchte er vergeblich, sich als echten Mann darzustellen, als fidelen Burschen, als übermütigen Streithahn und Raufbold. Das wirkte lächerlich und albern. Sogar auf mich.

Ich erinnere mich, wie wir auf dem Lande einmal abends von der elektrischen Eisenbahn durch den Wald gingen. Ein Betrunkener wich uns nicht von der Seite. Ein einfacher russischer Kerl, der zuviel Wodka in sich hineingeschüttet hatte und Gesellschaft suchte. Mama hatte es ihm aus irgendeinem Grunde angetan, und er begann, ihr sein Herz auszuschütten, wobei er mit den Armen wedelte und sie manchmal berührte. Mama lachte nur. Aber Papa brauste auf.

Die beiden gerieten sich in die Haare. Doch es kam nicht zu einer Prügelei, sondern zu einer Zirkusnummer. Viel Geschrei und Gefuchtel mit den Fäusten, aber kein einziger Schlag. Papa schlug aus Ungeschicklichkeit daneben, und der andere deshalb, weil er betrunken war und sich kaum auf den Beinen halten konnte. Dann stolperte er über seine eigenen Füße und fiel zu Boden. Papa trat mit den Schuhen auf den Liegenden ein. Diesem lief sogar Blut aus dem Mund. Mama war erschrocken. Ich auch. Papa und wir eilten rasch nach Hause und ließen den Mann auf dem Weg liegen.

Später beschrieb Papa beim Abendessen in der Datscha den Großmüttern und Großvätern diese Prügelei. Die wunderten sich, waren überrascht von seiner Kühnheit und seinem Mut.

»Vielleicht habe ich ihn umgebracht«, erzählte Papa bescheiden. »Auf jeden Fall habe ich ihn für sein ganzes Leben verkrüppelt.«

Am nächsten Morgen traf ich denselben Kerl vor dem Geschäft. Er erinnerte sich natürlich nicht an mich, ebensowenig wie er sich daran erinnerte, daß er sich mit Papa geprügelt hatte. Auf seinem Gesicht war nicht die geringste Spur zurückgeblieben. Er stand vor dem Geschäft und bat die Vorübergehenden, ihm ein Viertelliterchen zu kaufen, weil der Verkäufer ihm selbst keinen Wodka überlassen wollte.

Papa leiert weiter über meinem Ohr, der Wagen donnert über das eiserne Hochgleis, vor den Fenstern huschen dunkle Häuser vorbei, mit schmutzigem, tauendem Schnee auf den Dächern.

Unser Wagen rast in die Dunkelheit, und an der Decke

flammt ein Licht auf. Wir sind in einen Tunnel gefahren, und bis zu meiner Station werden wir tief unter der Erde durch Manhattan rollen. Wie durch ein großes Massengrab, dem der U-Bahnzug eine neue Ladung verstorbener Passagiere bringt.

Plötzlich tut Papa mir leid. Er ist schwach und sehr unglücklich. Was bedeutet Joe für ihn? Oder seine anderen homosexuellen Partner? Die Familie können sie ihm nicht ersetzen. Er ist allein und ruhelos. Deshalb gibt er uns Geld, obwohl das Gesetz ihn nicht dazu zwingt. Deshalb schleppt er sich jeden Morgen in aller Herrgottsfrühe mit der U-Bahn zu unserer Station, um mich in die Schule zu bringen.

Er hat nicht das geringste Selbstbewußtsein. Und er sieht einem nicht in die Augen, als habe er kein reines Gewissen, als verberge er etwas und schäme sich, es zuzugeben.

Ich weiß noch, wie er aus Rußland ausreiste. Im Grunde überließ er Mama und mich der Willkür des Schicksals. Obwohl er sich von ihr hatte scheiden lassen und Mama wieder ihren Mädchennamen angenommen hatte. Das half nichts. Mama und ich waren gebrandmarkt als Familie eines Vaterlandsverräters. Man begann, mir in der Schule schlechte Zensuren zu geben, die Lehrer versuchten, nicht in meine Richtung zu blicken, als sei ich aussätzig. Und Mama wurde von ihrem Arbeitsplatz entlassen. Man erklärte ihr ohne Umschweife, daß die Sowjetmacht solchen Leuten die Erziehung der heranwachsenden Generation nicht anvertrauen könne.

»Was heißt ›solchen‹?« fragte Mama.

»Zionisten«, antwortete man ihr ohne jede Verstellung.

Mama wurde den Zionisten zugerechnet. Dabei hatte sie nicht das geringste mit dem Zionismus zu tun. Ich bin überzeugt, daß sie sogar Mühe gehabt hätte, Israel auf der Karte zu finden. Mamas Beruf und Leidenschaft ist die russische Literatur. Daß sie Jüdin ist, erfuhr sie, genau wie ich, erst von den russischen Antisemiten.

Mama und ich hätten Rußland niemals verlassen, wenn wir nicht hinausgedrängt worden wären. Man stellte sie in keiner Schule als Lehrerin ein und erlaubte ihr nur – was als große Gefälligkeit ausgegeben wurde –, als Fahrstuhlführerin in einem Genossenschaftshaus für Schriftsteller zu arbeiten. Bei ihrem Lohn hätten wir ohne die Hilfe der Großväter und Großmütter kaum leben können.

Papas wegen bezeichnete man uns als Zionisten. Bevor sie ihn hinausließen, hatte er in Moskau viel Aufhebens von seiner historischen Heimat und seiner ungestillten Liebe zu Israel gemacht. Er besorgte sich irgendwo die amerikanische Zeitschrift »Life«, schnitt daraus ein Bild Mosche Dajans mit der schwarzen Klappe über dem linken Auge aus und hängte es sich über das Bett. Unsere Alten wären vor Angst fast in Ohnmacht gefallen. Die Juden, die uns besuchten, schnalzten ehrfurchtsvoll mit der Zunge, drückten Papa für seine Kühnheit die Hand, und danach sahen wir sie in unserem Haus nie wieder.

Besonders berühmt wurde Papa durch sein Gespräch mit einer Vertreterin der Obrigkeit im Paßamt. All unsere Bekannten gaben einander flüsternd die fesselnden Einzelheiten dieses Gesprächs weiter und konnten sich nur darüber wundern, wie ein so zarter, intellektueller Mann derartigen Mut aufbrachte. Und sie kamen überein, daß nur eine große Idee wirkliche Leidenschaft hervorbringen könne. Diese Idee war der Zionismus, über den sich Papa sogar im Schlaf ausließ.

Was für ein Gespräch führte Papa also im Paßamt?

Ich weiß alles aus seinem eigenen Munde. Um so mehr als man Papa nicht lange bitten mußte, immer wieder von seiner Heldentat zu erzählen. Zeugen dieses Gesprächs gab es nicht. Außer der Mitarbeiterin des Paßamtes, der Papa tapfer die ungeschminkte Wahrheit sagte. Deshalb hat Papa ganz allein für die Genauigkeit der Wiedergabe mit seinem Gewissen einzustehen.

Die Mitarbeiterin des Paßamtes fragte angeblich: »Wissen Sie, daß man Sie in Israel zur Armee einzieht und in den Tod schickt?«

»Ja«, erwiderte Papa. »Man braucht mich nicht einzuziehen, ich werde mich freiwillig melden, um meine Heimat zu verteidigen.«

»Und könnte es dann nicht passieren, daß Sie am Suezkanal meinen Sohn erschießen?«

»Durchaus möglich«, antwortete Papa. »Denn Ihr Sohn hat am Suezkanal nichts zu suchen. Wenn er die Nase in fremde Angelegenheiten steckt, geschieht es ihm recht.«

»Raus mit Ihnen!« schrie angeblich die Mitarbeiterin des Paßamtes, die fast hysterisch geworden war. »Sie werden Israel im Leben nicht zu sehen kriegen!«

Als hätte sie in die Zukunft geblickt. Papa ist bis heute nicht in Israel gewesen und hat, wie ich glaube, auch nicht die Absicht, sich dorthin aufzumachen.

Er wurde von Pontius zu Pilatus geschickt und schließlich aus Rußland hinausgelassen. Sobald die sowjetische Grenze hinter ihm lag, war Papas Zionismus augenblicklich verflogen, und er schlug sich über Wien und Rom nach Amerika durch.

Jetzt verbirgt er nicht mehr, daß er den Gedanken an Israel schon deshalb zurückwies, weil Homosexualität in Israel ebenso wie in der UdSSR – schief angesehen wird, und dies betrachtet Papa als unheilvollstes Zeichen dafür, daß die individuelle Freiheit geschmälert ist. Doch in Amerika ist die Freiheit uneingeschränkt. Steck den Schwanz, wohin du willst. In jede beliebige Spalte. Deine Sache. Bezahl nur pünktlich deine Steuern.

Die letzten Gedanken gehen mir schon auf der U-Bahntreppe durch den Kopf, wohin die aus den Wagen strömende Menge der Passagiere Papa und mich getragen hat. Papa hält mich an der Hand, damit ich nicht verlorengehe. Aber ich möchte meine Hand losreißen, weil diese Gedanken mir wieder Ekel vor ihm verursacht haben.

Erst an der Oberfläche, auf der Straße, gelingt es mir, die Hand zu befreien und sie unmerklich in der Tasche meines Pelzmantels abzuwischen.

Jetzt ruht seine Hand auf meiner Schulter. Er hat sein zartes, schönes Gesicht zu mir geneigt und zieht befriedigt die Bilanz unserer Unterhaltung im Zug: »Ich bin froh, daß du dir den Rat von Älteren aufmerksam anhörst. Das flößt mir Hoffnung und Optimismus ein.«

Jede Familie hat ihre Legenden. Meist lächerliche. Und man erzählt sie sehr gern neuen Bekannten. Als wollte man sagen: Lern uns kennen! Da siehst du, wie toll wir sind!

Ich selbst lieferte in jungen Jahren (mit fünf oder sechs) Anlaß und Stoff für mindestens zwei Legenden. Die Großväter und Großmütter wiederholten sie mehr als hundertmal in meinem Beisein. Mindestens. Manchmal schmückten sie die Erzählung ein wenig aus, manchmal ließen sie etwas weg. Wegen Verkalkung der Blutgefäße im Gehirn. Aber immer lachten sie. Bis zu Tränen. Bis sie lange husteten, sich verschluckten und gefährlich purpurrote Wangen bekamen. Dabei betrachteten sie mich voller Liebe. Und nicht ohne Stolz.

Ich hatte mich folgendermaßen hervorgetan.

In unserer Feriensiedlung war ein Sommerkino. Unter freiem Himmel. Ohne Dach. Eine große Leinwand. Davor Holzbänke und das Häuschen des Filmvorführers. All das war von einem hohen Zaun mit zugenagelten Ritzen umgeben, damit niemand ohne Karten heimlich zugucken konnte. Unsere Jungen sahen sich die Filme allerdings trotzdem kostenlos an. Von benachbarten Bäumen aus. Sie kletterten bis hoch in die Wipfel und hängten sich wie Affen an die Äste. Eines Tages stürzte ein Junge ab. Die Vorführung mußte unterbrochen werden, weil ein Unfallwagen kam und alle Zuschauer von ihren Plätzen aufsprangen, um zu sehen, was sich ereignet hatte. Ein wirklicher Beinbruch ist natürlich interessanter als sogar hundert Morde auf der Leinwand! Dieser Junge hüpfte danach noch lange in Gips und auf Krücken herum.

Aber ich komme vom Thema ab. Denn ich wollte ja erzählen, wie die Legende entstand.

Ich kletterte nicht auf Bäume, um mir ohne Eintrittskarte einen Film anzuschauen. Das ließ meine Erziehung nicht zu. Ich begleitete Mama und meine übrigen Verwandten und saß bei irgend jemandem auf den Knien, um besser sehen zu können. Großvater Ljowa stritt sich jedes Mal mit dem Kontrolleur darüber, daß man mich ohne Karte einlassen solle. Denn ich nähme keinen Platz weg, säße jemandem auf dem Schoß. Und ich verstünde nicht, was auf der Leinwand gezeigt werde. Weshalb, das war die Frage, müsse man also für mich bezahlen? Deshalb, erklärte der Kontrolleur immer wieder geduldig, weil das Gesetz für alle gleich ist. Bis zum Alter von fünf Jahren koste es nichts, danach – und wenn man auch nur einen einzigen Tag älter sei – den halben Preis einer Erwachsenenkarte. Schließlich habe Großvater selbst zugegeben, daß das Mädchen fünf Jahre alt sei.

Was wahr ist, muß wahr bleiben. Meine Vorfahren waren schreckliche Idealisten, aus der alten Garde. Nie hätten sie einen Finger gerührt, um den eigenen Staat zu betrügen, nicht einmal um eine Kleinigkeit. Sie räumten ehrlich ein, daß ich schon fünf Jahre alt war. Großvater Ljowa hörte auf zu streiten und kaufte mir fluchend eine halbe Karte.

Eines Tages saß ich auf Mamas Schoß. Zur Rechten und zur Linken und sogar hinter uns saß unsere ganze Verwandtschaft. Über uns keine Decke, sondern der funkelnde Sternenhimmel. Über die Köpfe hinweg zog sich der von Staubkörnchen durchsetzte Lichtkegel und prallte auf die Leinwand. Und auf der Leinwand begann der Film.

In Feriensiedlungen gibt es ein besonderes Publikum. Solange der Film normal abläuft, unterhalten sich die Zuschauer miteinander, knabbern geräuschvoll Sonnenblumenkerne und spucken die Schale aus. Kurz, sie stören beim Zuhören. Daran hat man sich gewöhnt. Wer Lärm macht, wird nicht einmal zurechtgewiesen.

Doch sobald es etwas heißer hergeht, das heißt, sobald der Held und die Heldin anfangen, einander ihre Liebe zu erklären, und ihre Nasen sich unter süßer Musik verdächtig näher kommen, ist unser Ferienpublikum wie gebannt, erstarrt mit der Schale der Sonnenblumenkerne auf den Lippen, und ringsum ist nur schweres Atmen und sogar Schnaufen zu hören.

Auf der Leinwand kommen sich die Nasen immer noch näher, die Lippen werden vorgestülpt, und endlich saugen Er und Sie sich aneinander fest. Jetzt setzt im Saal sogar das Atmen aus und auch die Musik. Totenstille.

Und in diesem Moment ertönt deutlich ein Kinderstimmchen, das zornig und empört ruft: »Ich hab genau gewußt, daß er sie beißt!«

Nach einer kurzen Pause ließ das ganze Publikum gleichzeitig die Nachtluft durch lautes Gelächter erzittern, und sehr lange konnten die Leute sich nicht beruhigen, vergaßen die Leinwand, drehten den Kopf und suchten mich mit den Augen.

All meine Verwandten waren zunächst sehr verwirrt und zogen den Kopf zwischen die Schultern. Aber als sie feststellten, daß meine Bemerkung niemanden verärgert, sondern die Zuschauer dieser langweiligen Komödie im Gegenteil sogar belustigt hatte, strafften sie die Schultern und reckten sich zu mir, um mir das Köpfchen zu streicheln.

Erst später, zu Hause, als man dieses Ereignis bis ins

kleinste analysierte und mir – immer noch unter Gelächter – mit festen Umarmungen und feuchten Küssen zusetzte, erklärte Papa kategorisch, wie es sich für einen Lektor der Gesellschaft »Wissen« gehört, meine Reaktion auf den Kuß zeige zuverlässig, daß sich meine sexuelle Entwicklung verspäten werde und ich vielleicht bis zu meiner Volljährigkeit infantil bleiben könne.

Welch ein Prophet!

Großmutter Sima sagte, daß ich einfach schlecht erzogen sei und nicht wisse, wie ich mich in Gesellschaft zu benehmen hätte.

Großvater Ljowa sagte, es sei ein Glück, daß sich meine sexuelle Entwicklung verspäte. Das könne nur von Vorteil sein. Man brauche sich nur die Jugend ringsum anzusehen.

Großmutter Ljuba sagte, ich hätte gute Erbanlagen und natürlich werde mir lange nichts Schlimmes in den Sinn kommen.

Nur Großvater Stepan, der einzige Russe unter Juden, sagte etwas mehr oder weniger Vernünftiges: »Freut euch nicht zu früh! Man soll den Tag nicht vor dem Abend loben!«

Mir scheint, er hatte recht.

Die zweite Legende entstand, als man beschloß, mich in das Geheimnis der menschlichen Herkunft einzuweihen. Nicht in das der Geburt. Das blieb mir noch lange ein Rätsel, und bevor ich in die Schule kam, glaubte ich Dummchen aufrichtig, daß ich unter einem Kohlblatt im Garten von Großmutter Sima gefunden und daß der Nachbarjunge Woja, mit dem ich als kleines Kind spielte, seinem Vater und seiner Mutter vom Storch gebracht worden sei. Wenn am Himmel ein weißer Storch mit langem roten Schnabel auf ausgebreiteten Schwingen dahinschwebte, starrte ich, bis mir die Augen weh taten, auf seinen Bauch und hoffte, in seinen Krallen einen windelumwickelten Säugling zu sehen, den er jemandem zum Geschenk brachte. Und ich flehte den Storch an, auf unserem Dach zu landen und mir das Kind zu bringen. Dann hätte ich es nach Hause getragen und ein Schwesterchen gehabt.

Dieses Dummchen beschlossen meine Eltern also darüber aufzuklären, wie der Mensch auf der Erde erschienen war. Mama und Papa wechselten einander ab, versuchten, sich so verständlich wie möglich auszudrücken, und öffneten mir die Augen für die traurige Tatsache, daß der Mensch von einem ganz gewöhnlichen Affen abstamme. Das sei ganz, ganz lange her. Millionen Jahre. Der Affe, der bis heute im Zoo, im Käfig sitze und auf vier Beinen laufe, habe sich damals plötzlich auf die Hinterbeine gestellt, sei kahl und dem Menschen immer ähnlicher geworden. Einem Menschen wie mir. Wie Mama und Papa.

»Und wer in unserer Familie war ein Affe?« fragte ich.

»Ein ganz alter Vorfahr«, antwortete Mama.

»Natürlich nicht Großvater Ljowa oder Großmutter Sima?« äußerte ich eine vorsichtige Vermutung.

»Natürlich nicht«, sagten Mama und Papa im Chor. »Das war viel früher.«

»Dann weiß ich, wer«, rief ich. »Urgroßvater Lapidus.«

Ich schaute mich zur Tür um, weil ich sichergehen wollte, daß keine Außenstehenden unser Familiengeheimnis belauscht hatten: nämlich was der alte Bolschewik Urgroßvater Lapidus früher gewesen war.

Wenn man Mama glauben soll, wälzte sich ganz Moskau lange Zeit vor Lachen. Mit »ganz Moskau« meint Mama ihre Bekannten, von denen es vielleicht zwei Dutzend gibt. Das ließ sich an Geburtstagen leicht an der Zahl der erschienenen Gäste feststellen.

Am meisten amüsierte sich Uropa Lapidus selbst. Er war für eine gewisse Zeit wieder eine Berühmtheit geworden.

Früher, als man ihn in die Schulen brachte, um ihn den

Kindern wie ein Fossil zu zeigen – ein überlebender alter Bolschewik, der Lenin persönlich gekannt hatte –, wurde Lapidus auf der Straße erkannt; manche deuteten sogar mit Fingern auf ihn und sagten: »Das muß man sich mal vorstellen! Er hat Lenin zu Lebzeiten gesehen!«

Dann verblaßte Urgroßvaters Ruhm. Entweder fiel seine jüdische Nase zu sehr auf, oder man hatte es einfach satt, den Alten wie den Weihnachtsmann herumzuschleppen und auszustellen, jedenfalls ließ man ihn in Ruhe. Und nachdem Uropa Lapidus sich ein wenig von seinem Ruhm erholt hatte, begann er, sich nach den früheren Tagen zu sehnen, als er ein bekanntes Ausstellungsobjekt gewesen war.

Ich hatte ihm seinen Ruhm ohne jede böse Absicht zurückgegeben. Wenn er durch unsere Straße ging oder im Geschäft nach Tomaten anstand, erkannten die Leute ihn, zeigten sogar mit Fingern und sagten: »Das ist der Menschenaffe, von dem die Familie eines Mädchens abstammt.«

Was ist lächerlich und was traurig? Im Leben (es ist schon lächerlich, daß ich das Dutzend Jahre, die ich auf der Erde zugebracht habe, Leben nenne) vermischt sich alles: das Lächerliche und das Traurige. Das ist nicht meine Entdeckung. Mama sagt, daß man dies schon im alten Griechenland sehr genau gewußt habe und ich nur etwas längst Bekanntes herausgefunden hätte. Hier war ich nicht mit Mama einverstanden. Ich glaube, daß jede neue Generation immer wieder die gleichen Entdeckungen macht. Und doch unterscheiden sich ihre Entdeckungen irgendwie von denen der vorhergehenden Generation.

So war es auch mit dem Lächerlichen und dem Traurigen. Ich entdeckte es selbständig und war zuerst ziemlich verwirrt, weil ich nicht wußte, wie ich reagieren sollte: mit Gelächter oder Trauer. Es war wirklich sehr lächerlich, aber irgend etwas hinderte mich zu lachen. Ich begriff sofort, daß es eine Sünde gewesen wäre.

Das war so. Ich ging an einem frühen Sommermorgen durch eine stille Straße außerhalb der Stadt (wir waren dort zu Besuch, und ich war auf dem Weg zu dem Haus eines Mädchens, mit dem man mich bekannt gemacht hatte, damit ich eine Freundin hätte und mich in der neuen Umgebung nicht langweilte). In der Nacht hatte es geregnet, und der Bürgersteig war sauber, als wäre er gewaschen worden. Hinter den Umzäunungen duftete der Flieder. In diesem Städtchen gingen die Geschmäcker der Bewohner nicht sehr auseinander, und alle Häuser waren von Fliederbüschen derselben Art umgeben. Der Flieder duftete so stark, daß einem schwindelig werden konnte.

Die Straße war leer. Nur ein einziger Mensch kam mir entgegen. Ein alter Mann. Sehr ordentlich. Mit der einen Hand stützte er sich auf einen Spazierstock, mit dem Ellbogen des anderen Arms drückte er eine Ledermappe an seine Seite. Ein ordentlicher, reinlicher alter Mann. Mit schwarzem Anzug und schwarzem Hut. An einem warmen Sommertag. »Zum Verrücktwerden«, hätte Großmutter Sima gesagt. Als wäre er einem alten Film entsprungen. Heute zieht sich niemand mehr so an.

Ich kam ihm näher und staunte über seinen unzeitgemäßen Anzug. Und plötzlich zog der Alte eine Nummer ab, wie Großvater Sjoma gesagt hätte.

Er blieb stehen, als er keine zwanzig Schritte mehr von mir entfernt war, legte sorgfältig die Mappe auf den Bürgersteig, den Hut auf die Mappe und neben die Mappe den Spazierstock. Auch ich blieb stehen und war ganz Auge, denn ich begriff nicht, was der alte Mann tun wollte. Und er tat folgendes: Mit den Fingerspitzen zog er die Hose sorgfältig an den Knien hoch, wie es Männer machen, die sich hinsetzen und die Bügelfalten ihrer Hose nicht verderben wollen. Dann klatschte er mit dem Hintern auf den Bürgersteig, saß einen Moment lang da, fiel auf den Rücken und zappelte mit Armen und Beinen wie ein noch nicht ganz abgestochenes Huhn mit den Flügeln.

Fast wäre ich laut herausgeplatzt, so komisch sah das aus. Aber ich tat es nicht. Der alte Mann hatte einen epileptischen Anfall. Ich kannte diese Krankheit. Einmal hatte ich sogar einen Anfall gesehen und war zu Tode erschrocken. Das war fürchterlich. Aber diesmal hatte alles eine lustige Wendung genommen.

Warum? Weil der alte Mann ein erfahrener Epileptiker war, mit langer Übung, und weil er, als er das Herannahen des Anfalls spürte, rechtzeitig Vorsichtsmaßnahmen ergriffen hatte, um nichts zu beschmutzen und zu beschädigen: Er hatte sorgfältig alle Gegenstände zusammengelegt und sogar die Hose hochgezogen, um die Bügelfalten nicht zu verderben.

Nachdem er im Anfall etwa drei Minuten um sich geschlagen hatte, wurde der alte Mann ruhig. Ich stand immer noch da und sah ihm zu. Dann erhob er sich. Er setzte sich den Hut auf den Kopf, nahm die Mappe und den Spazierstock auf, klopfte sich den Hintern mit der Hand ab und ging an mir vorbei. Ordentlich, straff. Als sei nichts gewesen. Ich ging meines Weges, und meine Miene muß wohl sehr dumm gewirkt haben, denn ich wollte gern lachen, aber irgend etwas hielt mich zurück.

Der zweite Fall war noch lustiger. Er ereignete sich unter durchaus nicht lustigen Umständen. Bei einer Beerdigung. Ich bin wahrscheinlich nicht normal. Oder es ist mein Schicksal, in Situationen zu geraten, wo man nicht weiß, ob man lachen oder weinen soll.

Diesmal weinten alle bei der Beerdigung, und wer keine

Tränen herausquetschen konnte, schnüffelte mit der Nase und tat so, als schluchzte er. Nur ich hätte fast losgewiehert wie ein Pferd. Einer meiner Verwandten wurde bestattet. Aber das sagt man nur so: ein Verwandter. In Wirklichkeit bedeutete er mir nichts. Großmutter Ljuba hatte eine Schwägerin. Und diese Schwägerin hatte einen Mann. Und er wurde jetzt beerdigt. Meine Eltern hatten mich damals für ein paar Tage zu Großmutter Ljuba abgeschoben (Großvater Ljowa nannte das: den Staffelstab übergeben), und als jener Verwandte starb, der mir nichts bedeutete, machte Großmutter Ljuba sich zur Beerdigung auf und nahm mich mit. Weil sie mich nicht allein zu Hause lassen konnte.

Und da hätte ich die grauen Haare meiner Großmutter beinahe entehrt.

Der Verstorbene lag in einem Sarg auf dem Tisch. Und obwohl der Sarg offen war, ohne Deckel, konnte ich den Entschlafenen nicht erkennen – ich war zu klein. Sogar wenn ich mich auf die Zehenspitzen stellte, sah ich nur eine weiße Nasenspitze über dem Kieferholzrand des Sarges. Da mir der Verstorbene nichts bedeutete, war ich nicht sehr traurig. Ich hatte ihn zu seinen Lebzeiten kein einziges Mal gesehen. Das Zimmer war aus irgendeinem Grund voll von Frauen; kein einziger Mann war da. Diese Frauen schluchzten sehr laut und versuchten, einander zu übertreffen. Mir schien sogar, daß sie dadurch der Witwe zeigen wollten, wie sehr sie trauerten, und dieses ganze Geheul erinnerte an einen Wettbewerb darum, wer lauter weinen könne. Großmutter Ljuba weinte auch. Aber nicht sehr laut. In Maßen. Verhalten. Weil sie eine intelligente Frau war, Akademikerin. Mich zwickte es in der Nase, was gewöhnlich aufsteigende Tränen ankündigt. Es ist schwer, nicht zu weinen, wenn ringsum alle schluchzen.

Ich hätte geweint, aber die Witwe hinderte mich daran. Großmutters Schwägerin stürzte sich auf den offenen Sarg, ihre große linke Brust drückte sich gegen die weiße Nase des Verstorbenen, und sie ließ eine solche Litanei, gemischt aus russischen und jüdischen Wörtern, los, daß ich an mich halten mußte, um nicht aus vollem Hals herauszuplatzen.

Die Witwe war eine praktische, nüchterne Frau. Zu seinen Lebzeiten hatte sie den Verstorbenen wie einen Soldaten herumkommandiert. Und jetzt, da sie ihn für seinen langen Weg ausrüstete, gab sie ihm wertvolle Anweisungen, eine vollständige Liste dessen, was von Gott erbeten werden müsse, wenn sich die Gelegenheit biete, ihn persönlich zu sehen.

»Mein teurer unvergeßlicher Mann«, wandte die Witwe sich an den Verstorbenen, aber selbst wenn er es hätte hören können, wäre ihm alles entgangen, weil die mächtige Brust seiner Gattin ihn wie ein Kissen erstickte. »Wenn du vor dem Allmächtigen stehst, vergiß nicht, ihn zu bitten, daß er. . .«

Und nun hagelte es in einem russisch-jüdischen Gemisch ein ganzes Verzeichnis von Bitten, die der Verstorbene Gott vortragen sollte. Die Bitten waren sehr irdisch und konkret. Zum Beispiel, daß man an dem Sohn Grischa, dem ein chirurgischer Eingriff zur Entfernung von Hämorrhoiden bevorstand, eine Operation ohne Pfuscherei vornehme und daß keine Nachwirkungen blieben. Möge er einem guten Chirurgen in die Hände geraten. Und sie nannte den Namen eines berühmten Professors. Daß der Stadtsowjet endlich ihren Antrag auf Erweiterung der Wohnfläche genehmige und ihnen wenigstens noch ein Zimmer zugestehe, sonst könne Sonjetschka nicht heiraten.

Über den unglücklichen Verstorbenen ergossen sich so viele Aufträge, daß er, wenn die Brust seiner Frau ihn nicht niedergedrückt hätte, bestimmt aus dem Sarg gesprungen und immer der Nase nach davongerannt wäre. Es erinnerte mich daran, wie Großmutter Ljuba Großvater Ljowa zum Einkaufen ins Geschäft schickte und ihm noch an der Tür einschärfte, was gekauft werden mußte (Großvater hatte Verkalkung), und zum Abschied verlangte, daß er laut alles wiederholte, was sie ihm aufgetragen hatte.

Ich rechnete dauernd damit, daß die Witwe, nachdem sie ihre Bitten erläutert hatte, den Verblichenen anschrie: »Wiederholen!«

Aber dazu kam es nicht. Die letzte Bitte der Witwe hatte mir solchen Lachreiz verursacht, daß ich wie aus der Pistole geschossen aus dem Zimmer sprang und die weinenden alten Frauen unhöflich zur Seite stieß.

Das war es, was die Schwägerin meiner Großmutter Ljuba ihrem verstorbenen Mann sagte, während sie ihn auf die wichtige Begegnung mit Gott vorbereitete:

»Und vergiß nicht! Sag's ihm auf jeden Fall! Bitte ihn, wenn er ein Herz hat, daß unsere Nichte Rosotschka endlich ins Lenin-Institut für Pädagogik aufgenommen wird.«

In meinem Kopf schien etwas zu explodieren. Der Atheist Lenin und Gott! Eine Beerdigung und das Institut für Pädagogik! Russische und jiddische Wörter gemischt.

Ich stürmte auf den Hof hinaus, wo der Leichenwagen stand und sich Neugierige drängten. Dann lief ich um die Hausecke und lachte vielleicht eine halbe Stunde ohne Pause.

Als der Verstorbene schon nach unten getragen worden war, stöberte Großmutter Ljuba mich auf – ich war vor Lachen ganz geschwächt –, legte mir die Hand an die Stirn und brachte mich mit den Worten »Das Kind hat sich überanstrengt« nach Hause.

Vorahnungen sind keine Hirngespinste. Früher war ich davon nicht sehr überzeugt. Mir schien, daß Gespräche über Vorahnungen eine Laune von Erwachsenen sind, die sich wie Kinder mit Phantasien die Zeit vertreiben wollen. Aber das Leben hat mich eines Besseren belehrt. Meine eigene bittere Erfahrung überzeugte mich, daß Vorahnungen alles andere als Hirngespinste sind.

An jenem finsteren, feuchten Tag merkte ich schon in der Schule, daß an meinem Inneren etwas nagte. Ohne Grund zog sich mein Herz zusammen, mir wurde plötzlich ganz traurig zumute, und es schien, daß ich gleich mir nichts, dir nichts losheulen würde. Irgendeine Unruhe hatte mich ohne jeden sichtbaren Anlaß gepackt. Ich fragte mich sogar, ob ich krank war. Auf dem Heimweg saß ich völlig teilnahmslos in der U-Bahn, und sogar mein Begleiter Joe merkte, daß etwas mit mir nicht stimmte, und erkundigte sich höflich nach meinem Befinden. In diesem Augenblick begriff ich, was es heißt, wenn Erwachsene klagen, daß ihnen das Herz weh tue. Plötzlich spürte ich mein Herz. Es zappelte hilflos unter meinen Rippen, wie ein erschrockener, zerzauster kleiner Spatz, der aus dem Nest gefallen ist. Eine unklare, noch nicht zu durchschauende Bedrohung verbarg sich in meiner Umgebung. Und mir fiel es schwer zu atmen. Der besorgte Joe wollte mich wie immer von der Station nach Hause bringen. Ich lehnte ab und lief nach Hause, von dem quälenden Gedanken getrieben, daß mich dort etwas Entsetzliches erwartete.

Nicht umsonst erstarrte mein Herz vor Furcht. Nein, nicht umsonst! Kaum hatte ich die Tür geöffnet und war in die Wohnung gestürmt, als ich sofort begriff, daß etwas Fürchterliches geschehen war. Mama war zu Hause. Gewöhnlich kam sie ein bis eineinhalb Stunden nach mir von der Arbeit. Und Mamas Gesicht war verweint, von Tränen geschwollen.

Ohne eine Frage zu stellen, rannte ich in B. S.' Zimmer. Er war nicht zu Hause. Aber auch sein gelber Koffer, der gewöhnlich neben dem Bücherschrank stand, war nicht da. Auf dem Schreibtisch lag kein einziges Blatt Papier, die Schubladen waren herausgezogen und gähnten leer. Die Wand über dem Sofa, wo das Porträt seines Sohnes gehangen hatte, war nackt wie nie.

Ich erriet es schon, wagte aber nicht zu fragen und starrte Mama an. Sie weinte hemmungslos, wie einfache, ungebildete Weiber in Rußland weinen, und fiel mit dem Gesicht nach unten auf das Sofa. Wie ich war – in meinem abgeschabten Kaninchenfellmantel und mit der Schultasche an der Schulter –, umfaßte ich sie mit den Armen und begann, zitternd vor unterdrückten Tränen, ihr wirres Haar zu streicheln.

Er war fort. Nach Israel geflogen. Für immer. Aber warum hatte ich nichts von seinen Reisevorbereitungen bemerkt? Entweder hatte er sie geschickt vor uns verborgen, oder er hatte den Entschluß erst heute früh gefaßt, als er im Radio die Mitteilung hörte, daß an Israels Grenzen wieder eine bedrohliche Situation entstanden sei und es Befürchtungen gebe, daß Krieg ausbrechen könne. Da hatte er Mama gesagt, daß er abreisen wolle, und telefonisch eine Flugkarte nach Tel Aviv bestellt. Mama, wie betäubt von dieser Nachricht, war nicht zur Arbeit gegangen, hatte den ganzen Tag geflennt und ihn angefleht, bei uns zu bleiben, doch er war hart geblieben und hatte seinen Entschluß nicht geändert. Eine halbe Stunde vor meiner Rückkehr aus der Schule hatte ein Taxi ihn zum Flughafen gebracht.

Ich konnte zuerst überhaupt nichts begreifen. Ich wollte nicht weinen. Ich wollte heulen, wie ein Wolf den Mond anheult. Wie ein kleines hungriges Wolfsjunges, das allein in einem kalten, frostigen Wald zurückgelassen worden ist. Bei Nacht.

Dann erholte sich mein Gehirn etwas. Ich begann nachzudenken, verschiedene Beispiele seines Verhaltens in der letzten Zeit zu vergleichen, um die Gründe zu durchschauen, die ihn zur Abreise bewogen hatten. Wohin? In das Land, das er in allen Tonarten beschimpft hatte. Wo man seine Familie zerstört und ihm seinen Sohn weggenommen, wo man ihn beleidigt und ihm hinterhergespuckt hatte.

Nicht Logisches kam dabei heraus. Zwei Wochen zuvor hatte B. S. nach unmenschlichen Anstrengungen endlich die Zulassungsprüfung als Arzt in Amerika bestanden. Und sofort hatte man ihm angeboten, in einem sehr guten Krankenhaus in New York zu arbeiten. Alle Probleme lagen hinter ihm. Als begabten Chirurgen erwartete ihn eine glänzende Karriere und so viel Geld, wie mein kleiner Verstand es gar nicht fassen konnte. Mama sagte, daß er mindestens hunderttausend Dollar im Jahr verdienen werde.

Außerdem hatte er endlich die »Green card« bekommen und war, wie er sich ausdrückte, zu einem vollwertigen Menschen in Amerika, zum Anwärter auf die Staatsbürgerschaft, geworden. Er hätte seinen israelischen Paß auf den Schutthaufen werfen können. Mama und ich haben noch keine »Green cards«. Wir besitzen überhaupt keine Staatsbürgerschaft.

B. S. hatte alles erreicht, was er sich wünschte. Und nun hatte er auf alles verzichtet, alles zertreten. Weshalb hatte er denn um den Preis seiner Gesundheit eine so qualvolle Prüfung in Amerika ablegen müssen, wo er doch in Israel ohne jedes Examen gearbeitet hatte und weiter arbeiten konnte (denn dort werden sowjetische Diplome anerkannt)? Weshalb hatte er so mühsam nach der »Green card« gestrebt, wenn er gar nicht beabsichtigte, in Amerika zu bleiben? Aus Prinzip? Um zu beweisen, daß er jedes Ziel erreichen konnte? Das sah ihm nicht ähnlich. Er war zu erfahren, zu sehr vom Leben gebeutelt, um solche Unmengen von Energie sinnlos zu vergeuden. Er war klug. Weise. Wenn auch sehr hitzig. Und ein sehr ehrlicher Mann.

Am letzten Sonntag hatte er plötzlich eine großzügige Geste gemacht: Trotz seiner beschränkten Mittel hatte er aus Anlaß der bestandenen Prüfungen ein Festmahl bestellt und Mama und mich nach Manhattan in ein teures Restaurant geschleppt. Er befahl uns auszuwählen, was das Herz begehrt, ohne auf den Preis zu achten. Er war fröhlich und ein wenig angeheitert. Er lachte laut. Umarmte bald Mama, bald mich und dann uns beide gemeinsam. Mit seinen kräftigen, seemännisch tätowierten Pranken. Mama und ich waren erschöpft von dem köstlichen Essen, dem Wein und seinen Umarmungen, unter denen uns fast die Knochen knackten. Dann tanzte er. Himmel, wie schön er tanzte! Groß und schwer bewegte er sich im Tanz einschmeichelnd und graziös wie ein starkes, geschmeidiges Tier. Und er lachte über das ganze Gesicht, wobei er sein kräftiges, vom Rauchen gelbes Gebiß mit den scharfen unteren Eckzähnen entblößte. Er tanzte abwechselnd mit Mama und mir. Ich kam vor Aufregung aus dem Takt, stolperte über seine Füße und stieß ihm den Kopf an die Brust.

»Hörner weg!« lachte er, schob mich mühelos von sich und brachte mich mit einer Handbewegung dazu, die komplizierten Schritte auszuführen.

Es war ein griechisches Restaurant, und als das Orchester einen »Sirtaki« spielte, zeigte er im Tanz solchen Stil, daß alle zu den Tischen zurücktraten und ihm allein die ganze Fläche überließen. Die langnasigen Griechen klatschten wie wild in die Hände, nickten einander respektvoll zu und bedachten den tanzenden B. S. mit entzückten Blicken.

Wer hätte denken können, daß dies unser Abschiedsmahl war? Daß Mama und ich plötzlich allein bleiben würden. . .

Mama verschluckte sich, schluchzte und weinte ihren Kummer bei mir aus. Und bei wem konnte ich mich ausweinen? Schließlich war ich verwaist. Von nun an würde meine Seele auf ewig leer und zerschmettert sein. Ich war allein auf der weiten Welt. Mama zählt nicht. Ich bin ja kein Kind mehr. Ich bin eine einsame, im Stich gelassene Frau.

Was stehe ich hier herum? Warum tue ich nichts? Ich muß

ihn sehen. Wenigstens für eine Minute. Und ihm alles sagen, was ich ihm sagen wollte, aber nie gesagt habe. Wann fliegt seine Maschine? Welchen Flug hat er gebucht?

Mama wußte nichts. Er hatte ihr verboten, ihn zum Flughafen zu begleiten. Seine Karte hatte er bei einer israelischen Fluggesellschaft bestellt. Alles klar. Das heißt »El Al«. Israel hat nämlich nur eine Fluggesellschaft, und an ihren Namen erinnerte ich mich deshalb, weil ich ihn oft im Radio hörte, wenn von Flugzeugentführungen durch palästinensische Terroristen die Rede war.

Es gelang mir, Mama ins Bett zu bringen. Ich packte sie ein wie ein Kind, küßte immer wieder ihr feuchtes Gesicht, und bevor ich aus dem Schlafzimmer ging und die Tür fest hinter mir schloß, sah ich auf dem niedrigen Nachttisch noch B. S.' Porträt, mit der etwas schief sitzenden Seemannsmütze auf dem Kopf und der Pfeife im lächelnden Mund. Sein Lächeln beflügelte mich. Ich fahre zum Flughafen! Allein. Ohne Begleitung. Ohne den Weg dorthin zu kennen. Und ohne zu wissen, welche Verkehrsmittel dorthin fahren.

Aber zuerst brauche ich Geld. Das schaffe ich schon. In meinem Zimmer, auf dem Bücherregal steht ein Sparschweinchen aus Porzellan, mit einem Spalt auf dem Rücken. Dort habe ich Kleingeld und, wie mir einfällt, auch ein paar Scheine eingeworfen, die ich zum Geburtstag geschenkt bekam. B. S. hat mir zehn Dollar gegeben. Und Papa auch.

Vorsichtig, damit Mama nichts hörte, schlug ich die Sparbüchse gegen die Tischkante, und sie zersprang – wie eine Nuß – fast geräuschlos in mehrere Stücke. Nicht einmal das Kleingeld klimperte. Ohne zu zählen, schaufelte ich das Geld in meine Manteltasche, legte die Hand an den Hals, um mich zu vergewissern, daß der Hausschlüssel an seiner Kette hing, und lief auf die Straße.

Ich blickte nach links, ich blickte nach rechts. Wohin sollte ich gehen? In welcher Richtung war der Flughafen? Weit hinter der Stadt flog, schräg aufsteigend, ein Flugzeug vorbei. Von hier waren die Embleme nicht zu erkennen. Was für ein Flugzeug? Ein israelisches? Vielleicht fliegt B. S. in ihm davon. Mit dem Sicherheitsgurt an den Sitz geschnallt, aber ohne an mich zu denken, ohne auch nur zu ahnen, daß ich im matschig gewordenen Schnee auf dem Bürgersteig stehe, den Kopf zum Himmel recke und fast heulend zu erraten suche, zu welcher Gesellschaft dieses Flugzeug gehört.

Autos fuhren hin und her, besprühten mich mit Schmutzspritzern. Zwei gelbe Taxis kamen vorbei, aber beide mit Fahrgästen. Endlich, als ich schon vor Wut brüllen wollte, zeigte sich noch ein gelbes Taxi – diesmal war es frei. Ich lief auf die Straße hinaus – bereit, mich unter die Räder zu legen, wenn es nicht anhielt – und wedelte verzweifelt mit den Armen. Es hielt an. Eine schnurrbärtige Visage blinzelte mich mißtrauisch an.

»Wie weit?«

»Zum Flugplatz.«

Der Fahrer blinzelte noch einmal, maß mich mit dem Blick von oben bis unten, aber anscheinend war meine Miene so verzweifelt, daß er unwillkürlich nickte: »Also, setz dich.«

Als ich hinten, hinter der dicken Scheibe, die den Fahrer von den Passagieren trennt, Platz genommen hatte, fragte er, mich im Rückspiegel betrachtend: »Zu welchem Flugplatz?«

Ich geriet aus der Fassung. Ja, zu welchem?

»Äh. . . zu dem. . ., von dem man nach Israel fliegt.«

»El Al, nicht?«

»Richtig.«

»Dann fahren wir zum Kennedy Airport. Nur von da gibt's Flüge nach Israel.«

»Gut. Fahren wir. Und möglichst schnell.«

»Bist du zu spät dran? Wann geht das Flugzeug?«

»Bitte, fahren Sie schnell. Es ist sehr wichtig.«

»Und wer bezahlt?«

»Keine Sorge. Ich habe genug Geld.«

Danach quälte er mich nicht mehr mit Fragen und raste durch das ganze gewaltige New York zum Flughafen. Vor roten Ampeln blieb er immer wieder lange stehen, und meine Nerven spannten sich zum Zerreißen.

Ich war wütend. Nicht auf den Fahrer. Auf B. S. Im stillen verfluchte ich ihn in allen Tonarten. Wie hatte er verschwinden können, ohne mir ein einziges Wort zu sagen? Ohne sich von mir zu verabschieden. Ohne mich mit einem freundlichen Blick, einem zärtlichen Wort aufzumuntern. Ohne mir wenigstens ein Fünkchen Hoffnung zu hinterlassen, daß ich ihn wiedersehe. Er war weggefahren und hatte vergessen, daß es mich gibt. Daß ich kein Gegenstand in der Wohnung, sondern ein lebendiger Mensch bin, der ganz erfüllt ist von ungeweinten Tränen.

Dann sprangen meine Gedanken auf etwas anderes über. Warum reist er ab? Im Nahen Osten gibt es keinen Krieg. Während der Fahrt wurden die Nachrichten im Radio durchgegeben, und man erwähnte Israel kein einziges Mal. Hat ihn seine Frau gerufen? Ihr neuer Mann hat sie verlassen, B. S. verzeiht ihren Betrug, kehrt zurück wie ein hungriger Köter, sobald man ihn lockt? Das sähe ihm nicht ähnlich. Solche Männer vergeben einen Betrug nicht.

Also bleibt nur eines: Er hat Amerika satt. Allzu vieles gefiel ihm hier nicht. Und obwohl ihn großes Geld und ein luxuriöses Leben erwarteten, hat er freiwillig auf dieses Paradies verzichtet. Wofür? Hat sich Israel inzwischen verändert. Wartet dort jemand auf ihn? Niemand wartet auf ihn, dort braucht ihn keiner. Er kann sich einfach nirgends niederlassen, sitzt wie auf glühenden Kohlen. Ein ewiger Vagabund. Die Seele eines Matrosen.

Hier hätte ihn nur eine große Liebe zurückhalten können. Meine Mama hat sich als zu schwach erwiesen. Das ist nicht nach seinem Geschmack. Und ich? Vielleicht ahnt er nicht einmal, was ihm entgangen ist. Wie hätte ihm in den Sinn kommen sollen, daß er so geliebt wird?

Aber nun wird er alles erfahren. Es hat keinen Zweck mehr, noch etwas zu verbergen. Ich sage ihm alles. Verhehle nichts. Er hat ein Herz, und er ist ein sehr einsamer Mann. Ich werde ihm das Herz erwärmen, ihm Freude und Glück bringen. Dem wird er nicht standhalten können. Schließlich ist er nicht aus Stein.

Vor mir schaukelte der von ungekämmten Haaren bewachsene Nacken des Fahrers. Er fährt dahin und denkt wohl: Wohin treibt's dieses verrückte Kind? Und natürlich wird er von Zweifeln geplagt, daß ich genug Geld habe, um ihn zu bezahlen. Der Zähler hat schon zehn Dollar erreicht, und die kleinen Ziffern hüpfen immer weiter.

Eine schmutzige dicke Glasscheibe mit einem kleinen Spalt, durch den man das Geld schiebt und das Wechselgeld erhält, trennt den Fahrer von mir. Diese Scheibe ist kugelsicher. Ein munteres Leben! Da fährt man dauernd umher, setzt den Nacken der Kugel eines Fahrgastes aus, und die ganze Hoffnung ruht auf dieser dicken Scheibe.

Was für eine unbehagliche Welt! Wie sinnlos und abscheulich ist das Leben, wenn man den Nacken durch eine kugelsichere Scheibe vor seinen Mitmenschen schützen muß. Und überhaupt, welchen Zweck hat es, auf dieser Welt zu leben, wo man dich im Stich läßt, ohne sich von dir zu verabschieden, wo man für immer von dir fortfährt, ohne dir zum Abschied ein gutes Wort zu sagen?

In meinem Schädel flammten, wie Funken, immer neue Fragen auf und erloschen ohne Antwort. Ich merkte nicht, wie wir auf den Flughafen zurollten und uns der Reihe anderer Autos anschlossen. Der Zähler zeigte dreizehn Dollar und fünfundfünfzig Cent. Ich steckte die beiden Zehndollarscheine durch den Spalt in der kugelsicheren Scheibe und sprang aus dem Taxi, ohne daran zu denken, daß ich auf mein Wechselgeld warten mußte. Aber ich war an einen anständigen Fahrer geraten: Er holte mich an der Tür ein und gab mir fünf Dollar zurück. Die übrigen eineinhalb Dollar behielt er als Trinkgeld.

Ich trat in das Flughafengebäude ein, als käme ich jeden Tag hierher. Ich, die ohne Begleitung Erwachsener nicht einmal in die U-Bahn steigt. Ich schob die Fluggäste beiseite, entschuldigte mich im Gehen, suchte mit den Augen die elektrische Anzeigentafel ab und fand dort den Flug nach Tel Aviv. Dann prägte ich mir ein, durch welchen Ausgang man das Flugzeug erreichte, und fand am Anzeiger heraus, wo dieser Ausgang lag. Dort waren nun alle Passagiere, die nach Tel Aviv flogen. Dort war auch B. S.

Ohne Flugkarte wurde ich dorthin nicht durchgelassen. Und sosehr ich die Lage auch zu erklären versuchte, man breitete nur die Arme aus und riet mir, mich an den Informationsschalter zu wenden. Ich lief los, um diesen Schalter zu suchen. Schwitzend in meinem abgeschabten Kaninchenfell. An meiner feuchten Kehle baumelte die Kette mit dem Hausschlüssel.

Meine Güte, wie schön alles im Flughafen ist! Welch saubere Wände! Was für ein glatter Fußboden! Wie schön die Stewardessen sind, die in ihren bezaubernden Uniformen durch die Hallen spazieren! Wie wunderbar die Passagiere angezogen sind! Und wie gleichgültig allen ist, wie sehr sie darauf pfeifen, daß ein Menschenkind mit dem Hausschlüssel am Hals und seinem gewaltigen Kummer im Herzen durch diese Hallen rennt!

Am Informationsschalter machten nicht meine Worte Eindruck, sondern mein Gesicht, das völlig entgeistert ausgesehen haben muß, und man war bereit, über Lautsprecher eine Durchsage zu machen. Ich blieb am Schalter stehen und wartete. Irgend etwas wurde über Lautsprecher durchgegeben. Irgendwelche Anweisungen. Dann kam eine Pause – so lang, daß ich glaubte, vor Ungeduld sterben zu müssen.

Endlich: »Mr. Soundso, mit Flug Nummer Soundso von New York nach Tel Aviv, Sie werden in einer dringenden Angelegenheit von Miß Olga gesucht.«

Sie nannten mich tatsächlich so: Miß Olga. Die übrigen Passagiere hätten, wenn sie gebildet waren, annehmen können, daß die Rede von einer der drei Schwestern aus Tschechows Stück »Drei Schwestern« sei.

Die Durchsage wurde wiederholt. Jetzt blieb nur noch eines übrig: zu warten. Über Lautsprecher wurde mitgeteilt, daß die Passagiere für den Flug von New York nach Tel Aviv an Bord gehen sollten. B. S. hätte nur ein paar Minuten zur Verfügung, wenn er hierher liefe. Aber diese Minuten wären ausreichend für mich. Ich hätte Zeit, ihm alles zu sagen. Wenn nicht alles, dann zumindest die Hauptsache. Aber was ist die Hauptsache? Was soll ich ihm überhaupt sagen? Plötzlich packte mich Furcht. Ja, was soll ich ihm sagen? Soll ich in kindlicher Hysterie mit den Füßen auftrampeln und verlangen, daß er seine Flugkarte zurückgibt. Albern. Was werde ich tun, wenn er keuchend aus der Menge der Passagiere auftaucht? Ich werde zu ihm stürzen, mich an seinen Hals hängen und die Umarmung nicht lösen, bis die Maschine ohne ihn abgeflogen ist. Soll die Karte doch verfallen. Soll sie. . .

Das Rauschen eines eingeschalteten Mikrofons drang durch den Lautsprecher, und eine klare Frauenstimme sagte: »Miß Olga, Miß Olga.«

»Ja! Hier!« schrie ich auf russisch.

»Mr. Soundso kann Sie aus Zeitmangel nicht sehen. Er ist

schon in der Maschine. Er küßt Sie herzlich und bittet Sie, sofort nach Hause zu fahren.«

Das war alles. . . Diese traurige Mitteilung wurde noch einmal wiederholt, aber ich hörte sie schon nicht mehr. Ich war taub geworden. Meine Ohren waren wie mit Watte verstopft. Und in meinem Kopf lärmte es wie in einem brodelnden Teekessel.

Menschen mit Koffern und Reisetaschen gingen hin und her. Ich stieß sie an. Und entschuldigte mich nicht. Ich haßte sie. Und diesen sauberen, schönen Flughafen. Und diese ekelhaften Stewardessen in ihren ekelhaften Uniformen. Und diese elektrischen Anzeigetafeln mit den flimmernden Ziffern und Wörtern. Und diesen ganzen Komfort. Und diese vernünftig geplanten, für die Bequemlichkeit der Passagiere bestimmten Gepäcklaufbänder, die lautlosen Rolltreppen. Das gleichmäßige Licht aus Leuchten, die in tiefen Löchern verborgen waren. All das erinnerte an ein steriles, desinfiziertes Krematorium.

Zurück fuhr ich nicht mit einem Taxi, sondern mit dem Autobus, für den ich eine Karte kaufen konnte, als ich in allen Taschen gestöbert hatte. Außerdem blieb noch Kleingeld übrig, um in Manhattan in die U-Bahn umzusteigen.

Der Autobus war halbleer, und ich saß allein auf einem Doppelsitz. Ich dachte an nichts. Saß nur da und sah stumm die Scheibe an, über die, vom Wind hergeweht, Tropfen tauenden Schnees strömten. Im Kino werden von ihrem Liebhaber verlassene Frauen manchmal so gezeigt. Mit gleichgültigen, erstarrten Mienen. Und ihr Kummer wird sehr künstlerisch von Regentropfen an der Scheibe untermalt – dem Symbol von Tränen im Herzen der armen Frau. Kitschig. Aber, wie es sich nun zeigte, nicht weit von der Wahrheit entfernt.

Über die Scheibe des Autobusses lief schräg Tauwasser, wie zu Stricken geflochten, und vor dem Fenster zogen sich, verschwommen wie eine Luftspiegelung, feuchte Grabsteine hin. Grau. Mit Kreuzen. Und ohne Kreuze. Endlose Gräber. Wir fuhren durch die Vorortfriedhöfe nach New York ein. Katholische, protestantische und jüdische. Auch im Jenseits lassen sich die Menschen in Ghettos nieder. Wie die Neger im Diesseits alle zusammen in Harlem leben, die Juden in Queens, die Griechen in Astoria.

Vor uns, unsicher schwankend in dem über die Windschutzscheibe strömenden Wasser, erhob sich Manhattan und stieß mit der ungleichmäßigen Silhouette seiner Wolkenkratzer bis in die niedrigen, feuchten Wolken vor.

Plötzlich hatte ich Schmerzen. Zuerst zerrte es im Rücken. Im Kreuz. Dann griff es auf den Bauch über. Es war keine Magenverstimmung. Der Schmerz war anders. Unbekannt. Ob ich krank geworden bin? Aus Nervosität? Und wenn ich auf meinem Sitz sterbe, gekrümmt von Krämpfen, die meinen ganzen Unterleib erfaßt haben? Herrgott, was ist mit mir? Der Bus wird meine Leiche nach Manhattan bringen, und an der Leiche wird man keinerlei Ausweise finden, die bestätigen, daß ich wirklich ich bin. Nur meine Hausschlüssel, die an einer langen Kette an meinem Hals baumeln. Zu welchem Haus gehören diese Schlüssel? In New York gibt es Tausende von Häusern. Und auf den Schlüsseln steht keine Adresse.

Ich brauchte die Tür nicht zu öffnen. Kaum scharrte ich mit dem Schlüssel im Schlüsselloch, als Mamas blasses Gesicht mit den runden Augen hinter der Scheibe auftauchte.

Aus Freude darüber, daß ich heil und unversehrt war, fragte sie gar nicht, wo ich gewesen sei, sondern legte den Arm um meine Schultern und führte mich behutsam in die Wohnung, wie man verwundete Soldaten vom Schlachtfeld führt. Im Wohnzimmer stürzte ich, die Hände in den Unterleib gekrallt, aufs Sofa.

»Du siehst ganz verstört aus.« Mama rang die Hände. »Deine Augen sind so klein geworden. Und darunter dunkle Schatten.«

»Zieh mich aus.«

Als Mama meine Strumpfhose auszog, prallte sie plötzlich zurück. Die Strumpfhose war feucht. Und an meinen Schenkeln lief Blut hinunter und beschmutzte das Sofa.

Mama drückte meine blutgetränkte Stumpfhose an die Brust und rief pathetisch, wie auf der Bühne: »Ich beglückwünsche dich! Du bist eine junge Frau geworden!«

Meine Menstruation hatte vorzeitig begonnen. Der Schmerz zerriß meinen Unterleib, und von dort strömte das Blut. Mir war schwindlig und übel. Und über meine blassen Wangen, über die dunklen Schatten unter den Augen liefen ohnmächtige Tränen.

Aus der Packung, die über dem Waschbecken hing, holte Mama einen weichen weißen Tampon, steckte ihn mir zwischen die Beine und verstopfte die blutige Öffnung.

»Ich will nicht«, jammerte ich wie ein kleines Kind.

»Was willst du nicht, Dummchen?« Mama drückte meinen feuchten Kopf an sich.

»Ich will keinen Schmerz! Ich will kein Blut! Ich will keine Frau sein! Ich will keine Kinder haben! Ich will niemanden auf die Welt bringen, der so unglücklich ist wie ich!«

Ich weinte schluchzend, während ich nackt in der Wanne stand und mich mit meinem langen, mageren Körper an Mama schmiegte. Auch sie weinte und umarmte mich hilflos. Und wir beide erinnerten jetzt an die schutzlose Antilopenmutter mit ihrem blutbefleckten Kälbchen. Sie stehen da und zittern. Ohne Hörner. Zerbrechlich. Mutterseelenallein.

New York